小鹿島（ソロクト）
賤国への旅

姜善奉 著
川口祥子 訳

解放出版社

カバーの絵は著者・姜善奉の作品。

「ひまわりたち」（表紙）　著者はひまわりを花壇や家庭菜園で栽培している。花壇の花は太陽に向かって咲く姿を眺めて楽しみ、菜園のものは種を食べるためである。

「愁嘆場」（裏表紙）　子どもと父母の面会の様子。本文34～35頁、註＊5（317頁）参照。

This book is published with the support of
the Literature Translation Institute of Korea(LTI Korea).
この本は韓国文学翻訳院の支援により出版された。

日本の読者のみなさまに

旅は未知の世界に向けての新しい出発(たびだち)です。旅に出ようとすると新しいものに対するときめきと、見知らぬ世界に向かう不安とが入り交じった気持ちになります。

私は「小鹿島(ソロクト) 賤国(せんごく)への旅」をへて、いまではすでに八三歳になりました。そしてその拙(つたな)い人生の記録である本書が日本語に翻訳・刊行されることになりました。そこでそのことを大いに慶(よろこ)びながら、そこに描かれて過ぎ去った日々のことをあらためて考えてみました。するとそこには三つの縁が凝縮されていることを確認できました。

一つ目は母とともに歩んだ「小鹿島 賤国への旅」という縁です。いったいだれが自分を生んでくれた母親を怨(うら)むことなどできるでしょうか。私は母を一度たりとも怨んだことなどなく、母を愛して生きてきました。母は私にとって愛(いと)おしい人なのです。

二つ目は弘益大学の禹美敬(ウミギョン) 教授との出会いでした。絵を描くのに必要な材料を何もかも準備してくださり、四年間にわたって限りなく多くのご指導を受けるうちに、すでに相当な老齢になっていながらも、残された活力を十全に引き出していただけました。そしてついには作家と呼ばれるまでになりました。それは、ひとえに先生のおかげです。

三つ目は日本の川口祥子さんとの出会いです。二〇一七年に小鹿島へ訪ねてこられ、私の詩と小説に深い関心を持ってくださいました。そして二〇一八年には詩集『小鹿島の松籟（しょうらい）』を日本語に翻訳・出版してくださいました。さらにはこのたび、小説『小鹿島 賤国への旅』まで日本語に翻訳・出版する企画を推進してくださっています。

旅の醍醐味（だいごみ）の一つはよい縁を結んだ喜びです。それは砂漠でオアシスに巡り会うようなものではないでしょうか。喜びは分かち合うと二倍になり、悲しみは分かち合うと半分になるという聖賢のことばが思い浮かびます。小鹿島の悲しいできごとが日本語に翻訳され、ともに分かち合えるようになれば、そこで描かれた悲しみも半分になってくれるのではないかと思うと、胸がいっぱいになります。

私の人生の長い旅は、母とともに釜山太宗台（プサンテジョンデ）から始まりました。母と私は安成号（アンソン）が曳（ひ）く無動力船に数多くの老若男女と一緒に放り込まれて、船べりで砕ける波音を聞きながら、どこかに連れていかれました。波打つ海上を二泊三日、ことばにできないほどの苦しみに悶（もだ）えつつ、ようやく到着したのが小鹿島でした。蓋（ふた）をされた瓢箪（ひょうたん）の中のような場所、まるで賤（いや）しい国のような場所、そこで二十余年をかさね巡りながらとても長い旅をしました。

壮絶な身もだえが埋められている島。その旅に辛うじて耐えぬけたのは信仰の力のおかげでした。信仰生活がなかったならば、果たして生き延びることができたか、あらためて考えてみても恐ろしくなるほどです。

そして二〇〇六年四月には、数々の〈悲運の道〉を経巡り、恨（ハン）[*1]が積もりに積もった人生を、〈賤国への旅〉という題と姜京燮（カンギョンソプ）という筆名で出版しました。一冊の本にまとめてからその内容を顧みると、過ぎ去った苦痛の人生、死境を彷徨（さまよ）いながら呻吟（しんぎん）を繰り返してきたできごとの数々を、忘れることができるようにと、忘却という恵みの盃をくださった神に、感謝をささげる気持ちになりました。

そして二〇一二年、小鹿島の苦痛の痕跡をなんとか残しておかねばという思いと、知人たちの勧めに背中を押されて、筆名ではなく姜善奉（カンソンボン）という本名で改訂版の出版にいたりました。

過ぎし日、先輩たちが「この海が陸地だったら」と大声で泣き叫んでいたその願いがまるで魂にでもなったかのように、いまでは小鹿大橋（ソロクテキョ）が開通し、本土と自由な往来が可能になりました。明らかにいまやよい時代であり、よい方向に変わってきています。しかし、それでも涙と怨みでいっぱいの昔のできごとが胸中に残っています。

二十余年という決して短くはない歳月、小鹿島で過ごしてきた私の記憶と人々の追憶、苦しみの時間と愛の時々刻々が、風に乗って島の上を通り過ぎるようです。

日本語版の本書を通して、小鹿島の過去の苦しみが慰めと希望という新しい歴史に生まれ変わり、小鹿島の真実の歴史を知るうえで少しでも役立つことになればというのが、わたくしのささやかな願いです。

最後に翻訳・出版に尽力くださった川口祥子さん、解放出版社、韓国文学翻訳院に心から感謝の気持ちをお伝えいたしたく存じます。

著者　姜善奉

はじめに――再刊に当たって――

旅というものは未知の世界に向かっての新たな出発をしなければならないので、ときめきと慄(おのの)きが先立つものです。

そんな長い人生の旅を、私は母に従って釜山太宗台から始めました。安成号という無動力船に老若男女がひとまとめに乗せられ、どこか知らない土地に連れていかれました。荒れ狂う海を二泊三日、その間ことばに表せないほどの苦痛にのたうちながら着いたところが小鹿島でした。蓋が閉まった瓢箪の中、まるで卑賤(ひせん)な国のようなその地で二十余年間、紆余曲折(うよきょくせつ)の長い旅をしました。どれほど息苦しく壮絶な旅であったことか、信仰生活がなかったらとうてい生きてこられなかっただろうと、いまでも思い返します。

そして二〇〇六年四月、〈悲運の道〉を歩んできた恨(ハン)の積もる人生を、『賤国への旅』というタイトルと、姜京燮(カンギョンソプ)という筆名で出版しました。

一冊の本にまとめて振り返って考えると、苦しくて力に余る人生、死境をさまよいながら呻吟してきたすべてのことを忘れるべく、忘却という恵みの盃をくださった神に、感謝をささげる気持ちになりました。

二〇一二年に、私は人生の重い荷物をいったん降ろし、牧会者の道への準備していました。ところがその前年には、小鹿島教会の金正福（キムジョンボク）牧師[*2]の殉教、そして小鹿島に対する迫害と信徒たちの信仰を広く知らしめて後世に残すために、小鹿島キリスト教歴史館建立の論議が本格的に進行しはじめました。そしてその過程で、多くの人から、以前に出版した『賎国への旅』が、小鹿島のこれまでの足跡を見事に描いているからと、改訂版の出版を勧められました。そしてついに、それがこのように実現したのです。

ハンセン病の後遺症をかかえていまなお苦しんでいる小鹿島の老人たちがこの世を去ってしまうと、日本の植民地期の蛮行と、光復後の凄絶な人生にまつわる話なども、すっかり忘れ去られてしまいかねません。そして、もっぱら小鹿島という島とその上にある建物だけが、歴史の痕跡として残されるだけになるかもしれません。

そのうえ、先立たれた先輩たちが〈この海が陸地だったら〉と叫んでいたその念願がかなって、いまの小鹿島は小鹿大橋と巨金橋（コグムキョ）の中心となり、本土と自由な往来ができるようになりました。

明らかによい時代に変わりつつあるのですが、私たちはいまだに涙と恨が積もった小鹿島での数々のできごとを、胸に秘めて生きています。そして一人ひとりの恨に満ちたその心に、神は慰めと恵みの手を差し伸べてくださいました。過去があったからこそ現在があり、私たちは暗闇のなかをさまよいもしたけれども、ついには光明を見つけだしたので、いまでは怒りも恨みもしだいに薄れていきつつあります。

六年という歳月をへて改訂版を出版するに際して、以前のように姜京燮という筆名ではなく、姜善奉という本名で読者にお目見えすることになり、新たな感慨をいだいています。二十余年、短くはない歳月にわたって、小鹿島で過ごしてきた私の記憶と人々の追憶、苦痛の時間と愛のひと時が、風に乗って島の上を通り過ぎていくかのようです。

この本を開いた瞬間から、私の歩んできた人生を通して、小鹿島の過去と信仰の歴史、涙と苦難、慰労と希望の過去を、読者のみなさんがともに分かち合い、小鹿島を訪れるすべての人たちにとって、小鹿島の真の姿を知るための助けに本書がなることが、著者としてのささやかな願いです。

最後に、出版にあたってなにかと援助してくださった韓国高等神学研究院に、心からの感謝をささげます。

二〇一二年三月

姜善奉

目次

〈大韓民国南部〉

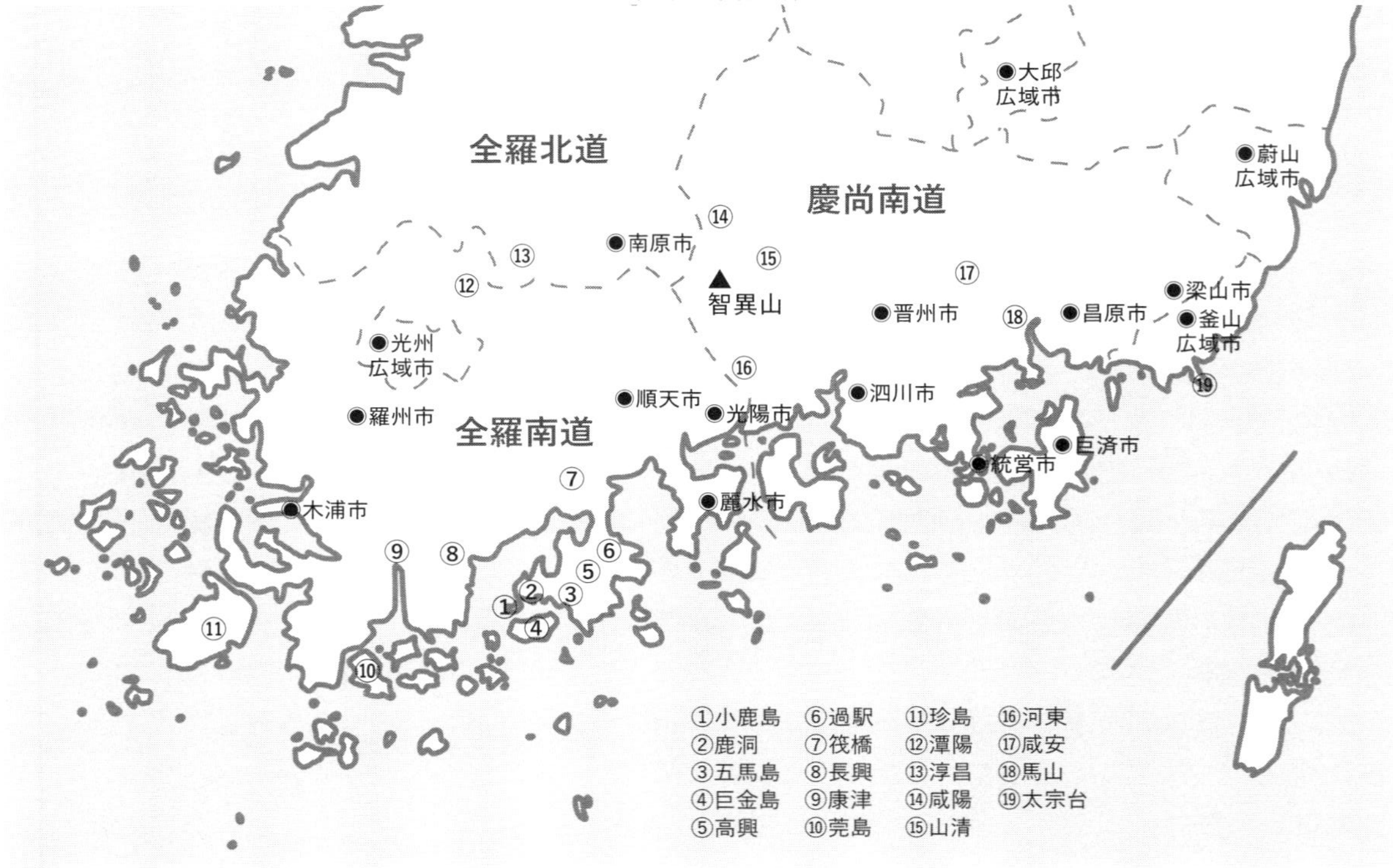
全羅北道
全羅南道
慶尚南道
大邱
広域市
蔚山
広域市
南原市
智異山
光州
広域市
羅州市
順天市
光陽市
晋州市
昌原市
梁山市
釜山
広域市
泗川市
巨済市
統営市
麗水市
木浦市
①小鹿島
②鹿洞
③五馬島
④巨金島
⑤高興
⑥過駅
⑦筏橋
⑧長興
⑨康津
⑩莞島
⑪珍島
⑫潭陽
⑬淳昌
⑭咸陽
⑮山清
⑯河東
⑰咸安
⑱馬山
⑲太宗台

（『文化朝鮮』特輯 小鹿島更生園・第四巻第三号〔新緑号〕、一九四二年五月発行、朝鮮総督府鉄道局・41頁）

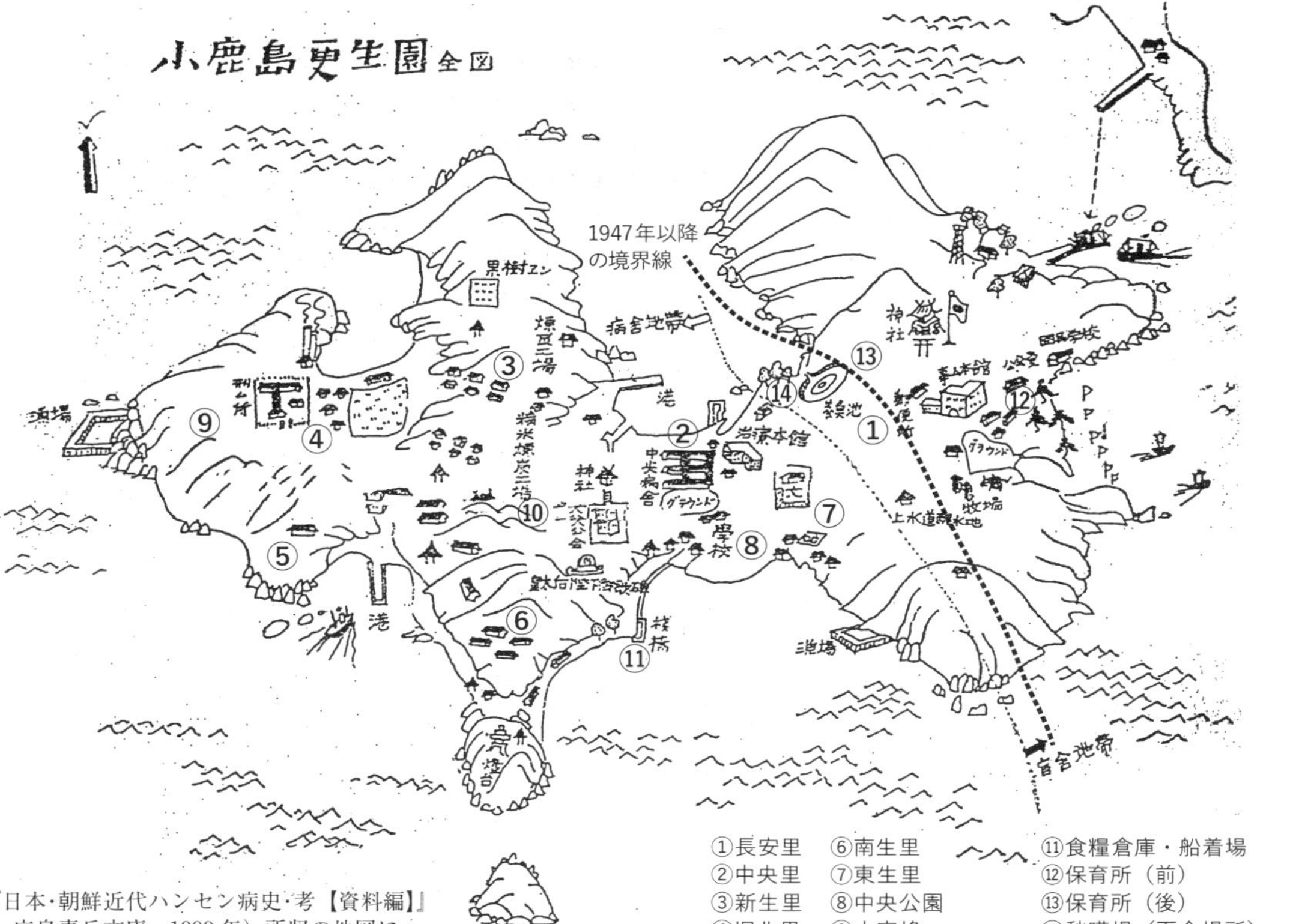

滝尾英二編『日本·朝鮮近代ハンセン病史·考【資料編】』（人権図書館・広島青丘文庫、1999 年）所収の地図に、1947年以降の境界線や本書に関係する場所を記入した。

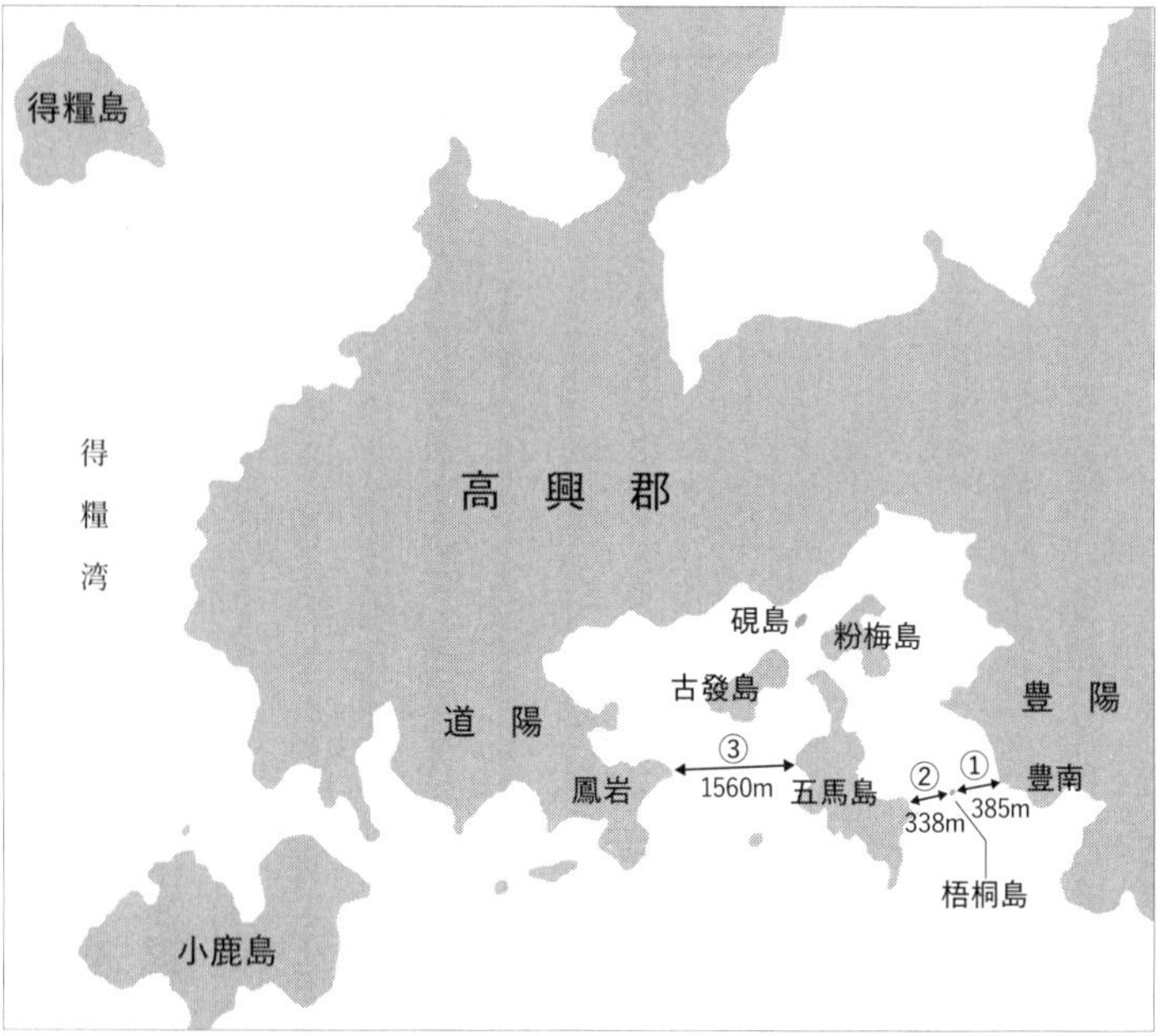

五馬島開拓事業の周辺地図　①〜③は第１、第２、第３防潮堤
（李清俊著・姜信子訳『あなたたちの天国』みすず書房、2010 年より）

一　賤国への道

父と母のこと

父は、慶尚南道（キョンサンナムド）の田舎の小さな村で生まれ、そこで育った。ところが、いつのころからか、体に異常が生じ、やがては外にも出られなくなり、家の中の小部屋で隠れて暮らしていた。そんなところに、どこで噂（うわさ）を聞きつけたのか、日本人の巡査が押しかけてきて、小鹿島（ソロクト）へ強制的に移送された。そしてその小鹿島ではひどい重労働に喘（あえ）ぎ、それならばむしろ死んだほうがましと、命がけの脱出を試みたところ、成功した。しかし、故郷にふたたび戻ることはできず、各地をさまよったあげくにたどり着いたのが、ハンセン病の人たちが家を離れて物乞いをしながら暮らす村で、慶尚南道晋州（チンジュ）の付近だった。

母のほうは慶尚南道咸陽（ハミャン）で生まれ育ち、山清（サンチョン）出身の男性に嫁いで娘を産んだが、その後にハンセン病を発症して嫁ぎ先を追われ、実家に戻って小部屋に隠れ暮らさざるをえなかった。さらには、弟が実の姉をハンセン病者が集まって暮らす村に連れていき、置きざりにして帰ってしまった。その村こそがほかならない父が暮らしていたところで、二人はそこで出会って結ばれ、私が生まれることになった。

父と母はやがて、共同墓地近くの谷間にあった、台所つきの一室だけの草家を手に入れ、村の人たちと組をつくっては、物乞いで命をつなぐ生活を始めた。

父は物乞いに行く際には、私をチプトゥル（寝具や食器などを入れる麦わら製容器）に乗せて、それを背負って歩いた。その途中で仲間が「巡査がくる。逃げろ！」と叫ぶと、父は必死に逃げた。私は荷物と一緒に揺られながら、そこから落ちまいと父の首にしがみついていた。そして辛うじて巡査から逃れ出ると、みなはハアハア息を整えていたが、顔面は蒼白で、額からは汗が滝のように流れていた。

生きるための闘いが毎日繰り返された。朝早く村に入って朝ごはん用の物乞いを終えると、山に登って、刷毛（機織りをするとき糸に糊づけする道具）の材料になる草の根を掘った。その根を水でよく洗ってから乾燥させ、刷毛にして売ったり、穀物と交換したりした。それでも足りなければ、物乞いをした。婚礼や葬儀があると、その数日間に限っては、宴会やお供えの残りをもらって食べながら、平穏なひと時を過ごせた。

ところで、そうした仲間もやはり集団なので、当然のように規律があって、違反すると厳しく罰せられた。私たちの家族がいた晋州地域は西部慶南に所属しており、その集結場所は咸安だった。そこでは年に一回、総会が開催され、悪いことをした者、たとえば泥棒をして見つかったとか、姦通の罪を犯した者を罰した。とりわけ姦通で罰せられる人が多かった。この社会では、女性のほうが圧倒的に少ないこともあって、別の村に暮らしていた者同士であっても、物乞いの最中に出会って互いが気に入ると、不倫に陥ることもあった。しかし、その種のことはたいてい発覚し、筵巻きにして棒でたくような厳しい罰を受けた。

病のせいで物乞い生活をしていても、その人たちの宗教はたいていがキリスト教[*3]で、その教理では姦通と窃盗は大きな犯罪であった。総会も、やはり礼拝で始まり礼拝で終わった。そして最終日には、執行部を選出してようやく解散となり、ふたたび各地域へと散らばっていった。

ある秋のことであった。一行は大きな山を越えて、固城（コソン）・九萬里（クマンニ）というところに出かけた。途上では、今年の秋はしっかりお金を稼ごうとひそかに話したりしながら、物乞いに励んでいた。ところが父は体の調子が悪くなり、少し休みたいと言いだした。そこで、母はほかの人と物乞いに出かけ、私と父は残された。父はずっと苦しそうな声をあげつづけた。数日たっても父の病状は好転しなかったので、ついに一行は引き上げることになった。元気な大人たちが交代で父を背負い、だらだら汗を流しながら、ふたたび九萬里の峠を越えた。そして翌日の遅くになってようやく家にたどり着いた。

しかし帰宅してからも父の病状は好転しなかった。医者に診せたいのだがお金がなく、たとえお金があっても、医者がちゃんと診てくれないことがわかりきっていた。母はあらゆる民間療法を試しながら看病したが、父の病勢はますますひどくなっていった。仲間の人たちはそんな私たちのことは放っておいて、ふたたび日常の物乞いに出かけた。そのあいだも、母はよく効くと言われる草の根ならなんでも探し求め、煎（せん）じて飲ませたが、父は回復しなかった。

地面が霜で真っ白に覆われた朝であった。父のような病気には蛸（たこ）が効くと聞いた母は、蛸を買いに出かけたそのあいだに父は息を引き取ってしまった。蛸を手にして戻ってきた母の慟哭（どうこく）は、村中に響いた。仕事に出ていた村人たちも、知らせを聞いて集まってきた。山清にいた姉も夫と一緒にやってきて、そのときに初めて私は、姉と義兄に会った。葬式では、人々が父を新しい服に着替えさせ、竹の皮の筵（むしろ）でぐるぐる巻きにして、背負子（しょいこ）に乗せて共同墓地に向かった。私も一緒に行こうとしたが、大人たちは私を止めて、行かせなかった。

そんなわけで父が亡くなった翌日になってから、私は母とともに父の墓地に向かった。共同墓地のいちばん高いところに父の墓があった。数日にわたって、私と母は毎日、その墓に参った。あるときには、狐（きつね）が墓に穴を作っているのを見つけたので、母とともに必死でその穴を塞ごうとした。こんなふうにしながら、父との永遠の別れに耐えねばならなかった。

母はやがて、少しずつ心の安定を取り戻していった。食事もとり、隣人とも話を交わすようになった。しかし父の死は母の体調に悪い影響をもたらした。あまりにも大きな別れの悲しみのせいなのか、顔がはれて赤い花（腫物ができて化膿（かのう）すること）が咲いたみたいになった。それから数日後、母は私に言った。

「実家に行ってみないかい？」

実家なんて初めて聞くことばだった。飛び上がるほどうれしくて、すぐに同意した。私たちは母の実家がある咸陽に向かって出発した。バスに乗ったり歩いたりして、実家がある村に通じる山道を登り、峠のいちばん高いところに着いた。母は木の下に風呂敷包みを置き、腰を下ろして言った。

「日が沈むまでここで待って、暗くなったら行こうね」

「どうして？」

「近所の人に見つからないで家に入らなければならないからなの。じっとしていてね」

私が母を気遣うように、母も実家の人たちが村人から非難や軽蔑を受けないように配慮していたのである。母は他人の目を避けねばならない悲しい境遇だった。

そのようにして時間を過ごしながら日没を待っていたが、太陽はあまりにもゆっくり沈んでいくように思われた。私はその緩慢な時間の歩みが、退屈でならなかった。母は実の母に会うのに、どうして人の目を避けねばならないのか、子ども心にも不満だった。ようやく西の山に太陽が沈んであたりが暗くなると、母は風呂敷包みを持って立ち上がった。

「行くんだよ」

闇に包まれて、母の実家の中庭では息を殺した慟哭が続いた。母方の祖母と母の再会の様子は、幼い私にはどう表現してよいのかわからなかった。絶叫の声も押し殺さねばならず、痛恨の涙を流すばかりであった。やがて涙をぬぐった祖母が私を力いっぱい抱きしめた。

「あぁ、お前……、ここまでくるのは大変だったろうね。いくつになったのかな？」

「六つ」

「そうか。名前は？」

「善奉（ソンボン）です」

「そうか、よくきたね。さあ、お入り」

炊きあがったばかりのご飯を食べた私は、祖母の懐に抱かれて深い眠りに落ちた。朝になっても母は門の外に出るつもりはなさそうだった。私は用心深く尋ねた。

「お母さん、ぼく、外に出て遊んでもいい？」

ぼんやりと私を眺めていた母は、重い口を開いた。

「ちょっとだけなら遊んでおいで。遠くに行ったらだめよ」

許しが出るとすぐに、私は矢のように外に飛び出した。そして村の路地のあちこちをうろつきまわり、村の入り口付近で同年代の子どもたちに出会った。私を見た子どもたちは、どっとまわりを取り囲んで尋ねた。

「お前、どこからきたんだ？」

「晋州から母さんの実家にきたんだよ。どうしてそんなことを聞くんだ？」

私は子どもたちとすぐに親しくなった。一緒に畦道（あぜみち）を走ったり、川辺に行ったり、あまり落ち着きのない性格なので、じっとしてなどいられなかった。母の実家での数日間は、私にとってとても楽しい日々だった。しかし母はそのあいだもずっと、部屋の中だけで過ごしていた。

しばらくすると、去らねばならなくなった。母も物乞いしながら暮らすのが習慣になっていたからか、窮屈だし、長居をするのは家族に申し訳ないという気持ちだった。

明け方、深く眠り込んでいた私は、母に揺り起こされた。部屋の中には湯気がゆらゆらと立つ食卓が用意されていた。まだすっかり目が覚めないで、眠気のなかでぼんやりしている私に、母が目配せした。

「早くおあがり。もう行くんだよ」

母の意図がわかった私は、まだ明け方なのに用意されたご飯をすっかり平らげた。そのようにして早朝の食事を終え、枝折戸（しおりど）の外に出ると、またしても母と祖母の声をしのばせて泣く姿が目に入った。

「いま行くと、もう二度と会えないでしょう。これが最後です。お母さん、どうかお元気で」

「ああ、そうだね。元気で行きなさい」

隣の家に気づかれはしまいかと声を押し殺して泣き、涙をぬぐいながら手を振る祖母のもとから、母は私の手を握り、まるで逃げるかのように小走りで村を出た。

きたときは日が沈むまで待っていたあの峠道を越え、大きな道に出てからバスに乗った。こうして母は、自分が生まれ育った故郷の家、輿（こし）に乗って嫁ぎはしたが追い返された実家への最後の訪問を終えて、ぼくたちの家に戻るのだった。

バスに乗ると母は何も言わず窓の外に目を向けたまま、とめどなく広がる故郷の風景を眺めていた。それはたぶん、過ぎ去った日々のうれしかったこと、悲しかったこと、これからのことなどへの複雑な想いであったろう。そしてその日は遅くまで歩きつづけてようやく、父が亡くなった家に帰り着いた。

次の日から、母は私を連れて村の人たちと一緒に物乞いに出かけた。しかし以前と違う様子だった。これまでに父と一緒に出かけたときには、よくおしゃべりもし、笑いもしていたのに、いまでは笑顔もことばもなく、私の手を握って黙々と前の人についていくだけであった。目的の村に着いて、他の人々と分かれて物乞いをするときも、母の声には力がなかった。そんな母についていくと、あまり物乞いの成果もなさそうなので、やがては私が母よりも前に出た。

「物乞いにきました」

私たち親子を気の毒に思ったあるおばさんは、一握りの麦を持ってきてくれた。そして二人の身なりを見ると、かわいそうにと舌打ちして、〝ちょっと待ってなさい〟とまた中に入って、今度は米を茶碗一杯入れてくれたうえで、私の頭を撫(な)でてくれた。私はその米一杯で元気が出たので、振り返って母に言った。

「お母さんはぼくのあとについてくればいいよ。ぼくが先頭に立ってちゃんとするから」

そのことばを聞いた母は、笑っているのか泣いているのかわからない表情を浮かべながら、こう言った。

「そうだね、お前はしっかりしているから、なんとか生きていけるよ」

その村を回り終えて、次の村を過ぎ、夕方には約束の場所に集まって、ご飯を炊いて食べた。夕食を済ませると横になったが、地面が寝床であり、天井は空なので、実に大きな部屋だった。ほかの人たちはすべて夫婦連れであり、私たちだけが親子だった。私は母にぎゅっと抱きしめられながら、眠りに落ちた。

父があのようにして亡くなり、私と母の二人で物乞い暮らしを続けていると、周囲の人が母に再婚を勧めるようになった。母も幼い私を連れての物乞い暮らしをやめたい気持ちがあったので、物乞いせずに暮らせるような人となら、再婚してもいいと考えたようである。そうして出会ったのが、私たちの組織の本部がある咸安に住む男性だった。彼の実家は裕福なので、食料などはすべて手に入り、物乞いなどしないで暮らしていた。母と私はその男性が住む咸安へ引っ越した。

母が再婚してからは、物乞いに出かけることはなかったが、私には昼間に焚き木などの燃料を集めるつらい仕事があった。毎日自分の背丈よりも大きな竹かごを背負って、松葉をかき集めて家に運んできた。まだ幼い私にとってはとてもつらい仕事で、いまでも思い出すと顔がほてってくる。

ある夜、寝小便で、敷布団に地図を描いてしまった。朝になると、母は新しい父に申し訳ないと思ったのか、あるいは迷信なのか、私に箕をかぶせながら言った。

「これをかぶって隣の家に行って、塩をもらってきなさい」

箕をかぶった私は隣家に行き、蚊の鳴くような声で言った。

「塩をちょっとください」

すぐに隣のおばさんが台所に入ってしゃもじを取り出し、私の頬をたたきながら言った。

「その歳でも寝小便なのかい？」

私は泣きながら家に逃げ帰った。そんな私を見て母が言った。

「塩をもらってきたのかい？」

「いいえ」

「どうして？」

「ここをたたかれたんだ」

箕を受け取ると、母はくすくす笑いながら言った。

「寝小便しないようにというおまじないなんだよ。二度と布団におしっこしてはダメよ」

母と私はこのようにしながら、そこで二年間を過ごした。しかし、どうしてなのか、母の病状がまたしても悪化して、顔に赤い花が咲きはじめた。だが、特別な治療法はなかった。

母の病勢が悪化しはじめたころに、わが国は日本から解放された。解放されたからには、物乞いに出かけても、取り締まりで連行されて小鹿島に送られることはないという話もあった。しかし、その一方では、特別な取り締まりはなくなっても、一度くらいは物乞いたちの整理があるかもしれないので、それぞれが気をつけねばならないという話も聞いた。

少しあとになって、各地域で症状の重い人たちを釜山（プサン）に集結させる動きが始まった。咸安から選ばれた何人かのなかに母も含まれており、自動的に私もそのなかに入っていた。

米軍の軍用車が咸安本部へ到着した。車はすでに晋州をへてきたので、たくさんの人が乗っていた。母と私も乗せられた。咸安で集められた人々も全員を乗せると、車は砂ぼこりを立てて走りはじめた。荷台に積まれた私たち一行は、その砂ぼこりを全身に浴びながら、ガタガタと揺られて釜山太宗台（テジョンデ）広場で降ろされた。

緑深い森が鬱蒼（うっそう）としている太宗台は、いまでも美しい場所だが、そのころは木々に新芽が芽吹きはじめるころだったので、その美しさは何にもたとえようがないほどだった。しかし私たちは美しさに感嘆しておれるような呑気(のんき)な立場ではなかった。私たちだけではなく、すでに慶尚北道(キョンサンブクト)からきていた一行も同じであった。太宗台には私たちも含めて約四千五百人くらいが集められていた。

　私たちが住むことになったのは、日本軍が使っていた建物であった。夫婦者には日本軍将校たちが住んでいた家を、独身者には男女別で兵士たちの幕舎だったところが割り当てられた。宿舎の手配が終わると、軍用食品が臨時食料として配給された。しかしそれはせいぜい葛粉くらいだった。ここでの暮らしは何もかも不慣れで不自由であったが、私のような幼い者は、対空砲が設置してある場所や、飲料水の貯蔵所、洗濯場など、遊び場に不自由しなかった。

　その年の夏には、収容者のあいだで恐ろしい伝染病が広がった。コレラである。ほとんど毎日、多くの人が死んで、運ばれていった。死体は太宗台の灯台へ降りていく広い三差路に集められた。そこで、棺にもいれずに、着ていた服のままで薪(まき)の山の上に積んで、露天で火葬した。遺骨は太宗台の海のほうに掃き落とされた。死者が多すぎる日には、その日のうちに火葬を終えることができないほどだった。

　このような状況でも、ひたすら押し黙ったまま眺めていなければならなかった。ここに集められたのは、父母兄弟と社会から見捨てられ、物乞いで辛うじて生きながらえるという悲惨な人生を生きていた人たちだった。祖国が解放されても、行くところもなかった。役人たちによって半強制的に選び出されてここに移送されたあげくにコレラで死んだ人は、それこそが運命と思うほかなかった。その多くの遺体を前にして、悲しんで泣いてくれるような人など一人もいなかった。

コレラは独身部のほうが多く発生した。母は山の頂上付近にあったある夫婦の家に避難した。ここにくる前から、その夫婦とは実の兄弟姉妹のように仲良くしていたので、訪ねていくことにしたのである。そして実際に訪れてみると、一緒に暮らそうと言ってくれて、火が通っていないものは決して食べさせなかった。また、子どもたちを外に遊びに出さないようにして、たまに外出して帰ったときには、手足をきれいに洗わせた。周囲の夫婦たちもみな、同じように気をつけて、ほとんど外出しなかった。それゆえ夫婦たちが住むところには、ほとんど伝染しなかった。他方、男女の独身部に住む人たちは健康管理が十分でなかったから、多くの死者が出た。ともかく百名以上が命を失ってようやく、伝染病は終息の気配を示すようになった。

日常生活に戻ると、志のある人たちが集まって、子どもたちの教育について話し合いがもたれた。そして苦労して小学校の教科書を手に入れ、昼間に子どもたちを木陰に集めて文字を教えはじめた。ここにいる多くの人はキリスト教信者であった。だから、毎週日曜日と水曜日には礼拝を行い、肉体のつらさに耐え抜いた。信仰を通じて神に仕え、愛と奉仕で助け合いながら、現在よりも来世をより大事に考える生活を送っていた。

賤国、その名は小鹿島

ある日、私たちが暮らしていたところへ、数台の軍用トラックが列をなしてやってきた。そしてそこにいた全員を、理由もいわずにトラックに載せて、太宗台の入り口の海辺に運んだ。さらには、そこに停泊していた大きな船に乗せられて、五六島（オリュクト）の前の龍湖洞（ヨンホドン）で降ろされた。私たちが次に連れていかれたのは、日本軍が掘った軍事用の洞窟であった。どのくらい広い洞窟なのかと大人たちが松明（たいまつ）を手にして入っていったので、私もついていった。洞窟は蜷局（とぐろ）を巻くように穿（うが）たれていた。前を進む大人たちのひそひそ声から、山の頂上にまで伸びていることがわかったので、私は途中で大人たちから離れて洞窟の外に出た。

　私たちを降ろした人たちは、しばらくそこにいるようにと命じて、米軍の軍用食品を配給した。洞窟の外に出てみると、少し下の村にハンセン病患者たちの収容施設が見えた。私たち一行のなかで体調の悪い者はその村にある治療室で治療を受けて薬をもらった。母と私は五六島近くの海辺の岩場でカラス貝を取ってきて、小麦粉と葛粉を混ぜてスジェビ[*4]を作って食べた。

　そこでも子どもたちは勉強を続けた。勉強が終わると五六島近くの海辺の砂浜で遊んだ。そこには砲弾の芯が散らばっていた。その芯を拾って端に火をつけると、芯がポンポンと音を立てながら煙を吹いて飛び上がり、はるか向こうに落下した。子どもはこの遊びがおもしろくてたまらず、時間のたつのも忘れて遊んだ。

　一九四六年夏の終わりであった。釜山五六島の近くの海に、黒い貨物船が一隻（せき）入ってきて、私たちはその船に乗せられた。その船は貨物を運ぶ船にふさわしく、船上にはクジラの腹のような大きな貨物倉庫が堂々と居座っていた。無理やりに連れてこられた私たちは、大声でわめきたてる人たちに追い立てられて、貨物倉庫に入れられた。そのように三百余名の人間を、まるで貨物のように積み込むと、食事提供用の小さな動力船一艘を連結して出港した。船内には男女を区別する間仕切りもなかった。波で船が横揺れすると、人々は右に左に揺れてもつれあった。私はまるで何日間も何も食べなかったように空腹だったのに、船酔いでむかむかしていた。

何度も便所へ駆け込まざるをえなかった。しかし便所といっても、梯子を上って船の後方まで行くと、木の板を二枚わたし、カマスで三面を仕切っただけのものだった。その板の上に上がって座ると、真っ青な海水がすぐ下で波打っていて、何も出ないまま戻ることになった。便所は男たち専用のものであった。私にも特別なやり方はなかった。どうしても我慢できないときは、母に訴えた。母はまわりの年寄りや女性たちがしているように、そばの人にちょっと隠してほしいと頼んでくれたので、その陰で空き缶に用を足して海に捨てた。

乗船後、食事として与えられたのは、米と麦が半分ずつ交ざった塩味の握り飯であった。しかしひどい船酔いで、それを食べられる人などいなかった。ほとんどみんなが横になったまま、船の揺れに身をまかせているという状態であった。そのようにしてまる二晩過ぎると、船は目的地に到着した。すでにくたくたに疲れていたが、陸地というだけでも安堵した。見回してみると、小さな島で、その名は〈小鹿島〉であった。

島から人がやってきて、船から降りた私たちを、七つの組に分けて整列させた。いつの間にか母と私もみんなと一緒に列を作っていた。整列すると、案内者に従って一列、二列と出発した。母と私も案内者についていった。私たちが割り当てられたところは長安里（チャンアンニ）という村の、女性部の独身者用の宿舎だった。船酔いがまだ治まっていない状態で、そこに住んでいる人たちにあいさつをした。指定された場所に荷物を整理し終えると、釜山で配給された牛肉の缶詰四個のうちの一つを差し出した。人々はその缶詰を見て、初めて見るものだと不思議がるので、その缶詰を具にした汁を作り、一緒に夕食として食べた。揺れる船の中では一時間もまともに眠れなかったので、夕食を食べ終えるとたちまち眠気が襲ってきた。すぐに横になって眠ってしまい、目を覚ますと朝になっていた。数日ぶりに落ち着いた室内で寝たので、ぐっすりと眠れたようであった。

　こうして小鹿島の初日が過ぎた。翌日になって、村の事務所の庭から周辺を見回すと、東側に鉄条網が張られているのが見えた。鉄条網の横にアカシアの木が並んでいて、鉄条網の向こう側には家が並んでいた。職員たちの官舎とのことだった。目を海のほうに転じると、広く開けた海側に水田が見えた。しかしその海辺に並んで立っている一抱えもある松の木々は、どれも腰のあたりに醜い傷痕があった。それが気になったので大人たちに尋ねてみたところ、それは日本の植民地時代に松炭油を作るため、ここの園生たちを強制的に動員して松脂（まつやに）を採取していたときの痕跡とのことだった。その真ん中には道が延びており、職員が出退勤するときに通る、職員地帯と病舎地帯を結ぶ道であった。

　村には井戸が三か所あり、周辺には大きな竹藪（たけやぶ）もあった。建物がたくさんあって、男子独身舎一棟と女子独身舎二棟、家族舎が三十四棟だと教えられた。低い山のふもとに建物が仲良く並んで、こじんまりしたこの村には、キリスト教礼拝堂と治療室、そして事務室と倉庫などの現代的な建物もあった。

好奇心の強い私は気になることが多くて、大人に質問すると、親切に教えてくれた。長安里は日本の植民地時代には職員官舎であったが、患者たちが増えてきたので、病舎地帯に作り替えたとのことだった。しかし職員地帯に近いので、もっとも病状の軽い患者たちだけが住めるところだとのことだった。


私たち母子は、やがて、この村を出なければならなくなった。母の顔に赤い花がたくさん咲き、青い葉が出てきたからである。赤い花は顔に結節ができることをいい、癩菌(らいきん)が皮膚の中に巣くって化膿する初期症状であり、青い葉は結節が崩れたり散ったりすると現れる傷痕のようなもので、病気が進行していることを暗示するものであった。ついにある日、私と母は中央里(チュンアンニ)の女子部二左八号に引っ越した。これまでは私がまだ幼いので女子部に母と一緒にいられるように配慮してくれていたが、それも数日だけのことだった。

小鹿島保育園、そして愁嘆場(スタンジャン)＊5

それから四日後、子どもたちは治療本館に呼び集められ、服を脱がされて、医者が診察した。その翌日には、子どもたちをまとめて保育園に入所させることになった。

中央里女子部宿舎はたちまちのうちに涙の海になった。保育園に入所しなくてはならない子ども、そしてその子たちを保育園に送らねばならない母親たちは、一人残らず慟哭し、絶叫した。母は私を抱きしめて、喉が裂けんばかりに泣き叫んだ。

「父さんが小鹿島という一言を聞いただけで、寝ていても飛び起きて、逃げ出したことを知ってるだろ」

そう言って母は身震いした。私もまた、これまでも多くの苦痛に耐えながら成長し、母に従ってここまできたのに、いまになって母と別れねばならないという青天（せいてん）の霹靂（へきれき）の現実を前にして、胸が引き裂かれるような悲しみを覚えた。

しかし、涙の別れの儀式も長くは続かなかった。子どもたちは一列に並ばされ、引率者に連れられて中央里の治療本館に向かった。親と別れる私たちの泣き声は涙の海になったが、そこを出てゆくしかなかった。松の木も私たちの慟哭が聞こえるのか、その日に限って風が強く吹いて、揺れる松葉が悲しい歌を歌ってくれているかのようであった。私は母の痛ましいまなざしから離れないように、しきりに後ろを振り返った。しかし母と距離が遠くなるにつれて、涙が眼前をさえぎって何も見えなくなった。

涙を流しながらもひたすら前の人についていくうちに、指導課の前を過ぎ、中央里前の松林も通り過ぎた。ついには境界線の見張り所も過ぎた。そして職員地帯の坂を上って事務本館前にある保育園に到着した。

新入りの私たち三人は、割り当てられた部屋に入っていった。室内にはすでに六、五、四、三、二と学年順に五人もいたので、八人の新しい家族になった。ぎこちなくあいさつしてから座って部屋を見回すと、そこはかつて日本人が使っていたもので、部屋の真ん中にコタツがあり、床は畳であった。

夕食時間になると、ご飯をもらいに行かねばならなかった。新入りの私たち三人が食事当番を命じられて、みんなのご飯とおかずをもらってきた。しかし均等には配分されず、大きな子たちがたくさん食べてしまうので、私たちはちょっとしか食べられなかった。食事が終わると、部屋でいちばん大きい子が私たちに向かって言った。

「お前ら、だれかにお腹(なか)が空(す)いたなんてことを言ったりしたら、承知しないぞ。半殺しの目にあわせてやるからな、わかったか?」

押さえつけるような声にすっかり気後れしてしまい、小さな声で答えた。

「はい」

するとまたしてもその子は大声で脅した。

「わかってるのか!」

ひどくおびえた私たちは大声で答えた。

「はい!」

「それなら、さあ、あとはお前らが片づけるんだ!」

そう言われるとすぐに、私たち三人は急いで食器を片づけた。しばらくして、保育園の教師による人数確認が終わると、寝床に入った。掛布団は綿がすっかり固まってしまっていて、そのあいだから電灯の明かりが見えるほどだった。ともかく、お腹を空かせたままで夜を過ごし、朝になると洗顔し、昨夜と同じように食事を摂(と)った。そんなことが毎日繰り返されるのは耐えがたかった。

ある日、旧北里(クブンニ)からきた食堂で働いている六年生のお姉さんが、部屋にいる私たち三人を呼んだ。言われるままに、お姉さんについて台所に行くと、おにぎり一つ、お焦げ一つを一人ひとりにくれた。

「ここで食べていくんだよ。持っていったりしたら、またあの子たちに取られるからね」

そう言いながら、スンニュン[*6]も一杯ずつくれた。

「お腹空いてるだろ？　でももうちょっとだけ我慢するんだよ。あんたたちの部屋のいちばん大きい子、あの意地悪っ子は来年の春になれば、大邱三育(テグサミュク)保育園にある中学校に行くのよ。それまで我慢するんだよ」

それを聞いた私たちは、目がぱっと開き、しゃんと気を取り直した。それで声を合わせて言った。

「ありがとうございます」

冬の寒い夜のことだった。人員点検が終わると、大きい子たち三人が境界線の鉄条網を越えて親に会いに行くからと、私たちを脅した。

「お前ら、黙ってるんだぞ！」

目を剝(む)いてだれにも言うなと私たちを脅かすと、その子たちは南生里(ナムセンニ)、西生里(ソセンニ)、旧北里に住む自分たちの親に会いに行った。朝起きてみると、いつ戻ったのか、その子たちは帰ってきていた。その朝、私たちはそこにきて初めて、お腹いっぱいにご飯を食べることができた。三人は明け方に親が準備してくれた食事を食べてきたので、こっちで朝食を食べなかったからである。

このようにして、しだいに保育園生活にも慣れていった。

ある冬のことであった。三年生から六年生の保育園の子どもたちは、トラックで病舎地帯にある公会堂へ連れていかれた。公会堂では年に何回か映画が上映され、その一つを鑑賞しに行ったのである。でも私はまだ幼かったので、その仲間には入れてもらえず、ほかの幼い子どもたちと一緒に部屋に残っていた。いつも空腹で何か食べたくて仕方がなく、年長の兄さんたちがいないうちに、何か食べ物はないかと考えた。するとよい考えが浮かんだ。昼間に倉庫で豆を積み上げたとき、こぼれたものを何粒か拾って食べたら、香ばしくておいしかったことを思い出したのである。もちろん空腹だからこそ、そのように感じたのであろうが、倉庫に積まれている腐りかけた豆を盗み食いでもしようと、ほかの子どもたちに呼びかけた。するとその子たちも賛成したので、一緒に倉庫に行き、一握りの豆を噛(か)んで食べ、ポケットにもつめ込んで部屋に戻ってからも食べたが、ぜんぶは食べ切れないまま眠り込んでしまった。

そして翌朝、起きて布団を片づけて掃除をしていると、私の布団の下に腐りかかった豆がこぼれていて、ポケットにも残っているのが年長の兄さんたちに見つかってしまった。しかも、ほかの子どもたちはぜんぶ食べてしまっていたので、私一人だけが豆を盗み食いしたやつになってしまった。そんなわけで、私一人が、寒い冬に屋外で両手を挙げて立つという罰を受けた。薄い服を着ているだけなので、最初は手と足がとてもしびれて涙を流しつづけていたが、時間がたつと手足の感覚が麻痺(まひ)してきた。冬の風がどうしてこんなに強く吹くのかと思っているうちに、何の感覚もなくなった。どのくらいたったのか、すっと眠気が襲って瞼（まぶた）が閉じ、どこか変なところに行くような感じがした。気がついたときには、手と足を包帯で巻かれて、部屋に寝かされていた。そして翌日からは毎日、治療本館へ行って手と足の治療を受けたが、じゅるじゅると何かの液が出るだけで、治療の効果など少しもなかった。

保育園の子どもたちは毎月一回、親と面会をすることができた。しかしその月には、私は面会できなかった。手と足に包帯が巻かれていたので、母がそれを見て驚くことを心配した保育園の処置のせいであった。だから面会の日には一人だけ部屋に残った。どうしてこれほど悲しいのか、とめどもなく涙が出た。面会が終わって戻ってきた子どもたちが、私に言った。

「善奉や、お前のお母さんがきておられて、泣きながら、どうしてお前がきていないのかと尋ねていたよ」

「それで、どう言ってくれたの？」

「風邪がひどくてこられないだけだから、心配しないでと言っておいたよ」

ひと月後の面会の日になった。足を治療して履物が履けるようになっていたので傷痕が見えないから、面会に行けるようになった。だから服を着替えた。それからまもなく、六年生から一列に並んで引率者に従って境界線を越え、ちょっと下ったところの道端に保育園生が一列に並んだ。

親たちはすでにきていて、道の側のちょっと低いところ、すなわち海辺側から吹いてくる風に向かって立っていた。風による伝染を防ぐために、私たち保育園生は風を背に受け、親たちは風を前から受けるように立たせるかたちで、面会が行われていたのである。これはいま考えると、なんともばかげた話であった。

面会所はたちまち涙の海となった。泣き声と子の名前を呼ぶ親たちの声、そして母を呼ぶ子の声が一体となって島中に響いた。会えたうれしさで泣く人、わずかな面会時間なのに、ひたすら胸の痛みや悲しみのことばをくどくどと繰り出して費やしている人、お小遣いをくれる人など、実にいろいろであった。しかし五、六年くらいならばともかく、私みたいな幼い子たちは、たとえお小遣いをもらっても大きい子たちに取られてしまうので、何の役にも立たなかった。

母は、私が先月にどうして面会にこられなかったのか、それがとても気になっているようだった。

「お前、どうしてこなかったの？　なんかあったのか？」

「ううん、何でもないよ」

「そんなら、なんでこなかったの？」

「風邪がひどかっただけだよ」

「そうか、ひもじくはないか？」

「お母さん、ぼくお腹空いてるよ」

お腹が空いたと言いながら、思わずどっと涙を流した。ところが、それが災いのもとになった。

面会を監督していた先生がそのことばを聞いてしまったのだ。面会を終えて戻ってくると、面会中にひもじいと言ったことで、夕食時に罰を受けることになった。その罰とは五人分のご飯と汁、そしておかずをすべて食べねばならないというものであった。お腹がいっぱいで食べられない子どもに、速く食べろと殴り、まだ残っているといって殴り、しかたなく無理やりに喉に押し込んでも、こぶしで殴りつづけるという、それこそご飯を食べる拷問であった。あれやこれやで散々殴られて、頭が腫れ上がり、涙で顔がぐしゃぐしゃになって夜を明かした。いま考えても人間ならばできるはずもない、ほんとうに血も涙もないやり方だった。

そのようにして、その年の冬が過ぎて、手の傷はほとんど治ったが、足は一向によくならないままで、春がきた。春になると、親に会ってきた子どもたち数人が、裏山に登って翁草(おきなぐさ)の根を掘り出し、石の上において石ころでたたき、膝や脚、腕などに貼りつけて、その上に包帯を巻いた。そして一晩たつと、その子たちのその箇所には変な傷ができて、水がだらだらと流れ落ちた。その傷のために子どもたちは治療本館に通うことになり、病舎地帯に下りていった。保育園の子どもたちはあらゆる手段、方法を用いて保育園を抜け出す知恵を絞るのだが、今回使った方法は親たちが教えたものであった。

春の暖かいある日、保育園は引っ越した。新しく移った保育園は大きな家が五軒あり、教室と井戸、そして運動場があった。三方向をカラタチの垣根が取り巻き、残りの一辺は境界線としての鉄条網があって、長安里と接している場所であった。

保育園の一辺が長安里と隣接しているので、境界線をあいだにして鉄条網とアカシアの木のあいだから人を見分けることもできる距離であった。しかも長安里の井戸端に行くと、とても近距離なので、ことばも聞き取ることができた。

ある日のこと、授業が終わって休憩時間になった。急に五年生の兄さんが私たちのほうを見て叫んだ。

「チョリや！」

一緒に遊んでいたチョリが、その兄さんのほうに行ったので、私たちもついていった。

「チョリ、お前のお母さんだろ。あそこの鉄条網のところで白い服を着て、こっちを見ているのは、お前のお母さんだろ？」

その兄さんは静かにチョリに言った。それを聞いたチョリが母親を見つけて手を振ると、チョリの母親も手を振りながら、手拭いで涙をぬぐうのが見えた。走っていって〝お母さん〟と呼んでみたくなる近さだし、駆け寄って鉄条網のあいだから手を握ることもできるほどであった。しかし見張っている監督の先生と規則に縛られているチョリは、遠くから母親を眺めて泣き、チョリの母もただ涙をぬぐっているだけであった。

側にいる私たちも泣けなかった。ただことばもなく、沈黙が続いた。授業の鐘が鳴って教室に向かうと、チョリの母は手を振りながら戻っていき、私たちは静かに教室に入った。その場所は、ほかの子どもたちの母親も時々現れるのだが、親たちは子どもに会いたくてたまらなくなるとそこにきて、離れたところからでも姿を見ようとした。

保育園の子どもたちは、職員地帯の学校では受け入れてもらえなかった。そこで、私たちだけで勉強してから、六年生を卒業すると大邱にある三育保育園に移送されて、中学校教育を受けることになる。そうなれば月一回の親との面会もなくなり、しかも、そのあとはいつ会えるかわからない。ここに暮らしている親たちは強制収容なので、外出の自由はもちろんないから大邱まで行くことなどできるわけもない。大邱に行った子どもも、自由もなければ旅費もないのでくることができない。そんな両者の悲しい別れであった。

　子どもがいつか中・高校を卒業して職に就けたなら、休みの日にでも親に会いにくることもできるだろうが、そうなるまでにどれほどの歳月がかかるだろうか。しかも、そのあいだに親が世を去りでもすれば、永遠に会えなくなる。だからなのか、保育園の子どもは六年生になると毎週、夜中に鉄条網を越えて病舎地帯に行き、親に会っておいしいものを食べ、戻ってくるときには芋飴（あめ）などをたくさんもらってきて、私たちにくれたりもした。それが露見でもしようものなら、ひどい目に遭いかねない。しかし宿直の教師はこういう事情を弁（わきま）えているので、六年生の子どもに対しては大目に見ているようであった。

　先輩たちは、大邱三育保育園に行くには二日もかかると言っていた。しかも、公共交通機関ではなく、園にあるトラックにテントを敷いて移動するのだという。それに乗って黄土のほこりを浴びながら、途中の一泊もトラックの中だった。動物でもなく罪人でもない子どもたちなのに、どうしてそんなことになっているのだろうか。一般の交通機関を利用すれば、なんでもないことだろうに……。どこに行くのか外も見えない状態で、トラックで連れていかれる子どもたちの気持ちを思うと、いまでも喉が締めつけられそうになる。大邱に向けて発つ予定の六年生たちの特別な面会にまつわって、小鹿島に口伝されている次の歌には、その悲しみと恨とが込められている。

涙は　三食の　おかずみたいで
行ったら体に気をつけるんだよ　ご飯をちゃんと食べるんだよ
しっかり勉強するんだよと
喉が詰まった声で
行ってしまえば　今度いつ会えるものやら　涙まみれの別れだよ
送る親も　去る子どもも　涙の合唱だよ
会える約束のない　別れの合唱の涙だよ
面会時間が終わるとき　慟哭の別れが　草木も揺らすよ
互いに振り返り　また振り返り　手を振るだけだよ
死にさえしなければ　いつかはきっと会えるだろうよ　希望をいだいて
こんなふうに別れたから　涙の泉が枯れたんだね

季節が変わって春になっても、足の指の傷は治らなかった。毎日一回、傷口に水薬を塗り包帯を巻く治療を受けてきたが、少しでも動かすと包帯はほどけてしまう。そんな状態で数か月も過ごしたある日のこと、医者が〝お前は病舎地帯に行かなきゃならんな〟と言った。私は飛び上がるほどうれしかった。そして心の中で歌を歌った。

〝足の指がどうだって言うんだ、お母さんの側に行けるなんて……〟

その日、中央里に下りていって私は母の胸に抱かれた。

ふたたび病舎地帯へ

母はまるで死んだ子どもが生き返ったかのように喜んだ。しかし私の両足を見て、すごく驚き涙を流した。そして、民間療法の薬草を人に依頼し、もち米を買ってきてご飯を炊いてくれた。餅も作って食べさせてくれて〝骨をしっかりさせねばならない〟と言っていた。

母の民間療法は効き目があった。頼んでおいた薬草を受け取ると、十分に煮て、少し冷ましてから、そこに足を入れて一時間くらいそのままにしておくように、とのことだった。そのとおりにしていると、足の指の黒いかさぶたが柔らかくなり、剝(む)けて、足がかなりきれいになった。そして指のあいだの腫れも治まりはじめた。

しかし、数日もたつと、女子宿舎に男の子がいてはいけないからと、男子独身舎である八右一二号に移された。自分が使う敷布団と掛布団、そしてご飯茶碗、汁椀(しるわん)、おかず皿、箸と匙(さじ)を母から受け取って、割り当てられた部屋に向かった。私の場所は出入り口のすぐそばでいちばんよくない位置であった。

中央里は小鹿島の中央にあった。そして行政部署と学校などすべてがそろっていた。病舎は左右の八個の病棟が連結しており、中央と左右の病棟の奥の部屋とが廊下でつながっていた。雨に濡れないで移動できるように、共同食堂、便所、治療本館と洗濯室、そして監禁室がつながっていた。その構造を整理すると、次のようになる。

一左　仮入院室　四部屋
一右　男子独身舎十二部屋
二左二右　女子独身舎十二部屋
三左三右　女子独身舎十二部屋
五左　男子独身舎十二部屋
五右　夫婦生活舎十六部屋
六左六右　男子独身舎十二部屋
七左七右　男子独身舎十二部屋
八左八右　男子独身舎十二部屋

これ以外に、夫婦が住む家庭舎二十軒も別にあった。また、独立した建物としては、次のような施設があった。

1、産業部　2、指導部　3、医療部　4、中央公園　5、小学校　6、中学校
7、中央運動場　8、洗濯場　9、健康人職員事務室　10、研究室　11、研究用動物飼育場
12、薬品倉庫　13、監禁室　14、解剖室　15、キリスト教礼拝室　16、天主教聖堂
17、中央治療室　18、中央食堂　19、中央里事務所　指導所　20、公会堂

廊下前の空き地には、各室の大きさに合わせた食糧保管所があり、醤油(しょうゆ)や味噌(みそ)の甕(かめ)、キムチの甕、水甕(みずがめ)が並んでいた。部屋の後ろには薪なども保管しているほかに、多様な目的に使われた。

私が割り当てられた八右一二号は四メートル×三メートルの部屋で、三人ずつが頭を向き合わせて寝るようになっていた六人部屋だった。部屋の中には四メートルの棚があり、そこに個人用食卓とおかず皿、そして個人用品を置くことができた。また部屋の前の廊下には、出入り口にかまどがあり、かまどには鉄の釜が置いてあった。そしてその横には、共同の食卓兼洗い物入れがあり、その隣には飯びつを置く空間があった。

部屋には個人ごとに櫃(ひつ)が二個ずつあって、その大きさは六〇センチメートル×四〇センチメートルで、それを重ねて置き、その上に寝具類を載せた。櫃の中には食料や食器などを、引き出しには薬品やその他のこまごました物を入れた。上の櫃には衣類などをしまっておき、寝るときは寝具を自分の櫃の前に延べて寝た。

以前からその部屋にいた五人には、すでに櫃があったが、私にはまだなかったので、寝具は部屋の片側に置き、食器類は棚に置いた。

うちの部屋の家族は全国各地からきた人々であった。年齢もさまざまであり、片方の足がない人、目が見えない人、腕がだらりと伸びたままの人、体は何も問題がないけれども顔と体に赤い花が咲いている人たちなどがいた。そして、今回、子どもの私が割り当てられたので、計六名になった。

部屋を割り当てられて初めての夜を迎える時間になると、人員点検が始まった。指導員がやってきて、〝家族みんないるのかな?〟と言いながら点検するのだが、これは夜間外出禁止と同じなので、ほかの部屋に遊びに行っても、人員点検時間になると自分の部屋に戻っていなければならなかった。人員点検が終わると、部屋ごとで一斉に就寝前の礼拝が始まった。讃美歌が響き渡るのだが、歌う曲[*7]はたいてい決まっていた。

1、弱きものよ　我にすべて　まかせよやと　主(しゅ)は　のたもう
主によりて　贖(あがな)わる　わが身(み)の幸(さち)は　みな主にあり
2、岩のごとく　固(かた)き心　砕(くだ)くものは　御力(みちから)のみ
主によりて　贖(あがな)わる　わが身(み)の幸(さち)は　みな主にあり
3、我になにの　いさおしあらん　ただ主の血に　清くせらる
主によりて　贖(あがな)わる　わが身(み)の幸(さち)は　みな主にあり

4、死の床より　起くるその日　勇み歌わん　主の御戦を
主によりて　贖わる　わが身の幸は　みな主にあり　アーメン

讃美歌を歌い終わると、年長者による指名で順番に祈禱する。部屋の最年長者が、〝きょうは朴先生が祈禱してください〟と言うと、指名された朴先生がすぐに祈禱を始める。

〝神様のお恵みに感謝いたします。健康な社会にそのままいたならば、世のあらゆる罪を犯し、死ねば地獄へ行くしかなかったこの身なのに、病んで捨てられてここにきて、イエス様を信じることができて罪が赦され、死んでからは天国に行けるようにしてくださり、感謝いたします。父なる神よ、主のお恵みで、よく眠れるようにしていただき、魂を呼んでくださるときは、どうか主の日か公休日にしていただけるように、お恵みを施してください。イエス様の御名により、お祈りいたします。アーメン〟

朴先生の祈禱が終わると、全員が使徒信経*8を暗誦し、礼拝を終えた。夜の礼拝が終わると寝床を準備して横たわった。私はさっきの礼拝で祈っていたおじさんに、気になっていたことを尋ねた。

「おじさん、さっきのお祈りのときに、どうして日曜日や公休日に死なせてくださいと言っていたの？」

「そのうちお前もわかるだろうが、ここでは死ぬと死体解剖室で解剖して研究材料にすることになっている。ところが、日曜日や公休日に死んだ者は、解剖しないで葬式をするので、研究材料にならな

くて済む。そんなわけだから、夕方の礼拝や代表祈禱、明け方の祈禱のときに、もっとも切実なのがその祈りなんだよ。話しだすときりがないが、これからここで暮らしているうちにいろんなことに出くわして、いろんなことを知ってゆくだろうから、きょうはこのくらいにして、さあ寝よう」

私は当時、そのことばに込められた意味を十分には理解できなかった。だからといって、それ以上、質問するわけにもいかなかった。

母と数日間を過ごすうちに、体もずいぶんと回復し、保育園での悪夢も少しずつ薄れていった。初めての部屋でも、明け方までぐっすり眠ることができた。そして教会の明け方の鐘で目が覚めた。早朝祈禱に行ける人は教会に行き、残った人はそれぞれの部屋で同じ時間に一斉に讃美歌*9を合唱した。

1、過ぎし夜　見守り　眠りを賜い　豊かな恵みを　感謝し歌う
2、命のいきもて　この身やすらか　病をとりさり　尽きせぬ感謝
3、主イエスの光が　心を照らし　闇夜の暗さを　明るく昼に
4、みたまに願うは　いまこのくらし　すべおさめまして　正しくまたく　アーメン

早朝の礼拝も、順序と祈りの内容はほとんど変わらなかった。

「父なる神よ、昨晩も無事によく眠れたことを感謝いたします。きょう一日の暮らしのなかでも、罪を犯さないように、言行を慎み、人と争ったり、妬みや嫉妬などをしないようにしてください。イエ

ス様の御名で祈りをささげます。アーメン」

ただし、早朝には夕方の礼拝とは違い、祈禱が終わると主の祈り*10を唱えてから礼拝を終えた。朝の礼拝が終わると共同洗面所に行って洗顔し、部屋を掃除してから朝食の準備をした。七時になると炊事場へ湯をもらいに行かねばならなかった。私が行くようにと言われたので、ブリキ製の桶を持って炊事場に行った。男女の区別なく一列に並んで湯をもらうのだが、順番を待って湯をもらって部屋に戻り、みんなの食卓の湯飲みについであげた。食事当番のおじさんは、ご飯と汁をもらってきて、同じように分けて、代表の簡単な感謝祈禱が終わってから食事を始めた。

食卓の上にはご飯茶碗、汁椀、醬油入れが置かれ、ご飯は大人の匙で二匙くらいの量であった。しかしここでは、保育園のような不公平な配分ではなく、同じように配られるので気持ちがよかった。

ご飯と汁は一定量を配られ、共同の醬油は少しずつ分けて、自分の瓶や器に保管した。調味料のある人は醬油にそれを混ぜて食べ、ない人は醬油だけで食べた。キムチがある時期には、きれいに切り分けて一日一回だけ分けて、それを各人が保管しておいて食べた。家庭を持っている人や、女子独身部の人たちと兄弟姉妹の関係を結んでいる人の場合は、特別なおかずを作って食べるなど、人によって少しずつ異なっていた。

二　賤国の人たちが願う天国

この島に住む人たち

私は学校に入った。たとえ国から給料をもらっている先生などいなくとも、学校は学校であり、そこで教育というものを受けた。鹿山（ノクサン）小学校の二年に編入された。小学校一年の課程は釜山龍湖洞（プサンヨンホドン）収容所で学んでいたし、小鹿島（ソロクト）保育園で一部の基礎教育課程をへていたので、その経歴が認められて二年に編入されたのである。

私はいたずらっ子だった。だから学校の授業ではよく罰として立たされた。同年配の子どもらと遊ぶときは、何としても大将でなければ気が済まなかった。幼いながらもそれなりにいろんな場数を踏んできて少しませていたからなのか、あるいは男子独身部で年長の人たちと暮らして大人っぽくなっていたからかもしれない。そして、日曜日には熱心に教会に通った。当時の教会の幼年部には四つの班があった。男女混合で班を編成して聖書の勉強を行い、礼拝が終わると聖書の問題についての試験を受けた。それをもとにして、年末には一等の班に賞品が与えられるので、賞品をもらうためにだれもが熱心に勉強した。

当時、私たち幼年部は中央里（チュンアンニ）治療室を借りて、セメント床にカマスを敷いて礼拝し、聖書の勉強をした。聖書の問答が終わると、天主教[*11]の十余人が十字架を架けてミサを行うのだが、彼らもとても熱心だった。当時の小鹿島はキリスト教徒（プロテスタント）が九九パーセントで、ここにくるまでは天主教聖堂に通って洗礼を受けた人でも、一人、また一人と、キリスト教に改宗する状況であった。しかし、のちにはそれが宗教的軋轢（あつれき）と紛争の種になったりした。

ある日の夕方、八右七号室で付添人と住人のあいだでけんかが起こった。このけんかを止めて理由を聞くと、配食時のご飯の量のことでもめたという。当時は食堂でご飯を炊き、部屋の人数に合わせて秤（はかり）で計って配分し、それを付添人が受け取って部屋に持ってくると、部屋ごとに標準の飯茶碗があり、その飯茶碗によそって分配した。ところが、その配食を担当する付添人が、ご飯をよそう際に、しゃもじをさっとすくって軽くのせたご飯をその部屋の住人の器に入れ、自分の番のときにはしゃもじでしっかりすくってご飯がたくさん入るようにした。同じ部屋の、目が見える人がずっと見守っていたこの光景を、目の不自由な人に話して、それがきっかけでけんかになったというのである。

小鹿島中央病舎では普通、一つの部屋に六〜八人が起居していたが、病気の後遺症がひどくて自分ひとりではご飯を食べたり動いたりできない重症患者も収容されていた。そんな場合には、彼らを世話する人が必要であり、病院側は入院患者のなかで手足と体が丈夫な人を選んで部屋ごとに配置した。そんな人を付添人と呼んだ。しかし、付添人にされた人には、なにかと不満があった。

強制的に連れてこられたのか自発的にきたのかは関係なく、入院が決定すると、教導課で体の状態に応じて等級が決められる。そして自分で生活が可能な人は、長安里（チャンアンニ）を除いた六つの村に均等に割り振られて、重患者を世話する役割である付添人として配置された。

その付添人らにすれば、自分も病んで一家親戚と社会から捨てられて、自分の意志半分、強制半分で病気の治療のために刑務所のようなところに入ってきたのに、思いもしなかった付添人というつらい仕事をすることになり、慣れない場所で知らない人のために、女子どもの役目を強いられるのだから、不満が積もっても無理はないだろう。

ちなみに付添人の仕事は次のようなものであった。

☆男子部付添人の仕事
1　食事　副食　皿洗い　清掃
2　耕作地　農作業
3　洗濯物管理（男子独身部に限って洗濯所で洗濯してもらえる）

☆女子部付添人の仕事
1　食事　副食　皿洗い　清掃
2　耕作地　農作業（土を掘ったり下肥をまくのは男たちに依頼し、労賃として食料を渡す）
3　洗濯物の洗濯

ここでは一般社会にはない特別な用語が多く使われる。そのなかに〈結ばれた娘〉〈結ばれた息子〉〈結ばれた兄弟姉妹〉といったことばがある。ここで暮らす人たちは、社会から半強制的に追放された人間であることを自覚しているので、ひときわ寂しさを感じる。それゆえに、その寂しさに打ち勝つために、心の通い合う者同士で父母になることを約束したり、兄弟姉妹になることを約束したりする。それを〈縁を結ぶ〉と言った。

そして多くの人は、ここで結婚して家庭をつくった。入所する前にすでに結婚していても、すでに社会とは絶縁しているので、心が通い合う人と出会ってあらためて結婚すれば、独身部から村に引っ越して家庭生活を営むこともできるので、未婚の男女だけではなく、再婚もしばしば行われた。年齢、信仰、経済条件などを考慮して仲立ちする人もいれば、当人同士が気に入って恋愛結婚をした。しかし結婚する場合には、必ず断種手術を受けなくてはならなかった。

とくに男子部で、年齢も若くて健康状態もよいので、付添人を長期間にわたって強いられてきた人たちは、結婚を望んだ。相手の女性としては、たとえ目が見えない人でも体さえ問題なければ、結婚に踏み切った。男子独身部でたくさんの男性たちの付添人をしているよりも、たとえ少し病弱な女性であっても、結婚さえすれば一人の女性の付添人となり、性的な問題も解決できるからである。

ここでは義兄弟姉妹、養父母などの縁を結ぶのは、たいてい次のような場合である。

第一、幼いとき父母に捨てられてここに入ってきた子どもを、家庭を持って暮らしている夫婦が娘や息子とみなし、温かい愛情を与え、信仰を持って養育する。

第二、故郷が同じであれば申し分なく、生まれた場所にある程度共通点があれば義兄弟姉妹になった。

第三、教会生活を熱心に行い、信仰心が深ければ結びつこうとした。

第四、各部署に勤務する者、とくにそのなかで医療部に勤務している場合、お互いに結びつこうとした。

第五、故郷から金銭や生活必需品の支援を受けている場合も、互いに結びつこうとした。

第六、何も持たない人たちは寂しさを慰め合うために、結ばれようとした。

このように結ばれることを願うのは、肉体的にお互いを頼りにし、体調が悪ければ世話をし合うため、そしてもっとも重要なのは、死んだときに死後の処理をしてもらうためであった。

患者でもなく　罪人でもなく

ある日のこと、大風子(だいふうし)の実の皮剝(かわむ)き作業に動員された。大風子の実とは、熱帯地方に育つ大風子という木の実なのだが、ハンセン病の治療に多く使われていた。各部屋から一人ずつ動員されて、大風子の実の皮を剝くのだが、学校が休みだったので私が部屋代表で出た。二棟の薬品倉庫に挟まれた空間で、大風子の実を剝く仕事をするのであるが、みなは実に注意深く槌(つち)でたたいていた。少しでも強くたたきすぎて実が割れると、その油の臭いがひどくて、むかついてくるからである。

当時はハンセン病の薬としては大風子の実を搾った油しかなかった。それで入院患者を動員して、大風子の実の皮を剝き、搾りとった油を治療薬として配った。大風子油は温かければ溶けて澄んだ油になり、冷たいところに置いておくと白く固まる。この油を瓶に入れ、冬には湯の中に瓶を漬けて油が溶けると、スプーン一杯分すくってごくりと飲み込み、そのあとで一切れのニンニクかキムチ汁を飲んだ。

しかし、ニンニクを食べたりキムチ汁を飲んでも、ひどくむかついて吐き出してしまいかねないほどなので、きな粉やはったい粉に混ぜて数粒ずつ飲み込んだりもした。だがこれも、口に入れるときはまだいいのだが、ゲップすると本人はもちろん部屋中にたまらない臭いが漂った。しかしハンセン病の薬としてはそれしかなかったので、飲まないわけにはいかなかった。このように、むかつきに耐えて無理やりに飲み込み、吐かないように我慢しながら涙を流すのが日課であった。そのつらさは想像するのも嫌だった。

それはともかく、小学校に入ってからの私は、熱心に勉強した。いたずらっ子という烙印(らくいん)を押されていたけれど、勉強は楽しかった。認可を受けていない学校であり、日本の植民地期には強制的に日本語教育が行われていたらしいが、光復後には、わが国の教科書で教育を行っていた。とくに高齢の方々や教会の長老たちが中心となって、たとえハンセン病でここにきたとしても、子どもたちには教育を授けなくてはならないという信念で、教育に情熱を注いだ。学校に通う生徒たちには、病院のすべての労力動員や付添人の仕事を免じ、勉強に専念できるように配慮されていた。

ここで小学校の六年の課程を終えると、選抜試験をへて中等教育課程の鹿山中学校に進学させた。鹿山中学校は解放後に創立された学校である。さらには、中学課程を終えると選抜して、鹿山医学講習所にも進学させた。

当時は小鹿島で六千名を超える患者が生活しながら治療を受けていたが、政府から派遣された医者はわずか二、三名、看護師も二、三名なので、六千名を超える園生たちの治療に対応することはできなかった。そこで病院側は中等教育履修者のなかから試験をへて二十名~二十五名を選抜して、一年は医学に関する学術教育、もう一年は実習教育を施して修了証を与え、内科、外科、眼科、耳鼻咽喉科、歯科、薬剤科などに配置した。そのうえ七つの村の治療室の主任と主看護も修了生に任せた。さらには看護員も健康な人を選んで教育を施したうえで、ほとんどすべての診療を任せた。

また島の若い学生たちに高等教育を与えようとして、長老たちが中軸になって高等学校課程に聖書の勉強を加えた誠実（ソンシル）高等聖経学校が設立された。そこでも高等教育を行い、卒業生のうちからかなりの数の牧会者を輩出した。

子どもや青少年に対する教育のほかにも、ハングルが読めない大人たちのために夜間にハングル教育を行った。教会が中心となったこのような教育は、非識字退治運動につながっていった。ある程度の年配の人たちが、夕方になると教会礼拝堂に集まってハングルを学ぶのであるが、とても熱心であった。

社会の差別・蔑視、家族との離別などで勉強など思いもよらなかった人々が、ハングルを習って聖書を読み、讃美歌を歌うことに大きな喜びを覚えて、熱心に参加した。このようにして習ったハングルで手紙を読めるようになった人たちは、学ぶことができなかった恨（ハン）を解くことにもなった。

このようなすべての教育に対して、政府や病院側の援助はなく、すべて入院患者たち自らの力で行った。しかし医学講習所の教育だけは病院側が行った。それゆえに、医学講習所への入学は最大の喜びであった。医学講習所を卒業すれば病院に就職でき、少ないながらも収入を得ることができたからである。

秋になった。人々は冬の暮らしの準備に忙しくなる。そのなかでもっとも大きな仕事は、冬のあいだに使用する燃料の薪(まき)を準備することで、燃料を手に入れる建設隊員を選抜した。建設隊員は船に乗って錦山(クムサン)面[12]にある保護林での薪の伐採に出かけた。女性たちは古布を集めてミトン型手袋を作って現場に送り、キムチやおかずなども作って送り出した。だれだってこの保護林伐採場には行きたくなかったが、秋から冬までの長期間にわたって伐採は続いたので、壮丁ならばだれもが伐採隊員に選ばれ、少なくともひと月は参加しなくてはならなかった。健康な人にとってもつらい仕事で、ひと月ずつ交代した。

学校の勉強を終えると、いつも母の部屋に遊びに行った。いつも友だちと遊んでから母の部屋に行って過ごしていたのだが、その日もそうであった。母と一緒に夕食を食べ、そろそろ人員点検の時間なのでそっと立ち上がろうとしたとき、横にいたおばさんが私をつかんで、座らせた。

「きょうはこのままお母さんと寝ていきなさい」

このことばに母はとても喜んだ。しかし、泊まっていけとは言わなかった。一緒に暮らす人たちに申し訳ないからである。母のそんな様子を見かねたおばさんたちが声をそろえて言った。

「子どもをそこに寝かせなさい」

その夜は母の懐で熟睡した。翌日、船着き場から母の部屋に、木の配給を受け取りにくるようにという伝言があった。錦山面に行った人たちが伐採した木を貨物船で運び、船着き場に積んであるものが、その日は中央里(チュンアンニ)に割り当てられたのである。各部屋から付添人その他、動ける全員が動員された。そして、分配された木を見張る人と運ぶ人に分けるのだが、運ぶ仕事は各部屋まで運搬しなくてはならないので、付添人と活動可能な人たちが受け持った。運搬のために、少なくとも十回は船着き場に行かねばならなかった。まるで蟻(あり)たちのように果てしない力仕事であった。しかし、厳冬期に部屋を暖めるためには、割り当てられた木だけでなく、そのあたりに落ちている小枝までかき集めなくてはならず、一人たりとて抜けることはできなかった。

私は好奇心から母について船着き場に行った。当時の母は付添人をしていたので、運搬要員になっていた。母は自分たちの部屋に配分された木を運ぶために、力をふりしぼって働いていた。生の丸木を頭に載せて運ぶ母の顔は真っ赤になり、目が飛び出してきそうだった。だらだらと流れ落ちる汗をぬぐうこともできず、重い足を動かしていた。私はまだ幼くて力もなく、代わりに担ぐこともできないので、やきもきしながら母に言った。

「母さん、ちょっと木を降ろして、休んでから行こうよ」

「いや、これを降ろすと、今度は一人で載せたりはできないから、駄目なのよ」

そんなことを繰り返しながら、母はついに配給の木をぜんぶ、部屋の裏手へ運んだ。しかし、まだ問題が残っていた。丸木を薪にしなくてはならないのだが、女の力ではどうにもできなかった。そこでしかたなく、女子の部屋では少しずつ食料を集めた。配給食料のうちから、空腹を我慢して少しずつ貯めておいた非常用の食料を集め、それを力の強い男の人たちへの労賃にした。そのようにしてできた薪が、冬の暖房用の焚き物として使われた。

その年の秋には、私たちの部屋から錦山伐採場に動員された人がけがをして帰ってきた。その人の話を聞くと、ひどいけがをして交代した人たちだけではなく、現場に残った人たちも、想像するだけで悲惨な様子だった。ある人は指のけがのせいでミトン型手袋が赤い血で染まり、ほかの人たちもみな大小の傷があって、無傷の人などいないという。やがてその人はため息をつきながらつぶやいた。

「毎日寒くて山は険しく、そもそも病んだ体だから、寒さに弱くて、よほどでなければ耐えられないよ」

するとまわりの人たちもみな、ため息をつきながら、そのことばに同調した。たとえ強制的に引っ張ってこられたとしても、いまや祖国は光復したのだから、病気も治りはしないかと希望をいだいていた。しかし配給の食料も命をぎりぎりに保つ程度しかなく、治療薬は大風子油だけだった。そのうえ、雪の降る厳しい冬の寒さのなかで、危険な伐採場で重労働までさせられても、どこに訴え出ることもできなかった。この冬には、病気が重くなる人が何人も出るのではないかと、心配は山のように積もるのだった。

ここも人が住む土地

ある夜中に、ざわめき声で深い眠りから覚めた。うろうろしている大人たちについて隣室に行くと、その部屋の朴（パク）老人が亡くなっていた。

朴老人は慶尚道（キョンサンド）のほうで、日本の植民地期に、体は丈夫なのに顔と首に赤い花が咲き青い葉ができたからと、強制的に小鹿島に移送されたという。故郷で石工技術者だったので、ここでは日本人院長の病院拡張方針にもとづく強制労働に動員され、各種の現場で石工として働くうちに、手と足を傷め、そのあげくには手と足を切断した。また中央公園（チュンアンコンウォン）工事のための、十字峰（シプチャボン）の一周道路建設作業に強制的に駆り出されて、体が完全に駄目になってしまった。さらにその数年後には、目も見えなくなり、死ぬこともできないままに、ただ生きているといった状態の重症患者になってしまった。

しかし、その朴老人も信仰を持ち、神を信じて教えに従い、死後は天国に行って永遠の幸を享受したいという願いをいだいて生きるようになった。その信仰がこれまで生きながらえさせた原動力ともいえる。時間があるといつも周囲の人たちに、よい話をたくさん聞かせ、正しく生きること、信仰を持つことを熱心に勧めた。聖書のことばを暗誦（あんしょう）するのが彼の日課であった。記憶力がとてもよく、聖書のことばを一、二回読んであげるだけで、暗誦できるようになった。それゆえにまわりの多くの人が朴老人の言うことをよく聞き、そのことばに従った。そんな方が、ひどい苦痛と悩みをすべて忘れて神の招きを受けたのである。

夜中でもすぐ葬儀準備が始まった。鉋（かんな）がかかっておらず、随所に穴があき、あちこちがちぐはぐな棺を持ってきて、着替えさせた老人の亡骸を入れた。そして簡単な入棺礼拝が始まった。涙まみれの人々がつぶやくように歌う讃美歌四八八番は、まさしく天国を待ちわびる人々の真実の讃歌であった。

はるかに仰ぎ見る　かがやきのみ国に
父のそなえましし　楽しきすみかあり
われらついにかがやく　み国にて
清き民とともに　みまえにあわん　アーメン*13

続いて引導者の祈りが始まった。

「朴先生は、病のため一家親戚と社会から捨てられ、強制的にここに連れてこられ、日本人のひどい強制労働によって体が動かなくなりました。しかし、肉体の苦痛のなかでも神を信じ、ひたすら主に従って生き、きょう、神の招きを受けました。ラザロのように神の胸に抱かれますように、切にお祈り申しあげます。アーメン」

祈禱が終わると、体が丈夫な人たち四人が、木綿布を棺の下に敷いて持ち上げ、死体解剖室に移した。残った人たちは部屋の掃除を終えると、老人が遺した櫃を整理した。遺品のなかのまだ使えるものは売り、故人の分として残っていた食料も売って、それにまわりの人々から少しずつ集めたお金を加えて、あすの死体解剖が終わると葬儀を行うのだという。私は大人たちの準備を見てから、ほかの人たちと一緒に部屋に戻って眠りについた。

ある日のこと、同室の金（キム）おじさんに、境界線の面会所から面会者がきたという連絡が届いた。金おじさんは全羅南道潭陽（チョルラナムドタミャン）が故郷で、夫人が年に何回か面会にきて、新しい服や干し柿、果物、蒸し米など多くの物をお小遣いとともに置いていく。金おじさんは体がすっかり弱っているので、面会に行くときは付添人と一緒に行かねばならなかった。私も見物がてら、その面会についていった。

指導所を過ぎ、長安里（チャンアンニ）前の松林を過ぎ、有刺鉄条網に囲まれた境界線面会所に着いた。面会所の入り口前では、おばさんが座ったまま、力のないまなざしで私たちが上ってくるのを眺めていた。面会所は職員事務所の下にある小さな家で、間仕切りで半分に区切られていた。向かい合えるように両側に木の長椅子があり、それぞれがその椅子に座って面会するようになっていた。おばさんは夫が入ってきて椅子に座ると、たちまち涙を流し、ハンカチでその涙をぬぐいながら言った。

「あなた、体に具合の悪いところなく、元気で過ごしていましたか?」

私たちは席を外したが、職員が一人、その様子を監視していた。少し離れた草原で付添人のおじさんと一緒に腰を下ろすと、私は言った。

「私たちは人間として扱われていませんね。夫婦が会うのに、あんなふうに監視されながらだなんて情けないですね」

「病気になったことが罪なんだ」

付添人のおじさんは独り言のようにことばを返した。三十分ほどの時間が流れて、二人は別々の戸から出てきた。私と付添人はふたたび金おじさんを両側から支えた。そして夫人が持ってきた品物を付添人おじさんが受け取り、面会所の前で夫婦は別れた。私たちと別れたおばさんは小山を上っていき、私たちは下っていったが、一、二歩歩いて振り返ると、金おじさんも振り返り、おばさんも振り返った。恨(ハン)のこもった重い足取りだったが、この様子をどのように表現すればよいのかわからない。

　しばらくするとおばさんが上っていった道がカーブになって、見えなくなった。私たちはきた道を下り、荷物を持って部屋に着いた。しかし金おじさんは教導課に行き、夫人から渡されたお金を、小鹿島園生だけが使える貨幣に交換しなければならなかった。ここに暮らす私たちは罪人ではないのに罪人であること、一言でいえば人間として認められていないことを、そのときにはっきりと悟った。おじさんがお金を換えなければならないのは、小鹿島の特別な制度のせいであった。すなわち小鹿島だけで通用する貨幣をつくったのは、ここの園生たちが逃亡できないようにするためである。もしも外部の人から受け取った貨幣をここだけで通用する貨幣に交換しなければ、監禁室に行かねばならなかった。

　部屋に着いた金おじさんは、蒸し米と果物、干し柿を部屋の仲間たちに少しずつ分けた。私はそれを少しだけ味見をすると、母と一緒に食べようと思って走っていった。当時の母は健康がとても悪化し、付添人を辞めていた。私を見た母は、指導部の後ろの山へ木を伐(き)りに行こうと言った。母と一緒に少し急になった道を上っていると、母の足取りがおぼつかなかった。母は私に支えられながら、目的地に到着した。すると私を座らせておいて、高いところから松葉を採ってきて言った。

「ここにちょっとお座り」

　母の側に行くと、母は私の手を握りながら、あらためて言った。

「さあ、お前の顔をしっかり見ようか。目がしきりに霞（かす）んでよく見えないんだ」

　母は私の顔を近くからじっと見て言った。

「お前はお父さんにそっくりだ」

「そうなの？　ぼくはお父さんの顔が思い出せないんだ」

「そうだろうね。ところで体の具合はどうなの？」

「大丈夫だよ」

「いまはＤＤＳ[*14]という薬が新しくできたから、ちゃんと飲むんだよ。そして勉強も一生懸命するんだ。いつかよい時代になったら、社会に出なくてはね。母さんはもう目がよく見えないんだよ」

　そのときになってようやくわかった。母が私の顔をこのように近くで見るのは最後だということを。

下り道は母の手を握って導き、部屋の敷物に座らせ、整理などをしてから自分の部屋に戻ったが、なぜか心寂（うらさび）しさが募った。

　その年の夏の終わりのことだった。冬の副食材料としてさつま芋の蔓（つる）採りが盛んだったころに、母が芋の蔓を取りに行こうと言った。うちの部屋の人たちが育てている畑では、だれも芋の蔓を取っていないので、そこに母を案内した。母は陽ざしのおかげで少しは見えるのか、あるいは、勘だけに頼っているのか定かではなかったが、芋の蔓をなんとも上手に採っていた。私も一生懸命採って、網袋にいっぱい詰めてから母の部屋に運び、それを茹(ゆ)でてから干しておいた。芋の蔓を干したものは、ここでは特別なおかずとして、正月やお盆、来客があったときや結婚式の披露宴には必ず出た。採った芋の蔓を十分に茹でてからしっかり干して保管し、ナムルにする際には、またもや水に浸しておいてから絞り、豚の脂で炒(いた)めると最上のおかずになる。

さつま芋はここで唯一の補充食料であり、冬の間食としてもとても重要である。収穫したさつま芋が分配されると、各自がカマスに入れて部屋の片隅に積んで置く。茹でて食べるときは各自のものがそれとわかるように＋×＝△などの印を入れておき、その印に従って自分のものを食べた。女性たちの場合にはたいてい、男性たちに手間賃を払って収穫してもらい、各自に分配した。そしてそれを受けると、そのまま切り干しにしたり、よく茹でてから切り干しにしたりした。そのようにしてとても長い冬の間食材料として利用した。

私は三(み)つ叉(また)の鍬(くわ)を借りて網袋を担ぎ、残っているさつま芋を拾いに行った。取り残しの芋は、夫婦者の畑にはほとんどないが、独身者たちの畑からはいくらか出てくるので、熱心に掘ると一袋くらいは拾えた。こうして掘り残しの芋を拾ってくると、母はそれをよく洗ってから干した。そんなことを農閑期や学校の休みに熱心にしておいて、冬の補充食にした。茹でたさつま芋を平たく切って干したものは、お菓子の代わりになる絶好の間食材料であった。

この島での食べ物の話を書きだすときりがない。配給食料は皮がついたままの粒小麦を四合ずつで、それが五か月くらい続いた。夫婦の人たちはそれを臼で搗(つ)いて食べたり、石臼で挽(ひ)いてスジェビにして食べた。しかし独身部では粒小麦をそのまま茹でて食べた。それは茹でてはあるものの、皮があるので早く食べるのはむずかしかった。しっかり、ゆっくり噛(か)まねばならないので香ばしいのだが、歯が悪くて下唇が延びている人たちは、ほどほどに噛んで飲み込むので、粒小麦の中身だけが消化して、皮はそのまま大便として出てくる。それで便所に行くと麦の皮がたくさん浮いていた。

　食料事情がそんな状態だったから、いつも空腹だった。空腹に打ち勝つために、動ける人たちはヨモギを採って食べ、それでも不足なら、海辺に行って海藻をむしり取り、釜茹(かまゆ)でにしてから水に一晩浸し、次の日に味噌(みそ)で和(あ)えて粒小麦飯が見えるか見えないぐらいまで混ぜて食べた。そのご飯は茶碗一杯でもお腹(なか)がいっぱいになった気がするが、少しすると眠くなって口からよだれがだらだら出てくるし、お腹がむかついておかしなことになる。そしてひどい下痢をした。それでも人々はひもじさをしのぐために、その海藻ご飯をしきりに食べた。山や野で食べられるものならなんでもむしり取って食べ、はなはだしくは、大麦が少しでも成長すると刈り取って、味噌を少し入れて炊いて食べたりもした。

　こうして冬のあいだは、雪と厳しい寒さと飢えが続いた。春になると人々の顔はパサパサになり、浮黄病*15という名の栄養失調の症状で多くの人が死んだ。

　ある日、むかし西部慶南(キョンナム)で一緒に暮らし、両親と物乞いにも一緒に通っていた親しい人が暮らしている新生里(シンセンニ)へ、母と一緒に遊びに行った。その人も私たちと一緒に小鹿島へ強制移送されたのだが、西部慶南では代表の仕事もし、勉強もたくさんした人だったので、産業部長の役に就いていた。したがって、食べ物を含め、生活には余裕があった。ここでは高位の役職としては産業部長、医療部長、指導部長しかなかったので、患者のなかで最高の地位といっても過言ではなかった。だから配下の職員がとても多かった。母と一緒にその家に行くと、おばさんが私を見てとても喜んでくれた。

「ずいぶん大きくなったわね。もう家がわかったのだから、これからはいつでも遊びにおいで」

その人たちには子どもがいないからか、とてもかわいがってくれた。その日は、肉のスープと米のご飯をお腹いっぱいに食べた。母は昔のことを語り合ったりして、帰ってきた。それ以後、私は時間さえあればその家を訪ねて遊んだり、おいしいものをごちそうになったりした。

私たちの願いは天国

復興査経会[*16]が開かれた。島の教会は年二回、査経会を開くことになっており、その春の査経会が始まったのである。外からも講師の牧師を招聘(しょうへい)し、連合礼拝所として使っている公会堂で開かれた。

今回は七つの村の信者たちと学生たちのほとんど全員が集まった。重患者と仮入院室に入院している患者を除いた全員が参席し、稀(まれ)には職員地帯からの参加者もいるくらいの、大きな査経会であった。しかも病院職員までくるので、ふだんは舞台として使っている公会堂南側中央に説教壇を設置した。その後ろに置かれた椅子には、牧師とその夫人、そして職員地帯からの参席者が座った。右側には各教会の長老たちが少し高いところに座り、左側の少し高い場所には連合聖歌隊が座った。聖歌隊の前には大きなオルガンがあり、残りの空間には各教会の信徒たちが、右側には男子、左側には女子と分かれて、到着順に並んで座った。

復興査経会は一週間も続いた。初日の早朝祈禱が終わると、人々はいったん部屋に帰るので、私は母を横で支えようと思って近寄った。ところが、母は査経会が終わるまでずっとそこにいて恵みを受けるつもりで、食事もそこに持ってくるようにと言った。母はすでに目が見えず、他の人の助けがなければ教会の行き来もむずかしいほどだった。私は母の気持ちを理解し、食事を早く終えて母の部屋に行き、小さな毛布と上着、座布団、食事とおかずと水を、風呂敷に包んで急いで母のところに戻った。そこには体が不自由で往来が困難な人たちがたくさんいた。その人たちも母と同様に、身動きするには窮屈であるけれども、その代わりに査経会の期間中はずっと、多くの熱い恵みを受けるためにそこに残っていた。

私は査経会の期間はずっと、母の世話を行った。母と一緒にいる人たちのなかには、恵みを受けるため断食する人、一日一食にする人もいた。しかし私は母に毎日三食を届け、朝には水を汲んでいき、洗顔してもらうようにした。

十時に昼の復興査経会が始まり、一週間の説教の主要題目が前もって知らされていた。

〈天国の美しさ〉

〈罪の赦しを受ける〉

〈天国に入る条件〉
〈末世に対する準備〉

午後の査経会は聖書講解の時間で、一週間にわたって〈ヨハネ黙示録〉の講解が行われた。夕方には信徒の本分について、下記のように毎日異なった題目で説教が行われた。

〈信徒のすべきこと〉
〈堂会員[*17]のすべきこと〉
〈諸職[*18]のすべきこと〉
〈勧察[*19]のすべきこと〉
〈聖歌隊のすべきこと〉
〈女子伝道会のすべきこと〉
〈牧会者に仕える方法〉

最終日の昼の査経会には献金の時間も設けられ、各自が受けた恵みに対して献金を行った。昼の査経会を最後に一週間の復興査経会も終わり、講師の牧師を見送った。すべての信徒たちが熱い恵みのなかで讃美歌を合唱した。

神とともにいまして　ゆく道を守り　あめのみかてもて　力を与えませ
また会う日まで　また会う日まで　神の守り　汝(な)が身を離れざれ

荒野を行くときも　嵐吹くときも　ゆくてを示して　たえず導きませ
また会う日まで　また会う日まで　神の守り　汝が身を離れざれ

みかどに入る日まで　いつくしみひろき　みつばさのかげに　たえずはぐくみませ
また会う日まで　また会う日まで　神の守り　汝が身を離れざれ

神とともにいまして　ゆく道を守り　死の力にさえ　まもり勝たしめませ
また会う日まで　また会う日まで　神の守り　汝が身を離れざれ*20

全信徒が島の中で、しかも鉄条網で区切られた空間に束縛され、情に飢えているそんななかで、一週間の恵みを受けた直後だったので、讃美歌はほとんど慟哭だった。講師の牧師も声がほとんど嗄(か)れてしまい、スピーカーからの讃美歌の声には聴く人のだれもが涙を流した。ほどなくして、講師の牧師が〝父と子と聖霊の交わりによって、私たちがあらためて健康な姿で会えることを切に願います。アーメン〟と祝福の祈りのことばを述べ、査経会は終わった。

多くの人が去っていき、母の身の回りのものを片づけて手をつないで出ようとすると、母が嗄れた声で言った。

「ほんとうによい説教で、恵みをたくさん受けたよ。お前と私は死んだら必ず天国で会い、新しい姿で生きようね」

私は母のことばに涙がこみあげてきて、答えることができなかった。母は続けて言った。

「実家のお母さんと兄弟たちの家族のために、イエスを信じて救われるようにと、心から祈ったよ」

私はちょっと考え込んだ。島にきてからこのかた、何回も手紙を出したが一度たりとも返事はないままに、ずいぶんと時間がたった。それなのに、そのように一度も訪ねてもこない父母兄弟のために、祈ったというのである。私はこれこそが神の愛であり、肉親の情なのかと思った。

その年の秋、私がほんとうの伯父さんのように慕っていた産業部長が急死した。惜しい方が亡くなったと、母は涙を流して悲しんだ。部長の遺体は特別な計らいにより解剖しないですんだ。そして産業部所属の職員と各村の有志が総動員で準備して、三日葬[*21]を行った。

島で初めて見る光景だった。棺を載せる花飾りのついた輿(こし)と輓章旗(ばんしょうき)[*22]も作り、職員地帯の職員まで参席するなかで、葬儀が行われた。花飾りのついた故人の輿のあとを、輓章旗が五十余りもつき従い、歌い手がもの悲しく前節を歌うと、輿を担ぐ人たちが次の節を歌い、産業部の前庭を回ってから公会堂の横を回り、西生里(ソセンニ)を過ぎて旧北里(クブンニ)の火葬場に向かった。多くの人が輿のあとに従い、まさしく〈人の山、人の海〉であった。私はずっと母の手を引いてついていった。母は私に、その間のつらい暮らしのなかで、亡くなったおじさんと心を通わし合ったことなどを話しながら、ずっと泣いていた。母のことばがいまでも耳もとで聞こえる。

「お前と私は死んだら必ず天国で会い、新しい姿で生きようね」

生徒、少年、そして家長

五月十七日は小鹿島更生園の記念日である。この日、小鹿島では、島ぐるみの祭りが繰り広げられる。園生全員が集まって記念運動会を行うという島最大の行事である。その日は特別副食として牛肉や豚肉以外に魚、砂糖など多くのものが配給される。そして園生たちの親戚と、いまでは小鹿島から出て定着村*23に住む人たち、職員家族、高興（コフン）半島や遠くは長興（チャンフン）のほうからも、多くの人が見物にくる。

お祭りらしく運動場には万国旗がはためき、査閲台を中心に本部席テントと来賓用椅子が並んでいる。運動会に参加する小鹿島内の各村は、それぞれ園から指定された場所に大きなテントを一つずつ張り、そこに集まって応援した。中央運動場にはリレーのラインとバレーボールコートも用意された。

このように準備万端整えて、十七日には各村から選抜された選手たちと園生たちが入場した。先頭でみんなを率いるのは、行進曲を演奏する中学校バンド部であった。続いて小学生、中学生が運動服姿で入場し、そのあとに中央里（チュンアンニ）、新生里（シンセンニ）、旧北里（クブンニ）、西生里（ソセンニ）、南生里（ナムセンニ）、東生里（トンセンニ）、長安里（チャンアンニ）の順で入場する。荘厳な入場式に続いて開会式が、さらには各村対抗の競技に入った。

少年部、青年部、壮年部に分かれて、バレーボール、綱引き、自転車競技なども行った。最後のハイライトは村対抗の二百メートルリレーであった。このリレーが行われるころになると、村ごとの応援団の喊声（かんせい）が島全体に響き渡った。それを最後に、全体の点数を合計して順位を決めた。

　優勝した村には優勝旗とともに賞金が与えられた。その村の人たちは翌日まで風物（プンムル）ノリ[*24]をしながら各部屋を回り、寄付金を集めて大きな宴を開いた。この開園記念行事は毎年のもので、競技が終わるころになると、陸地から見物にきた人たちに対し、島の日常が少しのあいだ公開された。訪問客たちは島の中を見て回り、公園の美しさを称賛した。しかし病棟に入って私たちの暮らしぶりを見た瞬間、ある人はハンカチを鼻に当て、ある人は涙を流した。

　私たちの部屋を見た人が言った。

「この部屋で何人暮らすのですか？」

「六人が暮らします」

「とても狭いですね」

　その人たちは見物して回りながら、果たして何を感じたのだろうか、と私はしばらく考え込んだ。

　私は今回の運動会で中央里少年部リレー選手に選ばれた。そのため、ひと月のあいだ、毎朝、同じ村の選手たちと運動場に集まって練習をした。村の選手に選ばれると、村から間食用に米三升と木綿の上足袋、運動服なども支給されるので、自然と力が入り、練習に励んだ。

　しかしこのような開園記念日行事を回想するとき、いつも思い出す光景がある。その年の開園記念日には、ほんとうに久しぶりに牛肉が副食として配られた。私たちの部屋も割り当てを受け取った。

そして肉の部分と脂身をそれぞれ、同じ大きさに切って六人分に分けて、それを一つずつ糸でくくった。次に肉を取り除いた骨を釜に入れて水を加えて煮た。ある程度煮込んで汁が白くなると、糸でくくった肉を入れてさらに煮込んだ。その汁を器に一杯ずつ分けると、糸でくくった肉を一人一本ずつ器に入れた。肉を六人全員に均等に分配するための賢明な方法であった。しかし私はこのような光景が不思議でならないので、最初から注意深く見ていたが、子ども心にもそれがとてもけち臭く感じられた。

翌日には、母が昼食を食べにくるようにというので行ってみると、女子部では肉は別に分けて、骨だけで汁を煮て食べたという。母は私と一緒に食べようと肉は残していた。そして、一緒に昼食を食べていると、母は肉を私にくれてばかりいた。すると私は、その肉を母の匙に素早くのせるのだった。

ここでも家庭を営む人たちには生活費が必要だった。夫婦者は副業として豚小屋、ウサギ小屋、鶏小屋を作って家畜を育て、そうして育てた家畜を売って生活費の足しにもしたが、その家畜を殺して自分たちも食べて、配給では不足する肉食を補った。しかし、豚や鶏はここでは大きな財産なので、たやすく殺して食べるわけにはいかず、繁殖力の強いウサギが主に肉食の対象となった。ウサギの肉にもち米とニンニクを入れて煮たり、ウサギの肉にウルシの皮を入れて煮て、薬として食べることもあった。ある人は、ウサギや鶏肉(とりにく)で飴(あめ)状のものを作って栄養をつけたりもした。そのような家畜の飼育は家庭を営む人だけではなく、独身部に住んでいても、勤勉な人は家畜小屋を手に入れて家畜を飼った。
家畜飼育には元手が必要であった。そこで陸地にいる親戚から援助を受けるとか、そうでなければ長い年月かけて配給の食料を少しずつ蓄えたものをお金に換えて、家畜を手に入れたりした。私もウサギと鶏を育てて、母と一緒にその肉を食べようと思った。だから鯖（さば）や太刀魚などの副食が配給されるときに使われる木の箱を、私の部屋と母の部屋の分まで集め、足りない板などの材料はほかで手に入れたり、拾い集めたりして家畜小屋を作る準備をした。箱を分解し、釘（くぎ）は延ばして保管し、板はよく洗って乾かした。薪の配給があると柱になりそうな木を一本、二本と集めておき、ついにはウサギ小屋と鶏小屋を完成させた。

しかし、私と母はだれの支援も受けられないので、配給の食料を節約して、お金を準備しなくてはならなかった。食べないで残しておいた食料を売ったお金で、ウサギの雄と雌の番（つがい）とひよこ十羽を買った。また飼料としては米ぬか一斗を買って、それと残飯を混ぜてウサギに食べさせた。時間の余裕ができると、ウサギの好きな草をむしってきて食べさせた。ひよこには米ぬか飼料と、昆虫を捕まえてきて与え、心を込めて育てた。こうして育てたウサギが四、五斤[*25]くらいの重さに成長すると、捕まえて、ニンニクともち米を入れてじっくりと煮て、母と私は栄養をつけた。ウサギは繁殖力が強くて、よく子ウサギを産むので、こうして食べても別の子ウサギを育てることができたが、ひよこは大きくして卵を産ませなくてはならないから、ほんとうに宝物のように大事に育てた。かわいがって育てたひよこが大きくなり、卵を産みはじめた。するとその卵を売って、わずかながらも小遣いを蓄えることができるようになった。

　家畜飼育とともに、時間を見つけて、冬に備えての薪を集めねばならなかった。しかし燃料用の薪集めは、職員に見つかると監禁室行きになるので、簡単なことではなかった。境界線側は近いけれども監視がきついので、西生里の背後の遠回りの道を通って十字峰の近くに行き、松ぼっくりを網袋いっぱいに拾い集めた。十日ほど拾い集めたので、冬のあいだ母が使うくらいのものは準備できた。このような私に、いつの間にか〈サルサリ〉[*26]という別名がつけられた。私が活動的で、あちこち歩き回ってどこからか必要なものを手に入れてくるので、そんな名前がつけられたようである。

　しかし燃料を熱心に集めるのは、それ以外にも理由があった。冬はどこも寒いものだが、ここ小鹿島の冬は耐えられないほど寒く、ことばでは表現できないほどだった。部屋の東側には窓が二つあり、窓の片側にはガラスが八枚入っている。部屋の西側には出入りするための玄関扉があるが、その扉は下半分が板で、上はガラスであった。何しろ古い建物であり、もともと保温設備がないので、ガラスの隙間と扉の隙間から強い風が入ってきて、身を切られるほどの想像を絶する寒さであった。それでも昼間は日差しが部屋中に入ってきて、午前は朝ごはんを炊く温気（うんき）でなんとか耐えられるものの、カーテンもなく無防備な状態で冬の隙間風に耐えねばならなかった。したがって特別な用で外出する人を除いては、昼は掛布団を被って、服をぜんぶ脱いで、シラミ捕りに励むのが日課であった。

　そのシラミのやつらがとても憎たらしかった。小さなペニシリンの瓶を手に入れると、シラミを捕まえてはその瓶に入れゴム栓で蓋をして、机の上に置いては観察し、翌日にも捕まえては入れた。しかしシラミはいくら捕まえてもなくならなかった。それというのも、目の見えない人のせいであった。目の見えない人はシラミを捕まえられないので、夜になるとシラミが隣の人に移ってくるし、産んだ卵が孵化(ふか)して、絶えることがなかった。このシラミ掃蕩(そうとう)作業が終わると、各自には日課があった。ある人は教会に行って聖書の勉強をしたり、ある人は仲のよい人が暮らすほかの部屋に遊びに行ったりした。

私はウサギの草と鶏の餌を求めて、網袋を担いで野原や山を歩き回り、帰ると家畜に餌をやるのがおもしろくて、そんなことで一日を過ごした。夜になると漢字の練習や教科書の勉強をしたが、寒い冬の夜はとても長かった。燃料はぎりぎりにご飯を炊く分くらいしか配給されないので、どの部屋も木を燃やしてオンドルに火を入れることなど考えられなかった。結局は自分の体温で、この長い冬の夜を耐えるしかなかった。そこで私が考え出した方法がある。まず敷布団を敷いて、次に掛布団の足のほうを包帯か紐(ひも)でくくっておき、その中にからだを押し込む。そして布団の中に入ると掛布団を頭まで被って眠りを待つのである。そのようにして夜を過ごし、朝になって起きると、ガラス窓には白い霜でまるで山水画のような模様が描かれており、机の上のインク瓶が凍って割れていることもよくあった。口から白い息を吐きながら、身をすくめて朝食を済ませ、日差しが部屋に入って冷たい空気が和らぐと、ようやく腰をあげて大きく伸びをした。

そのような夜が続くと、もう我慢ができなくなって相談の末に、園では禁じられていたが、裏山に登って松の枝を折ってきて、全病棟のオンドルに火を入れた。凍っていた松の枝に火がつくと〈タダダッ、タダダッ〉と音を立てて燃え、噴き出す煙が全病棟と室内に充満した。その煙で涙がぽろぽろ出たが、気持ちだけでも暖かさを感じながら、煙だらけの部屋で眠りに入った。

このように寒さのためにコチコチに固まった夜を過ごして目を覚ますと、窓の外は白い雪で家も木も野原、運動場、公園のすべてが覆われて、すっかり白銀の世界になっていた。それを見ると、私たち子どもはじっとしていられなかった。とくにガキ大将の私は、この絶好の機会を逃すことはできなかった。外に出て友だちを呼び集めた。そして中央公園に行ってみると、ほんとうに壮観であった。もともとよく手入れがされてどの木も美しい姿だったが、白い帽子と白い服を着た木々はとても見ごたえがあった。

公園の芝生に積もった雪を固めて、雪合戦を始めた。くたびれるとちょっと休んで、今度は雪の塊を転がして雪だるまを作った。そして雪だるまに目と鼻と口をつけた。しかし雪だるまの表情がなぜか泣いているみたいなので、私たちの悲しい暮らしを表しているのかと思い、もう一度雪だるまを眺めてみた。

ほかの遊びをしようと、運動場に降りていった。そしてビニール袋を探してきて、小山に登って傾斜を利用した橇（そり）遊びをした。雪のない日には凍った小川で橇遊びをした。板切れ二枚を角材二本に釘で打ちつけて、角材の下に太い針金をつけて橇を作った。そして取っ手に釘を半分ほど打ち込み、端を鋭くして、短い杖（つえ）のようなものを作った。こうして作った橇で氷上を滑っていると、時間のたつのも忘れる。しかし滑って転んだり倒れたりしていると、手が凍りついてほとんど感覚がなくなる。服もすっかり汚れて、母の部屋に行って服を着替えた。母はそんな私に小言を言った。

「気をつけるんだよ。ガキ大将なんか、もういい加減にしたら？」

「おもしろいんだよ」

「勉強はどうなの？」

「うん、ちゃんとやってるよ」

すぐにそんなふうに答える私に、母の温かいことばが続いた。

「手足をちゃんと洗うのよ」

当時の子どもたちのほとんどが〈カラスの親戚〉みたいに真っ黒な手足をしており、手などはひび割れていた。湯も石鹸（せっけん）もないうえに、水で洗いもしないで土の上を転がりまわっているのだから、致し方のないことだった。

こうして冬は終わって学校が始まると、手と足の検査がある。だから子どもたちは新学期が近づくと、水がいくら冷たくても手足を浸し、石ころで垢（あか）を落とそうとした。ひび割れした指先を石ころでこすると、血がだらだらと出てきて涙が出るほど痛い。しかし歯を喰（く）いしばりながら〈カラス〉の垢を落とした。

春、夏、秋、冬

冬将軍は去って春がきた。独身部に暮らす人たちは、太刀打ちできないほどの屈強な力を持った冬将軍との戦いで、満身創痍（まんしんそうい）の惨敗を喫し、疲労困憊（ひろうこんぱい）の状態で春を迎える。しかも春になっても、冬将軍との戦いの痕跡は多くの人の体に赤い花を咲かせ、青い芽を吹きだした。たくさんの人がこの世を去った。

それでも春は、子どもには新しい楽しみをもたらした。春の遠足がそれである。その前日になると先生は、あすは弁当を準備して、軽い履物と服装で運動場に集合するように指示した。生徒たちは一斉に〝やったぞ！　春の遠足だ〟と声をあげて喜んだ。

生徒たちの遠足の準備の様子は、三つのグループに大別される。その一、親がいるか、または親はいなくても義理の親と一緒の家に住む子どもである。彼らはおいしいご飯とおかずに餅まで包んで、飴と菓子をポケットに入れてやってきた。二つ目、親はいないが義兄弟がいる子どもで、弁当のほかに飴や菓子を持ってくる子もいた。三つ目、親兄弟もなく義理の関係も結べないまま、一人で暮らす独身部の生徒である。しかしそんな子どもたちもいくつかのグループに分かれる。まず、一緒に暮らす独身部家族のなかによい人がいれば、その人たちが自分たちの分を少しずつ分け合って子どもの弁当を準備してくれる。次は、もっぱら自分の割り当て分のご飯とキムチだけを持ってくる子どもである。最後は、朝ごはんと昼食まで一緒に食べてしまったので何も持たずにきて、昼食時にはツツジの花を摘んで食べ、水を飲むしかない子どもである。

行先はたいてい、クルナルブリの先にある十字峰のふもとの広い芝生だった。直線距離で三十～四十分の距離だが、海辺を回るなど少し遠回りをした。運動場で二列に整列して一年生が最初に出発し、学年別に続いた。新生里を通って旧北里のほうに回ると、斜面はツツジの花が満開で、木々の枝には新芽が萌（も）えていた。そうした自然の変化を満喫しながら丘に登ると、青い海の向こうに鹿洞（ノクトン）が見えた。やがて目的の貯水池の上側の芝生に到着した。芝生のまわりには大きな松の木が茂っており、斜面にはツツジが紅く咲いていて、まるで花の山のようである。

先生の指示に従って、学年別に場所を決めて自由時間を過ごした。自由時間が終わると、先生の笛の音であちこちに別れて、弁当に舌鼓を打った。そのあいだに先生と選ばれた何人かの生徒が、昼食場所から少し離れた低い木々やツツジの花の中、石の下などに、宝物を隠す。そしてまもなく宝探しが始まる。宝物は主に学用品であり、ノートは馬糞紙（ばふんし）（現在の下張りの壁紙よりも質の悪い紙）でできたものである。そんなノートや鉛筆、生活必需品の石鹸、靴下などが主な宝物であった。

宝探しとごほうびの授与が終わると、生徒たちはそれぞれの年齢にふさわしい遊びをして、童心の世界を心ゆくまで楽しんだ。午後三時過ぎになると帰る準備をした。学年別に先生が人員を確認し、近道の十字峰の尾根道を下り、西生里村事務所前で旧北里、西生里、南生里の生徒は解散し、残りの生徒は公会堂の広場で解散した。その日の私は、思いっきり遊びまわったので疲れたのか、空の弁当箱を母に渡すと、夕食も食べないうちに深い眠りに落ちた。この春の遠足が終わると、学校は休みになる。

私はしばしば七右六室に住む趙（チョ）おじさんを訪ねて、遊んだりお使いを引き受けたりしながら、とても多くのことを学んだ。わからないことがあっても尋ねると、いつも親切に教えてくれるので、おじさんの言うことならなんでもよく聞いた。

趙おじさんは日本の植民地期にハンセン病患者だからと捕まり、ひどい強制労働で右手の指はすべてなくなり、左手も親指の第一関節だけが残っていた。さらに右足の一部がないので桐（きり）の義足を着け、左足の指もなくなっていたので、辛うじて歩ける状態であったが、顔の眉毛は黒々として、目と鼻、そして口も正常であった。その一方でとても物知りで、漢字もよく知り、聖書の知識も豊富であった。指のない手に筆記具を包帯や紐で巻きつけて、頼まれれば手紙の代筆もしてあげていた。

その日は雨もしとしと降り、特別にすることもないので、ウサギと鶏に餌をやってから、趙おじさんのところへ遊びに行くと、おじさんも退屈なのか、私にハンセン病について説明しはじめた。おじさんの説明は次のようなものだった。[*27]

1、カン病　神経系統に癩菌（らいきん）が侵犯して、手の指が曲がり、足首と手首が垂れて神経が傷つけられる。それゆえ手の指と足の指、そして上下肢の切断が多く起こり、唇が垂れる。また傷痕は小さな穴が生じるが、眉毛と髭（ひげ）は抜けない。これに加えて刺痛が起こるのが特徴である。

2、ムル病　皮膚に癩菌が侵犯して、顔や体に結節として赤い花が咲き、それが進行後に生じる傷痕として、青い葉が生じ、視力を失うことが多い。また皮膚に傷と傷痕が多く残り、鼻が変形し、眉毛と髭が抜けてしまう。しかし、手と足の切断は生じない。

3、混合型（カン病＋ムル病）　カン病とムル病が半々に現れる症状を通称、混合型という。

おじさんの説明が終わると、私が言った。

「では、おじさんはカン病なんですね」

するとおじさんが答えた。

「そうだ、典型的なカン病だよ」

そう答えたおじさんがまたもや私を見て、言った。

「そこにご飯を一匙分だけ残してあるから、それに石鹸を少し削り入れて、木の棒ですりつぶしてくれないか？」

「どうして？」

「足にできた傷の治療をするんだよ」

おじさんの言うとおり、残ったご飯に石鹸を削り入れて、すりつぶしてあげた。おじさんはそれを自分の足につけてくれるように頼みながら、またしても言った。

「このように傷につけて包帯を巻き、一日一回、付け換えてやると、悪いものが溶け出し、新しい肉ができて、傷がきれいに治るというんだ」

このようなやり方は、自分たちで考え出した治療法である。私は包帯を巻きながら言った。

「ただでさえ食べるものが少ないのに、傷までもがご飯をくれというのですから困ったことですね」

夏が始まって、いつの間にか学校は夏休みになっていた。夏休みになると、とても忙しくなる。海水浴、ハゼ釣り、そしてさつま芋畑の仕事もしなくてはならないからである。また、ウサギを育てねばならず、鶏の世話もしなくてはならない。

夏休みの宿題を風呂敷に包んで家に帰った私は、その包みを机の上に置き、ウサギ小屋と鶏小屋を見て回ると、急いで昼食を済ませ、友だちに会いに行った。友だちと海水浴に行く時間と場所を決めなくてはならなかった。それにまた、ハゼ釣りをするための釣り竿（つりざお）も作らねばならなかった。

夏休みには、午前の満潮に合わせてハゼ釣りをする。隣の部屋のおじさんのところに行き、竹の釣り竿に糸をつけて錘（おもり）をたらし、釣り針をくくりつけるなど準備万端を整えて、餌にするミミズ、カニ、カワニナを採りに行った。

翌日、朝食を食べてから海辺の砂浜でハゼ釣りを始めると、とてもよく食いついてきて、次々と釣りあがったので、その半分は干し、半分はハゼ粥（がゆ）を作って栄養の足しにした。午後には太陽が照りつけるなかを船着き場に行き、友だちと海水浴をして遊んだ。そのうちに髪の毛に白い塩が付着した。午後も遅くになって、暑さが和らぐと家に帰り、ウサギ用の草を刈って餌として与えた。

しかし、夏休みでも日曜学校のある日は熱心に勉強し、夏休みの宿題もした。ところが、夏休みの宿題のなかでは、日記を書くのがいつも問題であった。休みが始まると十日くらいが瞬く間に過ぎてしまって、そのあいだにどの日に雨が降ったのか晴れていたのかもわからなくなってしまう。その年の夏休みも、同じことだった。
「ええい、どうでもいいや、罰として一時間くらい立たされたらいいんだ」
こうして日記を書くのはあきらめた。

夏も冬に劣らず、つらい夜の連続であった。まずは蚊との戦いである。大きな部屋に合わせた大きな蚊帳（かや）が吊（つ）られていても、目が見えない人や体の不自由な人が、便所にしょっちゅう行くので役に立たなかった。その人たちが出入りするたびに、蚊が蚊帳の中に入ってきて、一緒に寝ることになるから、そのつらさといったらなんとも言いようがないほどであった。次いでは南京虫（なんきんむし）やノミとの戦いである。夜に電灯を消すと、天井や壁に攻め込んできてササッという音がする。鳥肌が立つほどの恐（こわ）さであった。そして南京虫に噛まれると広く腫れ上がり、かゆみが我慢ならない。このように蚊と南京虫、ノミの攻撃を避ける方法がないので、まともに眠れない。そこで南京虫退治の方法を研究した。動ける人全員を動員して、松ぼっくりを拾ってきて、夕食後に壁側に広げて置いた。そのうえで、戸外でしばらく蚊取り線香を焚（た）いて過ごし、部屋に戻って電灯を消して横たわる。

灯が消えると南京虫は襲撃を開始するので、電灯をつけると、床に降りてきていた南京虫が急いで逃げようとして、松ぼっくりに隠れる。そこで、その松ぼっくりをぜんぶ集めて焚（た）き口（ぐち）に入れて燃やしてしまう。しかし、それから数日も過ぎると、南京虫の襲撃は再開し、またもや同じ方法で掃討作戦を繰り広げなくてはならなかった。

夏に入ると、島中がさつま芋植えに忙しい。さつま芋は茎を植えると、それが延びて根がついてくる。冬の食料としてとても大事なものなので、雨が降ろうと日照りになろうと、動ける人は総動員して、春から育ててきたさつま芋の苗床から茎を切って畝に植えた。雨が降らなければ、桶（おけ）で水を運んで水やりをするなど、さつま芋の茎を育てた。

しかしながら、秋になってさつま芋を収穫してみると、夫婦者の家の畑と独身部の畑ではその収穫量に大きな差が出た。夫婦の世帯では熱心に草取りなど管理に励むが、独身部の付添人は仕事がいい加減になりがちなので差ができるのである。

母は私のためにいつも熱心にお祈りをした。息子の私が信仰生活を基本にまともに成長し、神の息子になることを切に願っていた。私はその真心に応えねばならないと思い、学習*28を受けることにした。教会で夜間に四週間の学習を受けてから、長老から学習問答を受けた。うちの班の学生たち十余人とともに学習を受けた。

翌年にもまた夜間に洗礼問答についての勉強をして、ようやく金正福（キムジョンボク）牧師から洗礼を受けた。私が洗礼を受けた年には受洗する人がとても多かったので、一列に座らせたのち、牧師がその前を通り過ぎながら、一人ひとりに「イエス様をあなたの救い主と信じますか？」と尋ねる。すると「はい」と答えた。そのようにして問答が終わった人たちに、日曜日聖餐（せいさん）礼拝時に洗礼式を行った。牧師が一人ひとりの頭に手を載せて祈りをささげてから、次のように言った。

「父と子と聖霊の御名のもとに、イエスを救い主として受け入れた姜善奉（カンソンボン）に洗礼を与える」

その儀式が終わったあとで、牧師は私が洗礼信徒になったことを人々に宣布した。これによって私は正式の洗礼信徒になった。そして日曜学校の班では、私は班長としてすべての仕事を任せられ、リーダーとしてよく励んだので、うちの班はいつも一等をもらっていた。


またも秋になった。冬の準備に入り、建設隊員を各村から選抜して、錦山（クムサン）伐採場に送りはじめた。小鹿島更生園は一九四七年から高興郡豊陽面（コフングンプンヤンミョン）と錦山面にある保護林で燃料用木材を伐採した。この伐採は晩秋から始めて、翌年の早春まで続いた。燃料用の木を伐採して小鹿島の船着き場まで運んできて、各室に割り当てると、作業に送られなかった人々がその木を自分が住む部屋に運んで薪を作り、燃料とする。このように燃料確保のために人員を割り当てて強制的に動員するのだが、病んで入院していた人たちを、伐採のような重労働に動員することもあった。

このようにして動員された病人たちは、病んで弱った体でありながらも、厳寒のなかでの危険な山の斜面で、伐採作業という重労働に耐えねばならなかった。そしてその仕事中に凍傷にかかって手の指を切断したり、伐採中の負傷で障害が残ったりした。それゆえに、冬もまた、夏とは別種の苦痛の日々であった。

このように、伐採で燃料を確保していたある年の冬に、〈千石丸事件（チョンソクファン）〉が発生した。千石丸とは、いまでいえば艀（はしけ）のような小さな無動力貨物船の名前である。伐採した木をこの千石丸に積載して、安（アン）

生丸（センファン）という動力船が引っ張るのである。

ある日のこと、錦山で伐採した木をいっぱい積んで、仕事を終えた人たちを載せた千石丸は安生丸に曳（ひ）かれて小鹿島に戻る途中に、風で積載した木が横に傾いて、座礁してしまった。交代するために乗船していた人たちは、あっという間に海に放り込まれ、押し流され、わずか数人だけが海苔（のり）の養殖のための杭（くい）につかまって、辛うじて生き延びた。

朴種一（パクジョンイル）長老は、本来、自分が交代する順番であったが、次にするようにと引き止められたおかげで、災難を逃れたという。当時のことを思い出して、次のように語りながら涙を流した。

「そのように死んでも、だれひとり悲しんでなどくれなかった。抗議をする人もなく、亡くなった人の親戚など、むしろそのほうがよかったといわんばかりだったから、故人はそれまでどれほど悲惨な人生を送ってきたのか想像すらできない。それとは別のあるときなど、錦山伐採場に積んであった木に火災が発生し、血を流すようにして伐採したものを灰の山にしてしまったこともあった。それでも一言の抗弁もできずに、園長の指示どおり働くしかなかったのだ」

縁というもの

晩秋のことであった。私たちの部屋に新しい付添人のおじさんがやってきた。全羅南道南原（ナムウォン）の山村が故郷だというそのおじさんは、ハングル文字を知らなかった。他の病棟で付添人をしていたが、そこの住人たちとそりが合わず、よくけんかをしたので、うちの部屋にくることになったという。

ここではひと月に一回ずつ人事異動があった。そして春と秋には、身体の状態によって等級を決めて大きな異動を行った。ところで、今回うちの部屋にきた付添人はちょっと特別であった。自分も病気でここに入ってきていながら、その病気をことさらに嫌がった。自分の匙はいつもポケットに入れ、食器も別に洗って、自分の袋に入れたりしていた。

そのうえ付添人の身でありながら、同室の重症患者が何かを頼んでも、それをきちんとしてやらないので、けんかが絶え間なかった。当時はうちの部屋にはひどい重症患者はいなかった。目の見えない人がいたが、みな問題のない人たちだったので、結局うちの部屋に送られたようだった。

そのおじさんが私の隣で寝起きすることになった。そしていくらか慣れてくると、私とよく話をするようになり、深い話もできるようになった。ところで、そのおじさんは毎晩とても苦しそうだった。夜中におじさんの苦しそうな声に目が覚めると、おじさんの股間に大きな膨らみができているのが見えた。そっと触れるだけでもイライラする様子で、昼間でも膨らみができると息が荒くなって、とても我慢できそうにない様子であった。そんなおじさんを見て、年取った大人たちはひそひそと話していた。

「あいつ、ビョンガンセ[*29]みたいだ」

「ムル病はあそこに力がなくなるが、カン病はあそこに力があるので、あんなふうになるんだ」

「いい年ごろなんだよ。おれたちなんか、女がそばにきても、何もできないのに……」

「あぁ！　あいつめ！　うらやましい！」

こんな話とともに深いため息が聞こえてきた。おじさんと親しくなってから、おじさんがご飯を炊くときには焚き口に火をつけるのを手伝いながら尋ねてみた。

「みんながお兄さんのことをビョンガンセみたいなんて言ってるけど、ビョンガンセって何のことなの?」

「お前はまだ幼いからわからないだろうが、簡単にいえば、女が必要な男ということなんだ」

「それなら結婚したらいいじゃない? だけど結婚したら手術しなくちゃならないから、それでしないつもりなの?」

「違うんだ。たとえ手術してでも、結婚したいのは山々なんだが、結婚してくれる女の人がいるのかな。目が不自由でもいいんだが……」

そのことばに納得した。こちらでの結婚条件は、一に信仰が深いこと、二に健康でなければならず、三に教育を受けていること、四に経済的余裕がなくてはならない。ところがうちの付添人の場合、健康には問題ないのだが、ほかはすべて落第点に近かった。そこでまたもや尋ねてみた。

「お兄さん、さっき目が悪くてもいいって、言ったよね?」

その質問に対して、その人は私をじっと見つめて言った。

「そうだ、目が悪くてもいいんだが、紹介でもしてくれるつもりなのかい?」

私はふと、母の部屋の、体は悪くないけれど目が見えないおばさんのことを思い出した。

「ちょっと待ってね。調べてみるから」

「そんな女の人がいるのかい？」

「その条件として、女子部へ行って少し薪割りをしてくれないかな？」

「どうしてだい？」

「薪割りをしながら、そのおばさんを見て気に入ったら、紹介してあげるよ」

私がそう言うや否や、その人は目を丸くして言うのだった。

「そうか、じゃあ、すぐに行こう」

「いや、みんなのご飯の準備を先にしてあげてよ。お母さんの部屋に先に行って、薪割りをしてもらえると伝えてくるから、そのあと一緒に行こうよ」

それとなくじらして、朝ごはんを終えてから母の部屋に行った。

「薪を少し割ってあげましょうか？」

私のことばを聞いたおばさんたちは喜んだ。

「あんたがかい？」

「ううん、うちの部屋の付添人のおじさんにお願いしておいたんだよ」

「ああそうなの。ありがたいけど、手間賃は？」

私はさらに大きな声で言った。

「きょうは手間賃なしで、やってくれるって。でも昼食だけは準備してね。うちの部屋の付添人おじさんは、力があるからすぐに片づけてくれるよ」

話を終えた私は、付添人のおじさんを連れていき、丸木をのこぎりで切り、斧（おの）で薪に割って積み上げた。いつの間にか半日が過ぎていた。約束どおり、その部屋で昼食を準備してくれた。私は目の見えないおばさんの横に座り、食事しながら付添人おじさんの足を突っつき目配せをした。食事を終えて部屋に戻ってくると、おじさんに尋ねてみた。

「お兄さん、どうだった？」

「目が見えないだけのことで、きれいな人だからいいよ。それで、考えているところなんだ」

「気に入ったということなの？」

「気に入るもいらないも、そんなことは関係ないんだ。もう故郷にも帰れないし、だれひとり待っている人もいない。こうして一生、付添人暮らしをするしかないから、むしろ女の人の付添人になってあげて、夜は楽に眠れるほうがいいってよく思うんだ」

その人の顔をじっと見ていると、またしても言った。

「こっちでも考えてみるけど……。ひとまずは、あちらのおばさんがどんな気持ちなのか、調べてくれよ。期待させといて、がっかりさせないでくれよ」

おじさんの考えはだいたいわかったので、今度はおばさんの気持ちを確認しなくてはならなかった。そこで数日後に母の部屋に遊びに行き、それとなく母に尋ねてみた。

「お母さん、チョムスニおばさんには親しい人がいる？」

「どうしたのよ？　チョムスニは、いま、部屋にいないのかい？」

「うん、さっき外に出ていった」
するとと母が言った。

「親が連れてきて置いていった子なんだけど、それ以来、親たちからも便りがなくって。ここでも、目が見えない人と兄弟姉妹の関係を結んでいる者なんていないし。それでずっと一人なんだよ。だけど、とっても気立てがいい子なんだよ」

母のことばを聞いた私は、何も言わないで、友だちとウサギの草を採りに野原に出かけた。母に事情を話したら〈余計なことなんかせずに、自分の勉強をちゃんとしなさい〉と言われるのがおちだから、おばさんと直接に話をしなければと考えた。

翌日に母の部屋の様子を見ていると、チョムスニおばさんは外に出ていった。私も部屋から出ていき、便所で用を済ませてきたおばさんに言った。

「おばさん、ぼくだよ」
おばさんはすぐに私だとわかって答えた。

「ここで何してるの？」
「おばさん、あっちに行ってぼくと話をしようよ」
それ以上は何も言わないで、おばさんの手を取り病棟前の木材置き場の傍に行った。

「うちのお母さんにはこのことを言わないでね。この前に薪割りしてくれたおじさんが話す声を聞いたでしょ？」

「うん、どうして?」

「あのお兄さん、うちの部屋の付添人なんだけど、だれも親しい人がいなくて、いまとなっては故郷に帰ることもできず、おばさんを見て気に入ったと言ってるから、二人で会ってみたらと思って」

おばさんは何も言えなかった。

「二人の気持ちさえよければいいんじゃないのかな? あのお兄さんは左手の指が少し曲がっていて、片方の腕がちょっと伸びていないけれど、ほかは健康だよ。勉強はあまりしていないけど、それはこれから徐々に学べばいいことだし、信仰はおばさんが導いてあげれば、言うことをよく聞いてくれると思うよ。一度考えてみてよ」

私のことばが終わると、おばさんは小さな声で言った。

「私をここまで連れてきて置いていったあとは、親からの連絡もないから、私を捨てたんだと思っているの。だから、寂しくて悲しいけど、もう涙も出ないの。だけど目も見えない私が、何かの役に立てるかしら? でも、考えてはみるわ」

おばさんの考えが少しわかっただけでも大きな収穫だったので、私はおばさんの手を取って言った。

「おばさん、いまはおばさんとぼくだけ知っていればいいことだからね。お母さんには言わないでよ」

おばさんも私の考えを察したようで、手をつかんで言った。

「うん。じゃあ、私を小道のところまで連れていっておくれ」

私はおばさんを小道まで連れていき、自分の部屋に戻って付添人おじさんに言った。

「お兄さん、少し待ってね。うまく行くようにやってみるから」

そうして数日過ぎた。教会の礼拝が終わって帰るおばさんを連れて、うちのウサギ小屋の前までやってきて、私が作ったこしかけ椅子に座らせてから、尋ねてみた。

「考えてみた？」

私の問いに、おばさんが逆に尋ねてきた。

「うん。ほんとうに私みたいなものを好きだって？」

私はあらためて答えた。

「うん。好きと言ってるよ。あのお兄さんは一生付添人をする運命だから、それよりはおばさん一人の付添人をして愛したいと言っているんだ。だから一度会ってみたらどうかな？　そして、聞きたいことがあれば、直接に聞いてみては」

すると、おばさんも決心を固めたように言った。

「そうするわ」

「わかったよ。お連れするから」

話を終えた私がおばさんを連れて女子部へ行く途中に、おばさんは言った。

「ここはどこなの？」

「ここは三病棟の前ですよ」

するとおばさんは私の手を放して言った。

「じゃあ私一人で帰れるわ。もう行きなさい」

彼女の気持ちがわかったので、一人で行かせて、後ろから言った。

「きょう夕食が済んだら、廊下に出ていてください。迎えに行きますから」

事がうまくいく予感がして、意気揚々と自分の部屋に向かった。そして夕食が終わると、付添人おじさんに言った。

「お兄さん！　公園の訓示台の横で待っていて」

おじさんの返事が終わるか終わらないうちに、母の部屋に行った私は、おばさんを連れて訓示台横の木々のあいだの芝生に座らせて、二人が話をできるようにした。するとおばさんは私をつかんで言った。

「行かないで。ここにいて」

その意味がわかった私は、仕方がないというふりをして腰を下ろしながら言った。

「じゃあ、ぼくもいることにするよ」

私が横に座ると、おばさんが先に口を開いた。

「私みたいな女をどうして好きだとおっしゃるのですか？　私は何もできず、せいぜい洗濯場に行って洗濯するくらいしかできないのに」

すると、お兄さんが答えた。

「私のような物知らずで貧しい人間に、だれが好んでお嫁にきますか？　あんたさえよいと言ってくれるならば、仕事は何でもするから心配しないで。しっかり考えて返事をください」

お兄さんのことばが終わると、またしてもおばさんが答えた。

「そうですね。考えてみます。私みたいな女を好きだと言ってくださるのですから」

二人の話が終わると、私はおばさんを送りながら言った。

「あのお兄さんは仕事もよくするし、いい人なんだけど、病気を嫌がるんです。だけどおばさんと一緒に暮らしたら、きっとうまくいくと思いますよ」

「そうね。私も女子部に閉じ込められているよりも、家庭を持って暮らすほうがいいと思ってるの」

それで私が言った。

「じゃあ、部屋の人たちにも話せばいいです。そうしておいてから、会うほうがいいと思いますよ」

「そうするわ」

おばさんを部屋に送ってから、自分の部屋に戻り、付添人おじさんを呼んだ。

「お兄さん、おばさんは承諾したよ。あすの夜、会う場所を考えておいて」

そう言ってから、部屋で少し勉強して眠った。

翌日の夕方に、公会堂の鐘撞堂(かねつきどう)で会う約束をして、お兄さんを先に行かせてから、おばさんを鐘撞堂の前まで案内した。お兄さんは先に風呂敷を持ってきていた。

「上がってください。ぼくは下で待っていて、だれかきたら大きな咳(せき)をしますよ」

おばさんが階段の前にくると、お兄さんはおばさんの手を握り、片方には風呂敷を握ったまま階段を上っていった。二人が鐘撞堂の後ろに消えると、私は下で静かに耳を澄ましていた。二人のあいだでしばらく話のやりとりがあったあと、おばさんのあわてた声が聞こえた。

「だめよ、だれかきたらどうするの？　だめ、だめ！」

そしてガサガサという音がすると、ついにおばさんの小さな悲鳴が聞こえた。

「あら、痛いわ。あら、どうするの。私知らないわよ。責任とってくれるんでしょね？」

しかし、お兄さんの返事は聞こえず、荒い息が聞こえるだけだった。またガサガサと音がして、おばさんの苦しそうな息が聞こえた。

「心配しないでいいよ。最後まで責任とるから」

どれほど待っただろうか。長い時間にわたって、何度もおばさんの苦しそうなうめき声が聞こえてきた。

「ほんとにビョンガンセだから、あんななのかな？」

そのあとも長い時間にわたって、お兄さんは荒い息を続け、おばさんは何度も息が絶えそうだった。

私はじっと星を眺めていた。

二人の息の詰まるような出逢いがようやく終わった。私はおばさんを部屋まで送った。それ以後は、二人が会う時間を連絡するだけで、二人の密会には付き合わなくなった。お兄さんは彼女に会ってからはいつもニコニコと、うれしくてたまらない様子で、部屋の人たちがひそひそ話をしていても平気だった。部屋の年長者たちはお兄さんを見て言った。

「〈坊主が肉の味をしめると寺に南京虫も残らなくなる〉[*30]ということばがあるが、困ったことにならないうちに、早く断種手術を受けて結婚するんだな」

しばらくして、結婚式の代わりに両方の部屋の家族同士が一緒に食事をしてから、事務室に申告して、お兄さんは断種手術を受けた。そしてお兄さんの手術部位が治るまでは私が付添人役をした。

三　賤国市民になるということ

島にも吹き荒れる民族が相争う悲劇

一九五〇年、その年の夏はほんとうに残酷で長かった。六月二十五日の数日後になって、牧師から北朝鮮軍が三十八度線を侵犯し、ソウルも陥落したことを聞いた。そして戦況はその後もずっとよくないという知らせも聞いた。

それだけではなかった。島の食料と副食などの配給が中断した。職員地帯の高位の人たちはすでに釜山(プサン)に避難したという噂(うわさ)もあり、共産主義はイエスを信じる者を殺すという話も耳にした。教会の長老たちは急いで堂会を開き、担任牧師である金正福(キムジョンボク)牧師の避難を決定し、牧師に避難を勧めた。ところが牧師は〝多くの羊の群れを捨てて牧者である私がどうして去ることができるか〟と、頑強に避難を拒んだ。牧師はきっぱりと言った。

「たとえ殉教することになったとしても、私はみなさんを置いて発(た)つことはできません」

金正福牧師の毅然(きぜん)とした態度に、堂会と信徒はひたすら感謝の気持ちを表しながら、牧師に頼るしかなかった。そのときから毎日、教会は連合して早朝祈禱(きとう)会を行い、夕方の礼拝は救国祈禱会とした。そして多くの信徒が断食祈禱と徹夜祈禱に入った。世間の人々が蔑視する哀れで惨めな人生を送るしかないハンセン病患者たちを、捨てることはできないから避難しないと言う牧師の安全と、国を守ってほしいという願いを心から祈るしかなかった。

しかし、やがては備蓄していたわずかの食料も尽きてきた。そのうえ陸地との往来も途切れてしまったので、食料や生活必需品を求める方法がなかった。閉じ込められている者たちがいくら駆け回ってみても、島の中で自救策を探すしかなかった。ところが珍しいことに、その年はさつま芋の蔓（つる）がほんとうによく育った。人々はさつま芋の蔓と葉を採って、味噌（みそ）で和（あ）えて、煮干し数匹に米一握りを入れて煮て、一杯ずつ食べて生き延びた。

そんなある日、私は指導部の裏山で松ぼっくりでも拾おうと、少し大きい松の木に登って松ぼっくりを採っていると、職員地帯のほうから多発銃の音が聞こえた。肝っ玉が縮み上がり、足も震えたが、気を落ち着けて木から降りて、指導部の後ろの道に沿って下っていった。すると、医療本館横の公園に通じる道を、人民軍[*31]が鉄帽に木の葉を挟み、背嚢（はいのう）にも木の葉を挟んだ姿で、多発銃を背に二列で行進しているのが見えた。

彼らは鹿洞（ノクトン）から入ってきて職員地帯を占領し、長安里（チャンアンニ）をへて公園の道に沿って船着き場に向かっているようであった。そしてそこから錦山（クムサン）に向かう船に乗った。私は人民軍を見るのは初めてのことだったが、とても幼くておとなしそうに見えた。私は道端の松の木の側で、松ぼっくりが入った網袋を担いで立っていたが、そんな私を見ても彼らはだれひとりとして何も言わず、ひたすら歩いていた。ようやく行列が過ぎ去ると、私は松ぼっくりを母の薪置き場に置いて、それまでに目撃したことを話した。それを聞いた母は、厳しい口調で言った。

「いよいよ大変なことになったけど、お前はどこにも行かずに、気をつけなさい」

母はいつでも心配が先に立った。その夜からは教会の礼拝は中断された。そして、これまでは教会にきても、たばこを吸うなど不誠実な信仰生活をしていた人々と、形式的に天主教教会に通っていた人たちとが中心となって、村の代表を選出して園内自治会を取り仕切るようになった。

彼らは職員地帯に居座った人民軍本部と連絡をとり、何人かはそこで教育まで受けて、毎晩、教会の礼拝堂を自分たちの教育の場として使いはじめた。村ごとに人々を集めて、北朝鮮の国歌である「朝の輝くこの江山」(北朝鮮の『愛国歌』)、「長白山の峰々を血で染めた跡」で始まる『金日成(キムイルソン)将軍の歌』など何曲か教えた。

私の住む中央里(チュンアンニ)にも、赤い腕章をはめた十人くらいがやってきて、人々を動員して、園生の一挙手一投足を監視した。ところが幸いにも、私たちの区域の担当者は、以前にうちの部屋で付添人をしていて隣で寝るだけでなく、仲人役までしてあげた人だったので、動員のときにそこから抜けても何も言わなかった。

園内はことばどおり〈嵐の前の静けさ〉であった。しかしひそかに伝わってきた噂によれば、金正福牧師が人民軍によって高興(コフン)に連行され、その数日後には牧会者をはじめ信仰の篤(あつ)い人や職員たちの何人かが銃殺されたという。[*32] しかし信徒たちには集まるところもなかった。長老たちや志のある人たちはひそかに祈って時を過ごしていたが、島はまさに暗黒の世界であった。

新しく選ばれた自治会の代表と幹部たちの暮らしはすごくよくなった。手当たりしだいに鶏やウサギを捕まえては食べ、どこから手に入れるのか酒を飲んで酔っぱらっていた。すっかり彼らの世界になった。連中のこのような態度には、長老教[*33]や天主教指導者でさえも何も言えなかった。出てこいと言われれば出ていき、帰れと言われれば帰るという毎日であった。島は騒々しくはなかったが、彼らは気の向くままに、時間もかまわず呼び集めて、金日成将軍の偉大な業績に関する本を読みながら教育を行った。私たちはひたすら聞いているふりをしていた。彼らが教えた歌を歌えと言われれば、歌うふりをするしかなかった。もとより配給はないので、さつま芋の茎で生きながらえていたが、それではとても我慢できず、まだ成長していない小さなさつま芋を掘って食べた。

ところが、またもや変な噂が広がりはじめた。中央里の横の山に日帝時代に掘った洞窟が三つあって、そこに園生たちを閉じ込めて殺すというのである。世間から捨てられ、病魔と闘いながら満身創痍の身ではあったが、皆殺しにするということばに緊張が走った。私はまだ幼いながらに、監督とは親しいので見逃してもらえるだろうと考えていたので、少しは気が楽だった。

そうしたある日、長老と執事など患者代表級の人たちを人民裁判にかけて殺すために、公会堂に集めた。集まって、名前を呼ばれた人たちは白い服を着て一列に並び、裁判を待った。ところが、そのときにビラが舞い落ちてきて、それを読んだ委員長はただちに裁判を中断した。危機一髪で、神の恵みが死刑を中止させた。ビラは国軍が国連軍とともに仁川上陸作戦に成功したという内容であった。このビラを見た委員長と幹部たちは、あわてて自治会の金を持ち出し、七艘の船を動員して島を脱出した。彼らは北方の長興（チャンフン）のほうに逃げていったが、あとで聞いた話では、人民軍に銃殺されたという。彼らは患者なのに金をたくさん持っていたので、疑われたあげくのことだった。しかし、一人だけが生きて戻ってきた。

信徒たちはふたたび集まって、礼拝堂をきれいに掃除し、金正福牧師の殉教追悼礼拝を行った。つかの間の悪夢から解放され、安定を求め、秩序を取り戻した。そののち、小鹿島（ソロクト）教会の金正福牧師だけでなく、麗水愛養院（ヨスエヤンウォン）*34の孫良源（ソンヤンウォン）牧師*35も殉教されたことを知った。二人の牧師は釜山に避難してさえいれば殉教を免れただろうから、避難をさせてあげなかったことを後悔した。しかし、羊の群れを愛したそのお二方の精神は永遠であると追悼した。

しばらくすると、ソウルを取り戻し、人民軍は北に退いたという知らせも聞いた。すぐに金尚泰（キムサンテ）院長が復帰して、島にも秩序が戻ってきた。そしてまもなく日常が戻り、園内は前と変わらない状態になった。

秋が深まり、またしても錦山の伐採が始まった。そして力のある男子患者たちは動員されて、厳冬雪寒のもとでの重労働が始まった。さつま芋も収穫して分配し、きちんと積まれていた。夏にあれほどたくさんの蔓と葉をむしって食べたのに、例年よりも収穫は多かった。神の恵みと思い、感謝の祈りをささげた。そして祈りのなかで〝あなたたちに艱難（かんなん）が訪れても、避ける道を与えよう〟という神のことばを思った。

教会は堂会長牧師の招聘（しょうへい）のために努力して、ついには池（チ）イクジュン牧師を担任牧師として、鄭明（チョンミョン）

淳牧師を副牧師として招いた。その年のクリスマスには、故金正福牧師の夫人を招いて連合礼拝を行った。そして今後の予定の連絡の際には、次の日曜の連合礼拝では金正福牧師夫人のための特別献金を行うので、心を合わせて祈り、献金に参加してほしい旨を知らせた。金正福牧師は殉教するほど小鹿島の患者たちを愛しておられたのに、ご自分は家もないまま貧しい暮らしをしておられたので、残された夫人の生活は困難であった。そこで、全教徒が一週間の特別早朝祈禱会で熱心に祈りながら準備を行って、次の日曜日には特別献金とともに送別礼拝を行った。その日、日曜礼拝の献金が済むと、送別讃美歌として歌った四〇五番は讃美歌というよりも涙の海であった。

神とともにいまして　ゆく道を守り
あめのみかてもて　力を与えませ
また会う日まで　また会う日まで
神の守り　汝が身を離れざれ

一節に続いて二、三、四節と続いて歌おうとしたが、信徒たちはまともに歌えず、慟哭となった。このようにして、金正福牧師の夫人とお別れした。故金正福牧師は、ハンセン病にかかったせいで、世間の人たちが蔑視し、会うのも憚る私たちを、主の愛で包み、雨の日も雪の日も変わることなく、小鹿島七つの教会の早朝祈禱会を回って導いてこられた。私たちと社会とを結ぶ役割を果たされていたが、ついに私たちを見捨てることができずに、殉教してしまわれた。私たちには、その悲しみを表現する方法がほかになかった。もっぱら流涕することで悲しみを表すだけであった。際限のない悲しい別れであった。そのうえ、安らぐ家さえないまま夫人を送り出すしかない私たちの心情、それを表現する方法がそれしかなかったのである。

騒擾と園生たちの初勝利

毎年恒例の錦山(クムサン)伐採が続き、以前と同じように船着き場には錦山から伐採されてきた燃料用の木が到着し、それを各病室に分配して部屋まで運ぶ〈蟻(あり)たちの仕事〉が変わらずに続いていた。しかし、その年には、毎冬の重労働に憤りをいだいていた年長者たちが、いろんな経路で調べた結果、燃料費は政府から出ていることがわかった。そこで、各教会の長老や会長たちが秘密裏に会議を行い、確実な証拠を得るために、園生のなかで過去に社会で大学に通ったことがあり、治療を受けてとくに症状の出ていない人物を選んで、外に送り出すことにした。

そしてその人に、中央政府と高興(コフン)郡、警察署などに、島の実情を知らせて実態調査を要請するために、経費を持たせ船を準備して送り出した。こうして島を出た人は、二か月をかけて中央部処と関係機関を回り、燃料費が別途に支給されている事実を調べ出した。そして要路に陳情して、詳しい説明を行った。しかし、当時は李承晩(イスンマン)政権の時代で不正腐敗が蔓延(まんえん)し、要所のいたるところに園長の手が伸びていたので、陳情は受け入れられなかったことが島に伝わってきた。

その報告を受けた各村の里長と教会の長老たちは、長い議論の果てに、中央部処に陳情書を送った。ただし、この島からの手紙はすべて検閲されるので、秘密の船を利用した。そしてさらに園生たちを総動員して、境界線を越えて園長の家に押しかけることで意見が一致した。しかし、示威行動の時期についてはのちに決定することにして、引き続き情報収集をしているうちに春になり、錦山に伐採に行っていた人たちが帰ってきた。

初夏になった。この間に年長者たちが秘密会議を重ね、示威行動の日程を決めた。そうして決定された日には、ごく少数の宗教人を除く[36]全園生を総動員して、境界線の入り口まで出ていった。長安里前の松林と海辺の砂浜まで人でいっぱいであった。

〈戦友の屍(しかばね)を越えて〉で始まる歌[37]の一部を〈血の汗流した錦山伐採、だれのためのものか、園長よ、尋ねたい〉という歌詞に替えて歌い、園生代表が境界線を越えて園長との面会を要求した。職員たちが緊急招集され、示威を阻止しようとしたが、彼らの手には負えなかった。

そうしているうちに、鹿洞(ノクトン)と高興から武装警官が到着して、雰囲気がおかしいという話が前方から伝わってきた。私は気になったが、幼くて背が小さく、よく見えなかった。しかし、好奇心を抑えられなかった。それで松林の中間くらいにある大きな松の木に登って、境界線のほうを見渡すと、警官たちが銃を持って立っていた。示威隊が激しく押し込むと、職員たちもまた懸命に防ぎ、押したり押されたりの攻防戦が繰り広げられた。

そのときだった。急に〈タダダーン〉という銃声が五、六発も続いた。銃声の響きと同時に人々は〈助けて！〉と叫びながら逃げはじめ、あっという間に示威隊はバラバラになった。

木の上で銃声を聞いて、どんなに驚いたことか、小便を漏らしそうになった。やっと木から降りて宿舎のほうに走った。走りながら見ると、脱げた履物が道の上にたくさん散らばっていた。走っていると、目の不自由な人がひとり、迷っているのを見つけた。私は手を握って、中央里のその人の部屋に連れていった。汗で全身びっしょりの私の体に触れながら、その人は何度も感謝のことばを述べて、私がだれなのかを尋ねた。その人に名前を告げ、元気でいてくださいということばを残して、ウサギの餌をやるためにウサギ小屋のほうに行った。

　ウサギに餌をやりながらじっくり考えてみると、警察が銃を撃ったのは、示威隊の侵入を防ぐための脅かしの空砲であって、おびえた園生の幾人かが逃げはじめると、群集心理に駆られて示威隊は崩れていき、やがて完全に負けてしまったのだろうと思った。

　ところで、この騒ぎで私はいきなり有名人になった。逃げるときに私がお連れしたのは七左五室に暮らす尹(ユン)さんというおじさんだったが、その人が中央里重患者の集まりや教会の集まりで、私がその人の命を助けたと盛んに誉(ほ)めて回ったので、私のことが人々に知られるようになった。

　そのあとには園内で大混乱が起こった。園長に追随する職員たちが患者指導部の自治権をはく奪し、姜(カン)某氏や李(イ)某氏らは、本気でもないのに教会に通っているような青年たちを動員して、示威の主導者を探し出しはじめた。実は、今回の事件の主導者は長老教会の長老たちと執事たちだった。それはともかく、主導者と見なされた人は、島に閉じ込められているので遠くに逃げるわけにもいかず、隠れるしかなかった。天井に穴をあけて隠れたり、麦わらの中に隠れたりした。

　しかし、彼らを探し出そうとする人たちはとても執拗(しつよう)であった。村の隅々まで探し回り、竹槍(たけやり)で麦わらの山を突き刺し、あらゆるところを覗きまわって、隠れている人を探し出した。境界線面会所の側で火をともしておいて、そうして捕まえた人たちを、野球のバットとつるはしの柄などで、その棒まで折れそうな激しさで殴った。そして自分たちが決めた罪状に従って、監禁室に閉じ込めたり追放したりした。まずは男たちを全州、安東などの集団定着村に強制追放し、その妻子も殴打して島から追い出した。ある女性は性的拷問まで受けるなど、無法状態が何日も続いた。

私は大人になってから、このできごとを直接に経験した朴種一長老から、当時の生々しい話を聞いた。それによると、ご自身も捕まって境界線のところに連れていかれて、酒に酔った人たちにこん棒で情け容赦なく殴られたので、最初は口を開けて悲鳴をあげるなど激しい痛みを感じたが、しばらくすると頭が朦朧としてきて〈ボカッボカッ〉という音が聞こえるだけで痛みを感じなくなったとのことだった。

このように殴打されて、担架に載せられ家に帰ったが、動けない自分を治療もしてくれないまま、外部の人間との接触もできないように監視されていたという。薬もなく、しかたなく何日間も、ただただ〈うんうん〉とうめきながら横たわっていたが、こん棒で殴られた人間には糞尿水がもっともよいと聞いたことを思い出したので、便所で糞尿水を一椀汲んで飲み、布団を何枚も重ねて被って横になった。どのくらい寝たのか目を覚ますと、沐浴したあとみたいに全身が濡れていて、体が少しずつ動かせたので、糞尿水をもう一度飲んだという。このようにして回復したのだが、糞尿水を飲むことを知らなかった人たちのなかには、殴打の後遺症で重症になり、回復しないままに死んだ人も多かったという。そしてこの事態で島から追放された人たちのくやしい思いを、朴長老は次のように説明した。

その一、彼らは、人をこん棒で殴り殺しておいて、看護する夫人とは離別させて追放した〈残忍な〉人間たちだ。

その二、彼らは、病んで島に閉じ込められて、生きるすべも持たない人たちを、何も持たせないままに追放した〈非情な〉人間たちだ。

その三、彼らは、防寒着はもちろんのこと、普通の服もなく震えている人たちを、北風寒雪の地に追放した〈残酷な〉人間たちだ。

しかし神は、病んで力なく、何の後ろ盾もなく、ひたすら苦痛を被る私たちの味方であった。陸地へと追放された人たちはたゆまずに関係機関に事実を知らせ、陳情を続けた。やがて、島で深刻な騒擾が起こったことを知った政府は、金尚泰園長[*38]を某国立大学病院長に異動させ、新しい園長[*39]が赴任することになった。

新園長は赴任するや否や、島の燃料問題を解決した。そしてその年の冬には、松の薪が船着き場近くの広い空間に山のように積まれ、中央里前の松林のあいだにもたくさん積まれた。この薪の山を初めて見た園生たちは、〝ひどい園長のもとで血の涙を流して悪夢のように暮らしたのだなあ〟とあらためて恨めしく思った。病んだ身でありながらも、厳寒のなかで伐採しながら泣き、木を運びながら泣き、薪割り作業でつらく空腹で泣いていた園生たちの、〈泣きながら〉の暮らしはこうして終わった。

　しかしながら、島の不正をただし、園生たちが楽に暮らせるように事態を主導した人たちは、とても大きな被害を受けて島から追い出されたままだった。そしてのちになってようやく、このように肉体的、精神的、物質的被害を受け、見知らぬところに追放された人たちも、主イエスを救い主と信じる深い信仰心をもとに、新しく定着した場所で教会を復興し、熱心に家畜を育てながら自由な暮らしをしているという知らせが伝わってきた。それによって、島に残った人たちも少しは気持ちが楽になった。

再会した人たち

　ある年の五月十七日、小鹿島更生園の開園記念運動会の五日前に、父の葬式のときに会って以来の姉が、初めて訪ねてきた。姉の連れ合いから許可をもらって、陸地のとある定着村に住む人たちとともに、幼い姪（めい）を連れてきてくれたのである。

　母は姉を見て、長年の恨（ハン）のこもった涙を流した。母が最初に嫁いで産んだ娘がその姉であったが、ハンセン病にかかったからという理由で、その幼い娘を置いたまま婚家を追い出されてから、ほんとうに久しぶりのことであった。母は実家を出てからは放浪暮らしとなり、晋州（チンジュ）の集団定着地と咸安（ハマン）をへて小鹿島までくることになったので、その娘に温かい情をただの一度も与えることができないでいた。そして十数年たったいま、母と娘がようやく再会できたのである。

母は涙などとっくの昔に枯れてしまっていたはずなのに、それでもとめどなく泣いた。姉も姉で、ことばもなく母の手を握りながら、涙を流しつづけた。姉のこれまでの人生も、ことばに尽くせない苦しみの歳月であった。母の愛情に飢えながら成長して、若くして結婚したので、その暮らしはどれほど大変なものか想像できる。母と娘の涙の再会がひと段落すると、姉は私を見て言った。

「ずいぶん大きくなったね。勉強はしっかりしているの？」

そう言いながら、私の手を握る姉の手は温かい情に満ちていた。

「はい、一生懸命勉強して、どんなことがあっても医学講習所に入り、お母さんを楽にします」

「そう、ぜひそうしなさい。そうすれば定着村に出ても、基盤を早く固めることができて、よい暮らしができるわよ」

翌日、姉と私は暖かい日差しのもと、公園の芝生に母を伴い、写真師を呼んで写真を撮った。そして初めて公園を見物する姉は、美しく手入れされた木々や巧みに造られている公園を見て回りながら感歎(かんたん)した。

「ほんとうに、みごとな公園ね」

私はそんな姉の称賛に対して、公園にまつわる悲しい歴史[*40]を話した。

「お姉さん、ここは日帝植民地期に園生たちが血と涙を流した強制労働の産物なのです。これを造るために死んだり、けがして重症になった人たちがいて、日本人園長が園生の恨(ハン)のこもった刃物で殺された場所でもあるんです。そんな悲しい過去があるのに、初めて見る人は公園が美しいと言います。

しかし公園を造りながら死んでいった人の魂と、その作業で重病になって死んだ人の魂が怨(うら)みをいだいてさまよっているのを知らないでしょう。私は美しい公園を見ると、亡くなった先輩たちの恨のこもった遺産だと思うんです」

姉は私の説明を聞きながらうなずいた。私たちは公園をすっかり見たあとで、レンガ工場も見て回った。私はレンガ工場の煙突を指さしながら、そこにまつわる悲しい話もした。

「あの煙突をごらんなさい。先のほうが小さく見えるでしょ？　どれだけ高いことか。あそこにも恨がこもった話があります。労賃も与えずに強制的にレンガ造りをさせておきながら、日本人の園長はそれを売って着服したという、実にひどい悪事のつらい遺産なのです」

私たち家族は公園見物を終えると、母の部屋に戻った。そして姉が育てて精米してきた米と、買ってきた牛肉で夕食を準備して、部屋の人たちと一緒に食べた。そのご飯はほんとうにつやつやと輝いていて、おかずがなくても茶碗一杯くらいは食べられるほどおいしかった。この島ではとうてい食べることのできない米飯であった。

島で配給される米は、普通は二年〜五年も保管されていた米なので、米虫やコクゾウムシがうようよしていた。だから配給されるとすぐに日陰に広げて、虫をなくそうとするけれど、ご飯を炊くとき米を洗うと、水の上に米粒がプカプカ浮かぶ。コクゾウムシが中身を食べてしまって、米粒の皮だけが残っているのである。だからそんなご飯の味がどんなものか、想像してもわかるだろう。

久しぶりの母娘の再会なので、夜遅くまでたくさん話をするために、夕方の礼拝は早めに行った。

その日の礼拝は母の番だったので、母が祈りはじめた。

「父なる神よ。恵みに感謝いたします。すべての人に捨てられて死ぬほかなかった私たち母娘をこれまで守ってくださり、十数年ぶりに出会い、ともに祈りをささげることができたことを感謝いたします。母親としてすべきことは何一つできずに、涙を流させてばかりだったのに、このように成人した娘に会うことができたのは、神の恵みです。夫も子どももイエスを信じて新しい人となり、その魂が救われるようにしてください。わが娘が残る日程を主の恵みのなかで過ごし、無事に家に帰れるようにしてください。イエス様の御名でお祈りいたします。アーメン」

母の祈りは涙を流しながらの叫びであり、嗟嘆(さたん)であり、切なる願いであった。礼拝が終わって自分の部屋に戻る際に、姉に言った。

「お姉さん、おやすみなさい。あすまたきます」

そして二日後には、運動会を私たちと一緒に見物すると、姉が発つ時間になった。母は娘と別れるのが嫌で、あと数日間休んでから帰るようにと何度も言ったが、一緒にきた人たちの都合もあるので、予定どおりに別れねばならなかった。母は、いま帰ってしまえば、今度いつ会えるのかと、またしても涙の海であった。そして握った姉の手を放そうとせずに、何度も同じことばを繰り返した。

「体に気をつけて。信仰生活をちゃんとしなさい」

このようにひたすら〝元気で〟と繰り返すばかりだった。こんな母の手を放して姉が立ち上がった。

「お母さん、私、行きます」

終わりそうになかった別れの儀式も、こうして終わった。

賤国ではどんなことがあったか

開園記念運動会が終わると、園生たちは日常の暮らしに戻った。私もあわただしく姉と会って別れたせいで、寂しがる母を慰めながら、日常生活に戻っていった。そうしたある日、六右一一室の重患者代表である韓萬東(ハンマンドン)老人が私を呼んでいるという伝言を受け取った。何の用だろうかと思いながら、韓萬東老人を訪ねて、あいさつした。

「ああ、楽に座りなさい。尹(ユン)テイルさんから姜(カン)君のことをよく聞いてるんだ。そう、そうなんだ、どんなに切羽詰まって危険なときであっても、他人に気を配ることができなくてはならない。それでこそ人間なんだ」

私を見ると韓老人はまず、以前の錦山(クムサン)伐採問題のことで騒擾が発生したとき、武装警察の銃声のなかを、目の見えない尹テイルさんを案内して守ったことを称賛した。そして私に会いたかった理由も説明してくれた。

「姜君はよいことをしたし、私のほうも甥(おい)が勉強を終えて故郷に帰ったので、その場所が空くようになった。それで、私には姜君が必要なんだよ。どうかね？　うちの部屋にきて、私と一緒に暮らしてくれないか？」

「……」

「甥が使っていた机と本など何もかもあげるから、勉強を一生懸命すればいいんだよ」

私はその心遣いに感謝して、すぐに答えた。

「それはとてもうれしいことです。ありがとうございます。一生懸命にがんばります」

そう言って老人と別れ、部屋を移ることになったことを母に報告すると、とても喜んでくれた。

「そうなのかい、よかったね。あの部屋に入るのはとてもむずかしいから、まじめに努力して、勉強もがんばりなさい」

このようにして、私は部屋を移った。韓萬東老人は私が身の回りの荷物を持っていくと、甥が使っていた机と本をくださって、勉強しやすい位置に居場所までつくってくださった。その部屋には韓老人と義兄弟の人がいたが、二人とも目が不自由であった。そしてもう一人は、付添人の仕事は無理でも健康状態がよい若者と、年配だがとてもまじめな付添人のおじさんと総勢は四人であった。私が入ると五人になるが、六人の部屋よりも少し広く使うことができた。そして付添人のおじさんがとてもがんばって働いてくれるので、農作物も家庭を持っている人たちと同じくらい収穫があり、食事とおかずもとてもおいしかった。

この部屋での私の仕事は、重患者代表である韓萬東老人を教導課会議があるたびにお連れして帰ってくること、教会の往復をご一緒すること、そしてときには聖書を読んであげることだった。それ以外の時間は何も仕事を命じられず、勉強だけをすればいいように配慮されていた。それからは、韓萬東老人と一緒に歩いて時間の余裕があるときは、日本の植民地期の強制労働や抑圧状態なども交えて、これからは世の中もよく変わっていくだろうとおっしゃるなど、私に格別の愛情を示してくださった。

「勉強を一生懸命しなさい。そしてこの前に尹テイルさんを救ったように、よい行いをたくさんするんだよ」

「はい、そのように努力します」

「今回の騒擾事件で、長年にわたって厳寒のなかで多くの園生が苦しんだ錦山伐採の問題は解決したけれど、その犠牲はとても大きいものだった。多くの人が鞭打(むちう)たれ、陸地に追放されたのだから」

韓老人は私が聞いていることを意識して話を続けた。

「でも、病んで力なく捨てられた者たちにとっては、どうにも致し方ない人生というもので……」

引っ越して数日後には、母が私たちの部屋を訪ねてきて、韓萬東老人に感謝のあいさつをした。韓老人は母にこう言った。

「よいお子さんを持たれてよかったですね。今後は、立派な大人になるようにお母さんが神に祈り、しっかりと面倒を見てあげてください」

「私に何の力がありましょうか。韓代表にこの子のことは何もかもお任せしたので、ご指導のほどをよろしくお願いいたします」

こうして二人のあいさつが終わると、私は部屋に帰る母を送っていった。韓萬東老人はそれ以後、教導課会議に行くときや連合礼拝のために少し遠い公会堂にお連れするときなどには、過去の植民地時代の話をしてくださった。そのようにして、私は重労働を強いられたことや、村や建物が造られたときの、恨に満ちた事情を知ることになった。

最初はもっぱら話を聞くだけだったが、何度も聞くうちに、それらのできごとがまるで自分が経験したことのように頭の中に残った。また、長い夜には、義理の弟と当時の苦しかった話をしながら、深いため息をつかれていたことが、いまも鮮やかに思い出される。そして二人が繰り返して話してくださった事柄や、私が成長する過程で確認したことを整理してみると、この島はほんとうに多くの人々の恨と涙、肉と骨が埋まった場所であることがわかった。韓老人は島の生活に関する記憶を、暇があれば私に話し、そのたびに義理の弟もまたその話をつないでくれるのだった。


〈園長・周防正季〉


「周防(すおう)よりも佐藤が殺されなきゃならないやつだった」

「違うよ。佐藤は周防の指示を受けてやっていたので、周防が死んだのはよかったんだよ」

島に新しい園長が赴任した。名前は周防正季(まさすえ)＊41といった。彼は日本の有名な大学で医学を学び、朝鮮総督府の衛生官を振り出しに、公職生活を始めた。救癩(らい)協会の基金により小鹿島全体が小鹿島癩病院の土地になってからは、自ら志願してこの辺鄙(へんぴ)な島の園長として赴任したといわれている。

初秋のある日、病舎地帯で暮らす一千余りの園生は、新任園長の就任あいさつを聞くために公会堂の前庭に集まった。定刻になると職員地帯から車に乗って新しい園長が現れ、冗長な就任演説を行った。そして、小鹿島を園生たちの楽園にすることを約束した。病院施設を新しくして、患者の収容施設も拡張し、住環境を改善して東洋一の療養所をつくりたいとも語った。捨てられ賤視(せんし)されている患者たちのために、新しい憩いの家を造ることも約束した。また、どれほど就任演説の練習をしたのか、園生たちの心を慰めることばも忘れなかった。

「みなさんは自分の故郷と家族や親戚から捨てられ、蔑視とひどい扱いをどれほど多く受けてきたことでしょうか。行き場がなくなって、どれほど多くの道をさまよったでしょうか。いまでは同じ立場のみなさんが集まったので、この地をみなさんの新しい故郷と思って、暖かい住まいをつくり、いまなお捨てられ蔑視されている兄弟たちを受け入れて、愛し合い希望のある人生を生きましょう」

　こんな演説を聞いた園生たちの心はすっきりとして、涙が出るほどであった。そして園生たちは〈やっと暮らしがよくなるんだ〉という希望をいだいて、新任園長と別れた。就任式を終えた周防園長は少しすると、園生のなかから代表十人を選び、〈患者評議会〉という諮問機関をつくろうとした。〈患者評議会〉を園長と園生たちを結びつける中間的な役割にしたい、ということであった。

　選ばれた〈患者評議会〉のメンバーは、毎週土曜日に開かれた会議に出席し、楽土建設工事の必要性を強調する話を聞いた。代表たちはそのように洗脳教育を受けて、園長の言うとおりにすればこの島は楽園になるという幻想に陥ってしまった。ついには評議会代表たちをはじめとした園生たちが、自発的に島の開発工事に参加した。

　島ではいつの間にか、園長はこの島と園生たちのために、自ら園長職を希望してやってきたという話まで出回るようになった。日本のよい大学で医学を学び、総督府衛生官として公職に就いた前途洋々な人間が、保証された出世の夢を捨てて、自ら進んで小鹿島にやってきたという噂は、彼を違った目で見るように仕向けた。

島は園長の計画どおりに動きはじめた。そして、園生の自発的参加を引き出した園長は、島にレンガ工場の建設を始めた。園生たちはほんとうに熱心に働いた。その結果として、レンガ工場はとてつもなく高い煙突を持つ工場となった。園長は中国人レンガ工を連れてきて、レンガ造りの技術を園生たちに教えさせた。そしてその後は、技術を学んだ園生たちが自分たちの手でレンガを造りはじめた。そしてそのレンガで新しい病舎、三つの村、そして公会堂と遺骨安置所である万霊堂と鐘撞堂を造った。そこまでは園生たちの自発的な労働の賜物であった。

しかし、やがて園長の野望が現実化しはじめた。いつのころからか、レンガを外部に出すようになると、男女の区別なく労働に動員しはじめた。園生たちはいつの間にか、朝には星を見ながら出かけ、男たちは土を背負い、女たちは土を頭に載せてレンガ工場に運び、レンガの形に加工した。そしてレンガの形になったものを焼いて乾かしてから、船着き場まで運ばねばならなかった。そしてこの過程で、統制のために暴力が用いられた。

こうして激しい強制労働に苦しめられていった患者たちは、足の指が崩れ落ちて血が出ているのを見て初めて、自分がけがしていることを知り、手の指も形が崩れるほど仕事をしているのに、過度なノルマを達成できていないからという理由で、看護長である佐藤の革の鞭に打たれねばならなかった。どこにいても厳しく監視され、監督者の目から外れると、こん棒で打たれ、下手をすると監禁室行きになった。そうした強制労働は、真夏の暑さでも真冬の厳寒でも変わりない奴隷労働であった。

　園長の野望はさらに大きくなった。病院拡張一次工事の成果に自信を持った園長は、二次工事を急いだ。一次工事の強制労働を患者たちが拒否しなかったので、もっと厳しく患者たちを追い込んでも、問題はなかろうと考えたようである。

〈看護長・佐藤三代治〉

　このような強制労働動員の一等功臣は、佐藤三代治看護長[42]であった。彼は園長就任式で演壇の横に園長と一緒に立っていた人物で、園長の養子ともいわれ、園長の右腕であり腹心であった。村に配置された看護長以下、職員たちを統率する主席看護長なのだが、いつも革の長靴を履き、長い革の鞭を振り回しながら歩き回り、残忍な暴力で園生たちを強制労働に駆り立てた。

「そのときつくられた〈参官員〉が問題だった」

「そうだったね、でも、あのときの巡視所の連中も悪かったよ」

　園長は佐藤を手先にして〈患者評議会〉の委員たちに破格の待遇を与え、〈参官員〉という組織を新しくつくった。そしてその〈参官員〉の長に佐藤看護長を任命し、その下に看護主任など看護職四名と農事監督一名、備品監督一名、書記助手一名、作業助手四名を、さらには二名の班長を置いた。次いでは別途に園内に巡視所を設置し、巡視部長一名と巡視員十名によって園生の脱出を防いだ。

　この巡視所は職員地帯と病舎地帯の境界線に設置され、園内には監禁室を建てた。また巡視所巡視員たちに園内の治安維持を命じて、園生が脱出できないように監視させ、面会の監督と手紙の検閲をさせた。それらの職にはすべて日本人を採用したが、その前職は巡査、刑事、憲兵などであり、強制労働への動員準備が完璧に整えられた。

そのころ日中戦争が始まった。病院では日用品と食料の配給が大きく減少し、医薬品も不足した。もちろん労働に対する賃金などはなかった。いつの間にか〈患者評議会〉の人たちも〈参官員〉の圧力を受けて、園生の権益を守るようなことは何も言えなくなった。下剋上(げこくじょう)は絶対に容認されず、〈患者評議会〉委員も園生たちが選出するのではなく、園長が任命した。

生活環境がしだいに劣悪化した。各病舎には部屋が二つしかなく、そこに十人ずつ暮らした。部屋の戸もきちんと閉まらないので、カマスをぶら下げておき、部屋の真ん中にはカマスを編む器具が置かれ、それが家具代わりになった。カマスを編む器具は、食事の際は食卓としても使い、寝るときは枕となった。そのうえ、仕事に疲れ飢えに苦しんだあげくに首を吊(つ)って自殺するときにも、それが使われた。一言でいうと、人が安らぎ寝て食べるための家というよりも、まるでカマス生産工場であった。

食料は四日ごとに配給されるが、わずか四合の米と麦が混ざったものにすぎなかった。おかずとしては塩漬けの白菜と大根の葉くらいしかなかった。きつい労働に比して食べ物がそのように粗末だったので、園生たちはいつも空腹から逃れることができなかった。そんなわけで、小鹿島の人たちにとっては、何としてもお腹(なか)いっぱい食べることが、最大の願いであった。〝死ぬにしても〈ヤマモ

[*43]リ〉を食べてから死にたい〟と、陰でささやかれていた。

とても不可能な分量のカマスと縄の生産を各村に割り当て、各村ではそれをさらに、各病室の人数に合わせて割り当てた。このノルマを完遂するために、各部屋では人を最大限に動員し、一方ではカマスを編み、他方では縄をない、目の見えない患者にはカマスの端を整える仕事をさせた。子どもたちもその例からもれなかった。それでも生産量が足りなければ、連帯責任で全員が一緒に夜間作業をしなくてはならなかった。

病気を治療するために集まってきた人たちが、治療どころか傷だらけの体で荷物を背負い、木を伐(き)り、松脂(まつやに)を採取し、手が腫れ上がるほど縄をなうような状況に置かれると、自ら命を捨てる人が増えてきた。そのうえ作業を進めるうちに、村同士、さらには患者同士が争うように仕向けた。等級授賞制などという名目で、作業成績がもっともよい村や個人に賞を与えた。

患者たちは、目標達成のために、体が疲れるのも体の一部が崩れ落ちるのも忘れて、ひたすら仕事に没頭した。助け合わねばならない患者同士が敵のように対立し、自分の仕事でなければ少しも人を助けようとはしなくなった。島が地獄よりもひどい状況に落ち込んでいくと、死んでいく人の数が増えていった。労働に耐えられず脱出する人も急増した。島全体で人間が必要とされた。人格を備えた人間ではなく、木を伐り、レンガを焼き、カマスを編む人手が必要だった。戦況が悪化すると、村ごとにひそかに洞窟を掘るように命じられ、重労働がさらに増えた。配給食料も満州産の豆とトウモロコシに変わった。

それにもかかわらず、園当局と職員たちは患者たちをますますひどい状態に追い込んだ。園長の秘策は、その間に治療が終わって故郷へ帰った人や、いまもなお故郷の家にとどまっている患者を、公権力を動員して連れてくることであった。患者募集船が船着き場に到着すると、職員をはじめ各村の患者代表が集まってきた。自分の村に少しでも健康で仕事のできそうな人を連れていくためであった。わずかでも健康な人が配置されれば、ノルマを達成するのが容易になるからである。新来の患者が各部屋に配置されるときも同様であった。病室ごとに一定人数が割り当てられていたので、手足の不自由な人よりも健康な人がくることを願った。

このような状況下では、重患者はなにかと肩身が狭く、悲しくつらい思いをした。戦争は別の場所で行われていたが、小鹿島でも患者ではなく軍人と労働者が必要だった。敵軍とではなくつらい仕事と戦っていた。患者を必要としないというよりも、むしろ患者などいてはならない病院が、日帝時代の小鹿島病院だった。

このような強制労働のもとでは、人々は横になればただちに眠り込んだ。ところが、眠ることさえ思いどおりにはいかなかった。夜九時になると消灯の合図があり、続いて人員点呼が始まった。各村の事務職員たちが大きな声でわめきたてながら点呼を始めると、病室の人たちは素早く起き上がって、一列に立っていなければならなかった。職員が入ってくると〈皇国臣民の誓詞〉[*44]を全員で暗誦(あんしょう)して番号を言った。手を額に当てて固まった姿勢で立ち、力強く番号を言わねばならなかった。もしも人員に異常があれば、夜を徹してでもその事故者を探さねばならず、見つからなければ部屋の者は死ぬほど殴られた。点呼の目的は、強圧的な指導意識の強化、脱出防止、統計上の数字確認であり、このような点呼は患者たちにとって煩わしい手続きにすぎなかった。

〈監禁室〉

「お兄さんはあのころ、何回くらい監禁室に入れられましたか？」

「私は一回だった。三日ぐらいだったかな」

「私は二回入りましたよ。一回は夜中に床に何かこぼれて、血が流れているのかと思わず灯(あか)りをつけたら、時間外に点灯したという理由で入れられ、三日もいて、もう一度は、山へ木を伐りに行って見つかり、命令不服従という名目で一週間も入れられました」

監禁室に入れられる者が急に増えてきた。監禁室は小さな部屋に鉄格子のついた窓があり、床にはセメントが張られていて、部屋の片隅に糞尿桶(おけ)があり、食器を出し入れする小さな穴があるだけだった。監禁室での監禁は園長の特権であった。裁判や弁論もなく入れられ、その罪名は時間外点灯のような些細(ささい)なものから、殺人、逃走、姦淫(かんいん)、命令不服従などがあった。刑罰も訓戒、笞刑(ちけい)、禁食、監禁などに区別された。

しかし監禁隔離の主たる目的は、反省して罪を自覚し、新しい人間に生まれ変わらせることではなく、人間を殺す場所のように使われていた。健康ではない患者を、寒い冬の冷たいセメント床の監禁室に入れて、数日にわたって食事も与えなかった。健康な壮丁でも耐えられない刑罰を、脆弱(ぜいじゃく)な体で受ければ、患者は飢えと寒さで凍死せずにはおられなかった。

監禁室は虚偽報告にも利用した。むごい鞭打ちや足蹴により急死した死体を、監禁室に移して二、三日放置しておいてから、自殺したと上部に報告して終わらせたりもした。このように、監禁室はひとたび入れられれば、死を覚悟せねばならず、生きて出られたとしても生涯にわたって重症を患って生きることになるだけでなく、そこを出るときには無条件で断種手術が行われた。

小鹿島のハンセン病者たちは、まるで蠅(はえ)たたきでたたかれて死ぬ蠅のような命だった。きょうは動き回って仕事をしていた人が、一晩のうちに過労で死体に変わるということがよくあった。殴られて死んだり、逃走しようとして海に飛び込み、急流に流されて命を落とした。

こうした死だけでなく、もっとぞっとするような死に方もあった。体が悪くて治療本館に治療を受けに行き、研究用に作られていた〈引っ張られる薬（薬の名前はわからないが、注射をされると体が引っ張られて死ぬのでこう呼ばれた）〉が入った注射をされると、二十四時間以内に首が後ろに引き寄せられ、手足が引っ張られて死んだ。その薬を傷口に塗ると、やはり四十八時間以内に引っ張られて死んだ。一度に八人が引っ張られて死亡したことがあり、死んだ人たちの死体を解剖室でずたずたに切るなど、研究と実験を行った。そして棺に死体を入れ、棺の外に血がたくさんついている状態で、葬儀を行ったりもした。

それを目で見ても、何も言うことはできなかったが、そんなことが起こると、どんなに病状が悪くても治療本館に治療を受けに行かなくなるので、のちには監禁室にいる人たちを研究用に用いたという。

〈死によって完成した東生里埠頭と外郭道路〉

「姜(カン)くん!」

「はい!」

「東生里(トンセンニ)から南生里(ナムセンニ)へ行く道の途上にある船着き場を知っているだろ?」

「はい」

「その食料倉庫も見たことあるだろ?」

「はい」

「その海岸の堤をあのように石積みして、道路を造ったのは私たちなんだよ」

「ほんとうに大変な仕事だったでしょうね」

「そうだよ。そこで手足をなくした人がとてもたくさんいたよ」

小鹿島病院二次工事が終わった翌年、園長は島の南側に新しい船着き場を造る計画を立てて、それを実行に移した。当時の船着き場は職員地帯の前にあり、すべての物資が職員地帯を通って入ってきた。ところが、物資運搬のために船着き場に向かう患者たちに、職員地帯を通らせないようにするという目的もあったが、それ以上に、中央公園工事を念頭に置いての措置であった。

新しい船着き場は、職員地帯の反対側である東生里と南生里間の水深が深いところに決定した。園長は佐藤らに命じて患者たちを動員し、石積み作業を始めた。しかし、その当時にはすでに、園長や佐藤は園生たちを工事場に引っ張り出すために説得や懐柔など面倒なことはしなかった。動けるすべての患者を老若男女区別なく、作業場に追い立てる総動員令が下された。

しかし、石積みの作業道具としてはシャベル、つるはし、背負子、モッコ担ぎ[*45]しかなく、すべての作業は体で行うしかなかった。作業場所は海辺であるうえに、潮流の関係で海水が入ってくると作業を進めることができなかった。したがって、作業には昼夜など関係なかった。引き潮が夕方であれば、夕方の少し前から荒い海風にさらされながら、松明を焚いて強制的に石積み作業に動員した。

このようにして四か月間にわたって、佐藤の鞭とこん棒のもとで手や足の指を失いながら、まさに聞くに堪えないことばも無数に聞かされながらの作業だった。佐藤は革の鞭を振り回しながらこう叫んだ。

「この汚いムンドゥンイ[*46]のやつらめ。腐って崩れていく体を惜しんでどうするんだ？　虫っけらにも劣る野郎どもめ。お前らなんか殺すことだってできるんだぞ」

彼は少しでも気に障った人間には革の鞭を振り上げ、動員された園生たちの背に彼の鞭が舞った。そのうえ、作業の進捗が遅いからと、病舎地帯の隅々まで回っては、働けないほどに弱った園生まで作業場に引っ張り出した。すべての園生が彼の鞭から逃れることができない残酷な状況のもとで、船着き場は完工した。

園長は船着き場が完成すると、またもや船着き場と島の真ん中を通過する道路を開設する計画を発表した。そしてその道路工事とともに、島を一周する海岸道路などの外郭道路も建設する計画を立てた。船着き場工事が進行するにつれて、園生たちの脱出が始まった。工事の終わりごろには、強制労働に耐えられない園生たちが次々と命がけで脱出を試み、かなりが成功した。病院側は園生たちの脱出ルートを綿密に調査して、脱出場所が十字峰麓（シプチャボン）の海岸であることを突き止めた。そこには陸地の一般人たちも盗伐のためにきていたので、森の中に隠れていて、盗伐者たちの船を利用して脱出していたというのである。

　病院側はこのような事実を把握し、外部からの盗伐を防ぐと同時に、園生たちの脱出を防ぐという二重の目的で、十字峰麓を貫通する道路を開設することにした。しかし、道路開設の名目としては、島の開発の均衡を保つことを挙げて、まもなく起工式が行われた。

　またしても激しい強制労働が始まった。佐藤の革の鞭も待っていたとばかりに暴れまわった。十字峰麓は非常に険峻（けんしゅん）な場所なので、工事はとても困難であった。とくに、地質は岩盤だらけであった。園生たちにはその岩盤を砕いたり掘り出したりする道具などなく、つるはしと背負子、モッコだけで作業しなくてはならなかった。危険な作業場で石の下敷きになったり、岩と取っ組み合いの果てにけがをした手指や足指を、擦り減った服の裾やぼろ布で覆って家に帰っては、その傷を自らが治療しなくてはならなかった。

　そうした悪条件に加えて、佐藤のあくどい鞭がどれほど振るわれたことか。作業を開始して一か月もたたないうちに、険しい岩盤を切り開いて四キロメートルの新しい道が、血と涙のなかで完成した。

しかし、園生たちの脱出事件は継続していた。

もはや園生のだれひとりとして、周防園長の楽園建設などの話を信じてはいなかった。病舎施設が拡張され、新しい船着き場と道路が開設され、鐘撞堂や万霊堂が建てられても、園生たちの楽園とは何ら関係のないことがわかっていた。園生たちのあいだでは園長に対する怨みが急激に大きくなった。戦争は最終段階に入っていたのか、病院では何もかもが不足していた。ひどい強制労働に動員されても労賃を一銭ももらえないことはさておくとしても、けがの治療もまともに受けることさえできなかった。強制労働に動員された園生は、仕事中に負傷しても治療を受けることができないために、傷はどんどん悪化した。そして闘病の意志を喪失し、病院側が相次いで命じる重労働を恐れるばかりだった。島は地獄と化したのである。

「ほんとうにたくさんの人が死んだよ」

「病気を治してやるなどと言って、強制的に捕まえて連れてきて、あいつらは生きてる人間を殺したんだ」

「脱出しようと企てて死んだ人たちのほうが、やれるだけのことはやったんだから、マシだったかもしれない」

こんな地獄では、健康状態が許す人たちは、ひたすら脱出のことばかり考えた。そして一人、二人と、命がけで脱出を試みた。十字峰麓の森に隠れて、漁船に灯火で信号を送り、漁船が近づいて接岸したら、いくらかの金を渡して脱出した。しかしそれにはかなりの金額が必要なので、それを単独で準備するのはほとんど不可能だった。何人かが相談してお金を集めてから、脱出を決行しなくてはならなかった。

お金のない人は、命を海に投げ込むような冒険を試みた。泳ぎに自信のないものは、板切れのようなものに頼って海に飛び込み、泳ぎの心得のあるものはそのまま海に飛び込んだ。しかし、五百メートルほどしかない距離とはいえ、鹿洞と小鹿島間の海路は険しかった。島と陸地の間隔が狭いうえに、水深は深いので、普通の川の流れよりも海流が速いからである。

ひとたび海流に巻き込まれると、どんなに泳ぎが巧みな人でも、脱け出ることなどできなかった。海流に押し流された死体が、はるか遠くの長興（チャンフン）などで見つかったりした。このように恐ろしい海であっても、人々は板切れ一枚を頼りに飛び込んだり、裸一貫で飛び込んで、脱出を敢行しないわけにはいかなかった。そして、そのような脱出の試みが成功することもあった。しかし、激しい海流に巻き込まれて〈土左衛門（どざえもん）〉になってしまった人のほうが多かった。それにもかかわらず、必死な脱出が日を追って増えていった。やがて、島の外郭の巡視が何倍にも強化され、脱出しようとしても捕まるととてつもない殴打が加えられ、残忍な笞刑（ちけい）が終わると監禁室へ入れられた。そして監禁期間が終わると、強制的に断種手術という過酷な刑罰が待っていた。

〈中央公園、御歌碑、そして周防正季銅像〉

「お兄さん、私はいまでは目が見えないけれど、中央公園の木々がすべて見えそうな気がするんです」

「私もそうだよ。そしていまも私の耳には、〈殺されても下ろしてしまうぞ[*47]〉というモッコ担ぎをしていた人たちの声が聞こえるんだ」

小鹿島病院の設立には日本の皇后[*48]の援助が大きかったという。病院拡張工事がほとんど終わりそうなころに、周防園長は日本に戻って皇后に謁見したとのことである。その席で皇后は和歌を一首与え、この和歌を周防園長は御歌と呼んで、永遠に大切にするために、御歌碑を建てるように命じた。御歌碑は十字峰から運んできた花崗岩（かこうがん）に、皇后の御歌を刻んで建てられた。御歌碑が完成すると盛大な除幕式[*49]が挙行された。

除幕式のために、総督府政務総監をはじめ各界の高位の人士たちが小鹿島を訪れた。称賛を受けて鼓舞された周防園長は、さらに公園を造ろうとした。名目は、園生たちの慰安であった。造園技術者に設計させて、監視と抑圧のもとに工事が始まった。その年は冬の寒さが格別に早くやってきたが、着工式は予定どおりに行われた。

極寒も園生たちの強制労働への動員には、何の支障にもならなかった。園生たちはまたもや労役の場へと引っ張り出された。しかし相続く重労働により、ほとんどの園生の病状は悪化し、傷だらけの手足は腐り落ちていった。それでも労役を免れなかった。体を機械のように駆使して傾斜地を崩してはぬかるんだ低い場所を埋め、高い山を上り下りして巨木を採取した。そして、多くの人がモッコで担いで、中央公園までの険しい山道を運んで、植えなければならなかった。佐藤の鞭が園生たちの背や腰で容赦なく舞った。多くの園生たちは、このように最後の力までも使い尽くしたあげくに、静かに息を引き取るのだった。

「大きな木を数人で担いで坂道を上り下りするのだが、その重い木の上に図体（ずうたい）の大きな佐藤が乗って、力を抜いたなどと難癖をつけては、気に入らない人間の背に容赦なく鞭を振るったんだ」

「それだけじゃないよ。莞島（ワンド）から運んできた大きな花崗岩を数十人で担いでいると、その重い石の上に乗っては鞭を振るうというように、まさに獣みたいなやつだった」

人々は死ぬ思いでモッコ担ぎをしたが、我慢ができなくなると一斉に〈もう殺されても下ろすぞ〉と叫んだ。のちにはこの〈殺されても下ろすぞ〉ということばが広がって、モッコ担ぎの歌にもなった。

「多くの人が犠牲になっても工事は進められた。長興、莞島、ナラ島、さらに遠くの台湾からも、奇岩怪石と美しい木を運んできたんだ」

「そうしてそれらを配置して、翌年の春にはついに中央公園が完成したんだ」

「でも美しい公園ができあがっても、公園を保護するという理由で、園生たちは勝手に入ることなどできなかったんだよ。名目は園生たちの憩いの場だったのに、いざ完成しても、入れなかったんだよ」

「そうだよ。そして、あの評議会が問題だったよ」

周防園長が赴任したときに、園生たちの自治機構づくりを勧めた結果として、創られた患者評議会である。ところが、その評議会委員たちもいつの間にか、患者たちの投票で選出されるのではなく、園長が任命するようになってしまった。評議会はしばしば開かれたが、患者たちの権益のためではなく、病院側の一方的指示の場に変わってしまった。

患者評議会の委員たちが会議のために集まると、看護長の佐藤が革の鞭を持って着席して監視していたので、園生たちの立場を代弁するということなどは、とてもできなかった。委員たちは生き地獄となってしまった小鹿島での生活で、自分だけでもひどい重労働と虐待から免れることしか考えなかった。評議会委員の地位は島においては大きな特恵であった。したがって委員たちは、だれもがそんな特恵を手放すまいと、病院当局への忠誠心を示すことに血まなこになった。

ある会議の途中で、朴淳周（パクスンジュ）という委員が、周防園長の業績を称（たた）えるために銅像を建立しようと提案すると、反対する委員など一人もいなかった。そこでたちまちのうちに評議会を通過し、園長銅像建立発起委員会が構成され、発起委員会は基金調達の方法を決定した。

一、故郷の家から補助金が送られてくる園生は、その金額から一定額を上納する。

二、労賃を受け取っているものは、三か月分以上を上納する。

三、送金も労賃もないものは、配給量から一定量を供出する。

この内容は事実上、朴淳周が考え出し、佐藤と相談して決めたものを、評議会委員が追認したのだった。朴淳周は慶尚道（キョンサンド）の生まれで目が見えず、肢体不自由であったが、知略と計略に優れていた。彼は自らの知謀・知略を園生たちのためにではなく、病院から特恵を受け、佐藤の信任を得るために用いた。

佐藤はよく朴淳周の家を訪ねた。そして、どうすれば園長の信任を得られるかの妙策を持ち帰った。このような佐藤と朴淳周の計略で、銅像建立基金案が準備され、村別に割当額を定め、強権を用いて徴収した。こうして基金が準備されると、ふたたび園生たちを動員して、十字峰から花崗岩を運んできて、「周防正季園長像」と刻まれた銅像が完成した。

銅像は三・三メートル、台を含めると高さが九・六メートルにもなる巨大なものであった。背面には佐藤三代治、呉淳在(オスンジェ)、朴淳周、李宗揆(イジョンギュ)らの名前が刻まれた。銅像はその年[*50]の八月二十日に完成し、除幕式が盛大に挙行された。この除幕式においては、銅像建立の中心になった朴淳周が、園生代表として特別功労牌(はい)を受賞した。

〈朴淳周と李吉龍、そして李春相〉

その後、島では新しい記念日がもう一つ加わった。毎月一日と十五日は強制的に神社に参拝させられていたのだが、さらに毎月二十日が周防園長の〈報恩感謝日〉と定められ、全園生が村別に銅像前に整列して、銅像の主である園長の訓示を聞きながら参拝することが義務となるなど、苦痛の日が生まれたのである。

「朴淳周(パクスンジュ)が殺されてよかった」

「李吉龍(イギルリョン)は英雄だ」

病院開院二十五周年行事の数日後、日差しが強く蒸し暑い初夏の真昼に、島で最初の殺人事件が起こった。その日は六月一日で、神社参拝の日であった。園生たちは公園の広場に全員が集合した。ところが、朴淳周は体の具合が悪いからと参加しなかった。ほかの者がそんなことをすれば、引っ張り出されて佐藤看護長の鞭で半殺しになっているところだが、朴淳周は特恵を受ける立場なので、その程度の便宜は許されていた。

彼が蚊帳の中で眠っていると、扉を開けてだれかが入ってきた。入ってきた人は指がないので、短刀を手首に包帯で固く巻きつけていた。急に侵入してきたので、目が見えない朴淳周は抵抗もできなかった。侵入者はいきなり朴淳周の胸深く短刀を突き刺した。その人が李吉龍であった。彼は全羅(チョルラ)道淳昌(ドスンチャン)から連れてこられ、ひどい重労働に苦しめられた。そしてこのような重労働は、朴淳周のようなおべっか使いのせいだと思ったと、自首してから語った。長い年月にわたってすべての園生が強制労働に苦しめられ、地獄のような暮らしをしていたが、朴淳周はへつらいと告げ口で同僚の患者を監禁室に行かせるなど苦しめ、そのせいで多くの人が重症になり死んだので、自分がその怨みに報いたのだと、堂々と主張した。

「李吉龍は自殺しただろ?」

「そう、光州刑務所で死刑宣告を受けたが、自殺したということだよ。ところでお兄さん、李吉龍は勇敢だったけど、李春相(イチュンサン)はもっと勇敢だったでしょ?」

「まさにそうだよ、あの人はほんとうにそうだった。園長を殺そうと思うなんて……」

朴淳周殺害事件が起こった翌年の一九四二年初夏の六月二十日、園生たちはその日も園長銅像参拝日なので、主人公である園長が現れるのを整列して待っていた。そんな園生の前に、園長の乗った車がようやく到着し、園長が車から降りて、銅像のほうに行くために園生たちの前を通り過ぎた。

そのときに突然、並んでいた園生のあいだからだれかが飛び出してきた。

「お前は患者たちにひどいことをしたのだから、この刃（やいば）を受けろ！」

大声で叫ぶと同時に園長の胸深く刃を刺した。園長はその刃を受けて倒れた。

「佐藤、出てこい！」

男は血のついた刃を園長から抜いたあと、その刃を振り上げて叫んだ。だれも彼の側に近寄れなかったが、やがては園長を護衛していた人たちに捕まえられた。彼が引っ張っていかれると、園長は急いで車で護送されたが、死んでしまった。

李春相は、佐藤のひどい鞭打ちは園長がけしかけたものだから、園長が死ねば園生たちの強制労働は終わると考えた、と主張した。また、園長だけでなく、佐藤看護長もその場にいたならば殺しただろうと言った。彼は園長と佐藤を倒すために緻密な計画を立て、人に知られないようにしながら刃を使う練習までしていたとのことで、園生たちの前を通る園長と佐藤を同時に殺そうとした、と語った。

「あの人は死刑になったのでしたね？」

「そうだったらしいよ。大邱（テグ）で死んだのでは？」

園長が死んだ少しあとには、その銅像も撤去されたとのことである。

韓萬東老人と義理の弟は、自分たちが経験したことを内容別に、私が理解しやすいように話してくれた。その後も二人は多くの話をして、私を教育してくれた。

〈呉淳在[*51]、石四鶴、そして惨事〉

「ほんとうに惨憺たるできごとだった」

「そのとおりだ。悪辣な日本人のもとでも辛うじて生き延びたのに、同胞の手であんなふうに死ぬなんて」

「人をあれほど殺したあの連中は、人間じゃなかった」

「私たちを人間扱いしてなかった」


一九四五年に祖国は解放された。しかし、島の人たちはその喜びを解放当日の八月十五日に知ることはできなかった。その日は激しい暴風雨で、ラジオが聞こえず、そのうえ電話も不通となり、解放の事実を知ることができなかった。しかしまもなく、島の雰囲気が変わった。職員地帯から伝わる噂に、人々の気持ちは落ち着かなかった。

そして八月十八日、ついに〈大韓独立万歳〉という声が、島全体にとどろいた。園生たちは病舎地帯にある神社に火を放ち、刑務所の囚人と監禁室に閉じ込められていた人たちを釈放した。日本人たちが引き上げると、病院運営権をめぐって医者と行政職員とのあいだで勢力争いが起こり、島全体の雰囲気が乱れていった。

病院運営権に関する投票で、職員たちに敗れた医師の石四鶴（ソクサハク）[*52]は、主導権を奪うために園生代表の李宗揆（イジョンギュ）を訪ねて、こう言った。

「病院運営権を掌握した連中が、園生たちの食料と医薬品をこっそりと島の外に持ち出そうとしているので、それをなんとかして防がなくてはならない」

そのことばを聞いた李宗揆は、自分たちの生存権にかかわる問題と考え、各村の園生代表を招集してそのことを知らせた。その噂はあっという間に島全体に広がった。日本の植民地期には強制労働と飢えに苦しんでいたのに、解放されてからも病院職員たちが園生たちのものを強奪しようとしているという知らせは、混乱のなかで火に油を注ぐようなものだった。

激しく興奮した園生たちは、こん棒やシャベルを持って職員地帯との境界線に集まり、怒りの声をあげながらデモを行った。事態が急迫すると、職員たちはまず空砲を撃った。しかし、多くの園生たちがひるむことなく突進すると、今度は実弾で射撃し、園生数人を撃ち倒した。

その事態でますます興奮した園生の一部は、園生自治会に対して、病院運営権の譲渡を要求するために職員地帯に押しかけよう、と言った。他方、職員たちは高興（コフン）の治安維持隊に支援を要請する一方で、翌日には園生たちと話し合いをするからと約束して、デモを解散させた。

翌日になると武装した職員たちと治安維持隊は、話し合いのためにやってきた園生代表たちを縛り上げて、全員を射殺してしまった。さらには各村にいた園生幹部たちを探し出し、竹槍で突き殺したり銃で射殺したりして、治療本館前に薪を積み上げ、砂浜のくぼみに松炭油を撒（ま）いて、すべての死体を燃やしてしまった。さらには、船で食料を積みに行って戻ってきた園生幹部たちを、海辺まで出向いて射殺した。この事件で九十人の各村代表のうち八十四人も犠牲になり、六人だけが辛うじて生き残った。

「姜くんよ……」

「はい」

大人たちの話を聞きながら、胸が張り裂けそうな鬱憤で涙を流している私を、韓老人はそっと呼んだ。

「お前は私たちがこれまで生きてきた話をこの程度は知っておいて、一生懸命に勉強するんだ。私たちはほんとうに苦しい歳月の果てに、元気だった者も重患者になり、ひどい苦しみの坩堝（るつぼ）の中でも命を辛うじて保ってきた生き証人なんだ。この話が語り伝えられて、いつかこだまのような応答が聞こえてくるようになれば、うれしいのだが」

四　それでも生きなければならない人たち

出会いには別れがつきもの

国連軍と国軍がソウルを取り戻したという知らせが島にも伝わってきた。ある日のこと、米軍がうちの学校にきて、全校生を運動場に集めた。学年別、学級別に列を作って並ぶと、米兵は私たちの背中と腹、そしてズボンの中に、噴霧器でＤＤＴの粉末を振りかけた。このＤＤＴを浴びると、それまで私たちの体に寄生していたシラミだけでなく、その卵まで死んでしまった。米兵は私たちの体だけでなく、各部屋を回ってＤＤＴを撒（ま）いた。忌まわしい南京虫（なんきんむし）やノミ、シラミなど厄介ものたちをあっという間に撲滅した。私たちはとても喜んで、寝具や服にＤＤＴの粉末を振りかけて、払いのけたあと、日光で消毒した。

夜には紙を細長く切って壁の四方に張りつけ、ＤＤＴ粉末を振りかけておいた。このように粉末が飛び散って床に広がらないようにしておくと、南京虫は天井から降りてくるとすぐにＤＤＴに触れて死ぬという按配（あんばい）なのである。ＤＤＴは南京虫の被害にも特効薬であった。天井、部屋の隅々、個人の物入れ、棚、机の隙間ごとに南京虫の糞（ふん）が黒く残っていた。下着に白くついていたシラミの卵がきれいになくなり、黒い南京虫の糞だけが私たちの思い出のなかに長く残った。

米軍がわが国に駐屯しはじめると、キリスト教と天主教系統の宣教師がたくさんやってきた。彼らと関係のある宗教団体の奉仕会による救護活動も盛んに行われた。それを利用して、うちの教会の呂(ヨ)ウニョン牧師は、世界キリスト教奉仕会に私たちの実情を知らせ、四半期ごとに救護品が配給されるようになったので、それを信徒たちに分け与えた。

救護品が到着すると、私たちはまず衣類と食品を品目別に分類した。次に、包みで受け取った衣類は、人員別、各村の教会別に配ると、各教会では衣類の包みをほどいて個人別に分配した。

衣類には洋服、スカーフ、下着、オーバー、ズボン、靴下、風呂敷などがあった。それを区分してチーム別の員数どおりに分類しておき、各チームの代表が抽選して受け取った。そして各チームでは、あらためて各号室に抽選して分けた。このようにして受け取った服を、それぞれの体に合うように修繕して自ら着たり、売る人もいた。

女たちは毛糸の服や靴下、手袋、襟巻きをほどいて、自分の好みに合う服に編みなおして着たり、売ったりもした。このころから、小鹿島(ソロクト)では荒い木綿の布で作った服はしだいに見かけなくなった。

救護品として配給された食品としては、粉乳とトウモロコシ粉、小麦粉、食用油などがあった。このような救護品は、それまで乏しい食料配給のせいで栄養が不足していた島の人たちには、きわめて大切な栄養食品となった。最初に救護品としてきた粉乳は、紙のドラム缶に入っていて、石のように固まっていた。これを金槌(かなづち)で割り、人数に合わせて分配した。個人別に分配されると、飯炊き釜の蓋の上に載せて蒸して食べたり、器に入れて飯炊き釜に浮かべて蒸して、食べたりもした。粉乳は空腹な時期には、とてもよい間食材料であった。のちには、きれいな粉乳が配給されるようになり、ご飯に混ぜて食べたり、水に溶かして飲んだり、牛乳粥にしたりして食べた。ある人は粉乳で豆腐作りもして、粉乳はいろんな方法で利用された。

トウモロコシ粉は袋で配給されたので分配がしやすかった。個々人はそれが配給されると、たいていは餅や粥にして食べた。このトウモロコシ粉で粥を作り、サッカリンを少し入れるとやや甘みがあって、最高においしい粥ができた。小麦粉もトウモロコシ粉と同じように、袋で配給された。配られた小麦粉でスジェビ、手打ちうどん、パン、餅など人それぞれに工夫して食べた。

救護品はキリスト教だけでなく天主教を通しても、たくさん入ってきた。その種類は大同小異であったが、天主教の人はキリスト教の人よりはるかに少ないので、彼らに分け与えられる量はずっと多くなった。

天主教奉仕会ではバターを一缶ずつ特別に配ったが、バターを一匙すくって温かいご飯にのせ、醤油をかけて混ぜるとほんとうに香ばしくておいしかった。このように島に宗教団体の救護品が到着しはじめると、空腹で海藻や草などを食べて過ごした飢餓の時代はなくなった。島の人々もかなり豊かに暮らせるようになった。

当時のことを思い出すと、もう一つ忘れられないのが、天主教と改新教[*53]の信者争奪戦である。島に新たに入った人を、それぞれ自分の側の信者にするために争った。島に人々が増えてきて、天主教信徒も百名を超えるようになった。神父と修道女たちが赴任してきた。また職員地帯にも天主教が設立された。

小鹿島も豊かになってきて、新しい出会いと別れが繰り返された。

ある日、外が明るくなって眠りから覚めると、部屋の中では布団がきちんと畳まれていた。家族たちの姿はなく、韓萬東老人の義弟だけが布団を被って寝ていた。変な感じがしてすぐに外に飛び出した。人々がざわめいていた。それでようやく、昨夜に私の側で寝ていた人が亡くなったことがわかった。

その人が亡くなると、部屋の人たちはすぐに外に出たのだが、私はぐっすり眠っていたので、数時間も亡くなった人の側で寝ていたことになる。ここでは人が死ぬと、夜中であれ夜明けであれ、時間に関係なく本部へ報告してから解剖室に移すことになっている。しかしその人の場合は、重患者代表の仕事をしている韓（ハン）老人の指示で、そのままにしておいた。

その人の実際の死亡時刻は、金曜日の夜明けの早い時間だった。しかし報告は昼の十二時ごろに行い、それから解剖室に移したが死体の解剖はせずに、土曜日の午後に葬儀を行った。韓萬東（マンドン）老人の、義弟に対する最後の情の表現であった。

私たちは韓萬東老人の考えに従い、指示された時間に遺体を移し、故人が遺（のこ）していった食料といくらかのお金で葬儀の準備をした。それでもまだお金にいくらか余裕があったので、葬儀にはウサギを数匹分、準備できた。葬儀には韓老人を知る人たちがたくさん弔問に訪れた。ともに死の強制労働を乗り越えて生き残り、親しくしていた人たちが哀悼の意をささげた。

葬儀はキリスト教式に厳粛に執り行われた。葬儀が終わると輿（こし）の上に棺を載せて、歩行が不自由な人を除いて歩ける人はみな、輿のあとについて火葬場まで行った。

私は韓老人を家にお連れしてから、輿のあとについていき、最後の下棺礼拝を終えて戻ってきた。義弟にあたる人が亡くなると、韓老人はこれまでその人と過ごした日々の思い出に浸りながら、深いため息をついた。

私も寂しくなった。日帝時代に起こったことを話すとき、故人はいつも話に加わって過去のできごとを話してくれた。そのうえ、私の隣で一緒に寝ていた故人の場所が空いたので、なおさら喪失感が深かった。しかし、私はなんとか気を取り直した。

「そうだ、私があの人と最後まで一緒にいたのだ。亡くなってからも数時間も隣で一緒に寝ていてあげたのだから……」

しかし、韓老人のほうは気力が急に衰えていった。とくに、食事を口にされなくなった。それなのに、たえず私にことばをかけて力づけてくれた。

「どんな困難があっても、勉強は一生懸命しなくてはいけないよ。勉強は自分がしようとすれば身につくもので、強制されてできるものではないんだ」

力のない表情であったが、ことばは明瞭であった。それでも、日がたつにつれて体調は悪化していった。心配が募った。

「私をとてもかわいがり、大事にしてくださったのに……」

別れが近づいたように感じた。傍に座っておられるのに、なぜか涙が出た。やがて韓老人もこの世を去った。部屋の者たちは前と同じように葬儀を行った。私たちにも、まもなく別れがくるという悲しみも加わった。重患者室代表が他界したので、部屋は新たに編成しなおされるからである。

新しい縁を結ぶ

数日後には、村の書記が部屋を回って、新しい部屋割りを告げた。呼ばれた人はすぐに自分の所持品を持って移ることになり、大移動が始まった。私には六右八室が割り当てられた。

すぐに荷物を運び、ふだんからよく知った間柄だったが、簡単なあいさつをした。私は学校に通っているということで、東側窓の真ん中を割り当ててくれたので、机の整理をした。新しい部屋では六人が暮らしており、全員が横になると少しの余裕もない部屋だった。

新しい家族たちの健康状態はとても悪かった。私が引っ越すと、母があいさつがてらに遊びにきた。そしてその日に、思いがけないことに、私に叔父さんができることになった。あいさつを交わし遊んでいると、その話のなかで、順天（スンチョン）からきたという鄭宗基（チョンジョンギ）さんが、母に対してお姉さんになってほしいと言うので、その場で姉弟の関係を結んだ。その結果、私には叔父さんができたのである。彼には故郷から夫人が面会にはくるけれども、ここの生活がとても寂しいうえに、歩くにも不自由なので、私に使い走りなどをさせて、助け合うつもりらしかった。食事と寝床、そして人まで何もかも入れ替わったので、数日間はよそよそしい雰囲気であった。

　そんな渦中に、うちの部屋で事故が起きた。私のすぐ隣にいた朴（パク）キルドンさんが自殺を図ったのである。朴さんは島には特別親しい人がいなかった。そのうえ、刺痛（ハンセン病患者が経験する神経痛）によるひどい苦痛が続いていた。数か月も刺痛で苦しんできたので、体がすっかり弱ってしまっていたのに、それがさらに強まって耐えられなくなってきた。刺痛が襲うたびに〝いっそ死んでしまいたい〟とうめいていた。ちょうどそんなときに、洗濯用の苛性ソーダの塊が各自に配給された。そこで、みんなが寝ている夜中に、朴さんは自分の苛性ソーダを飲み込んでしまったのである。口の中と食道が焼けただれて詰まってしまい、胃と腸に穴が開いたのか、数日間にわたって血便が続いた。そしてその後は、白っぽい血だけが便器に溜（た）まった。その苦しみ方はとても見ていられなかった。何も飲み込むことができないので、ほとんど何も出てこなかったが、便器に座っていなければならなかった。涙も出ない目と蒼白（そうはく）な顔で、それでも生命力が強靭（きょうじん）なのか、ひと月ほど苦しんだあげくに、夜に静かに目を閉じた。亡くなった朴さんの遺体は、病院の決まりどおり処理された。亡くなるとすぐに付添人と隣人たちが産業部倉庫から棺を運んできて、持っている服のなかでいちばんきれいなものに着替えさせた。次に、荒織りの木綿で紐（ひも）を二本作り、四人で持ち上げて解剖室に移した。

　部屋に戻って彼の遺品を整理してから、彼が遺した食料といくらかのお金で葬儀の準備をした。そのあとには部屋の掃除をし、何事もなかったかのように、ふだんどおりの顔で雑談をして寝床に入った。

翌日には、朴さんの遺体はほかの人たちと同様に解剖室での解剖が終わったあと、午後には火葬場に送られた。残った私たちが彼の遺体を運んだ人たちと食事を共にすると、すべてが終わった。

彼の空席には他の人が割り当てられ、その人がやってきた。こうしてまたも六人の家族になった。私と新たに叔父さんになった人と、もうひとりは潭陽(タミャン)からきた蔡(チェ)おじさんで、この人は性格がさっぱりしているが、手が曲がっていて健康状態は悪いほうだった。教会には熱心に通うが、あまりものを知らないようで、故郷からの面会がよくくるので暮らしは豊かであった。そして済州島(チェジュド)からきた夫(プ)おじいさんがいた。年齢は八十歳でも、とてもしゃんとしていた。うちの部屋の付添人は全州(チョンジュ)からきた任(イム)さんで、若いのに性格がきつく気難しい人だった。教会によく通い、早く治療して故郷に帰るという固い目標を持っていた。そして私とともに新しく引っ越してきた人がいた。その人は康津(カンジン)からきた金(キム)さんというおじさんで、カン病で手が曲がり、足はいくらか延びていた。また喉に傷痕があり顔も少し歪(ゆが)んでいたが、性格は活発であった。しかし、部屋でただ一人の天主教徒なので、寂しそうだった。私の隣で親しくしてくれたが、宗教に関してはなるべく話さないようにするなど、互いに気遣いをしながら仲良く暮らした。

私の義理の叔父さんになった人は、巻きたばこを作り、それを売って小遣い稼ぎをしていた。順天で暮らしていたときは鉄道部に勤務しながら、無許可でたばこの葉を巻きたばこにして売っていたが、発病したので島にやってきた。片方の足がかかとしか残っていなかったので歩けず、松葉杖(まつばづえ)に頼って暮らしていた。しかしここでも、社会で身に着けた技術を活(い)かして、たばこを巻いて売っていた。そのせいなのか、長老教会はうちの部屋をあまりよく見てはいなかった。

その年の初秋、私は叔父さんと葉たばこを買いに行った。叔父さんは自分が持っているお金に加えて蔡おじさんからも少し借りて、一緒に旧北里(クブンニ)に行こうと私に言った。新生里(シンセンニ)の後方の万霊堂(マンニョンダン)*54の上り坂は三十五度くらいの切り立った丘だったので、その丘の登り降りは、松葉杖(まつばづえ)の人の脇をかかえて歩くのがとてもむずかしかった。

やっとのことで旧北里に到着し、たばこを栽培している人に会い、乾燥した葉たばこを三十斤買った。私はその葉たばこを背負い、叔父さんの脇をかかえながら、その険しい道を戻ってきた。家に着くと、叔父さんはその葉たばこに水を振りかけ、風呂敷をかぶせておいた。葉たばこがしっとりして、砕けなくなるまで待った。次に、葉を一枚ずつ広げて、その真ん中にある細い筋を取り除き、十枚くらいずつ重ねた。そしてその葉を丸く巻いた。そのように巻いたたばこの葉を、よく研いだ押切で細く切った。

巻きたばこを上手に作る技術は、葉たばこを切ることにあった。叔父さんがひざまづいて切っている姿を見ていると、とても熟練した技術者のように思えた。そうして切ったたばこを軽くふるうと、糸のように均一に細く切れているのが一目瞭然であり、感嘆した。そのようにきれいに切ったたばこを巻きたばこにするためには、乾燥させねばならなかった。振るったりひっくり返したり、また小さな筋を取り除いてから丁寧に乾燥し、完全に乾いたら袋に入れた。そしてたばこを巻く紙を一定の長さに裁断して、それを手で何回転かひっくり返すと、糊（のり）づけ部分がむらなくできる。そこに糊をつければ細い紙巻きになるのだが、その紙にたばこの粉を均等に置いて、一回り前に押す。その次に、もう一度、布切れで押すと一本のたばこが巻かれて出てくる。

これをもう一度巻いて、たばこを切る枠に置き、金物用ののこぎりで四つに切ると、やっと吸えるたばこが一本できあがる。それらを前もって準備した袋に、三列に立てて入れた。前と後ろの列は七本、真ん中は六本を立てて、袋に手際よく押して入れると、四隅がきっちりそろった一箱のたばこができた。

こうして作られたたばこはよく売れた。当時は〈豊年草〉[55]が大衆たばこであったが、専売庁で売る紙巻きたばこは高くて買えなかった。しかし叔父さんの作った紙巻きたばこは安いので、よく売れた。叔父さんはたばこを作るときには部屋で作業をするので、部屋にたばこのにおいが漂い、同室の人々に申し訳なく思っていた。それでときにはウサギを買ってごちそうしたり、豚肉も何斤か買ってふるまったりした。そんなときには、母も招待した。

いつの間にか冬になった。貧しい島の冬はとても長い。そこで人員点検が終わると、間食を食べようという話になる。部屋のみんなが同意すると、付添人のおじさんがさつま芋を茹（ゆ）でてくれて、食べるときもあった。部屋の家族たちは各自が保管しているカマスから、自分の食べる分のさつま芋を出して、そこに印を入れた。一・人・十・二・三などの印を入れ終わると、付添人がそれを洗って釜に入れた。

ご飯を食べたいからと差し出された米は、洗ってアルミニウムや真鍮（しんちゅう）の器に入れてから水を適当に加え、さつま芋のあいだに置く。そして、さつま芋が茹で上がったら、ご飯もできあがっている。

このようにして茹で上がった芋は、印に従って各自に渡された。ご飯を頼んだ人には容器ごと渡された。だれもが他人の分まで食べるような欲張りができない、この島独特の分配方法であり、だれも文句などつけなかった。こうして食べる間食はとてもおいしかった。

ある日の夜、七室へ遊びに行って帰って金さんがおもしろい話をした。

「あの部屋に李（イ）さんているだろ」

「ええ、ちょっと足りなさそうな人でしょ？」

「そうだ、図体（ずうたい）がでかくてよく食べるやつだ」

体は健康だが貧しい人だった。いつもお腹（なか）を空（す）かせていた。冬の夜は長く、話の最後にその人が、〝腹いっぱいご飯が食べれたらなあ〟と言うと、その部屋のいたずら好きの人がその癖を発揮した。

「李さん、あんたが火葬場の前庭に棒杭（ぼうぐい）を打ち込んできたら、私たちがご飯を腹いっぱい食べさせてあげるから、やってみるか？」

「ほんとうかい？」

「そうさ、あんたがそうしてきたら、間違いなく約束を守るよ」

それを聞くと彼はすぐさま服を着ながら言った。

「じゃあ、すぐ行ってくるから、ご飯を炊いておいてよ」

冬の夜なので風が強く吹いていた。そして雪も降っていた。そんな悪天候のなか、それも真夜中に彼が部屋を出ていくと、年上の人は家族みんなの米を集めてご飯を炊かせた。そして二人にあとを追わせた。

「絶対にわからないようについていくんだぞ。何か変なことでもあれば姿を見せてもいいが、そうでなければ絶対に見つかるんじゃないぞ」

旧北里まではだれだって行くことができた。しかし旧北里運動場を過ぎると、大きな松林があり、火葬場までは海辺を回らねばならず、ぞっとするほど恐ろしい道であった。あとをついていった人たちがこっそりと火葬場の前を見ると、李さんは石を拾って火葬場前の広場に棒杭を打ちつけていた。二人は小さな声で、なるほどちゃんとやってるな、と言いながら、じっと見守っていた。

ところが、棒杭を打ちつけていた李さんが立ち上がっては、ひっくり返り、また起き上がっても、ひっくり返った。そんなことを三、四回も繰り返すのを見て、二人は彼の側に駆け寄った。よく見ると彼は自分のチョゴリの裾を棒杭と一緒に打ち込んでしまっていて、立ち上がろうとするとひっくり返るのだった。ところが、本人はそのことがわかっておらず、汗をびっしょりかいて、ほとんど気が抜けたような状態だった。あとをつけていた人たちは棒杭を抜いて、彼を連れ帰った。もしも二人がついていかなかったなら、罪のない人をひどい目に遭わせるところだった。それでも、そのあとには、集めた米を炊いて腹いっぱい食べ、みんなで大笑いをしたそうである。

各地から集まった人たちには、年齢や学力の差、性格の違いなどもあり、だれもが異なっていた。そういう人たちが一か所に集まって、狭苦しいところで顔を突き合わせて暮らさねばならなかったから、うまくいくときより気まずいことが多く、ときにはことばに表せないようなことが積み重なった。解放された自分の国でも、そんなに悲惨な暮らしを強いられる理由はほかでもなかった。

一つ、病気になったからという理由だけで、日帝が強制的に捕まえて島に閉じ込め、途方もない強制労働で酷使し、無慈悲な暴力を行使して、完全な病身にしてしまったからである。

二つ、解放されてからも、日帝時代の管理方式が変わらなかったからである。その極端な例が、園生と職員が対話するとき、四、五歩の距離を保って立ち、顔を背けて手で口を覆って話さねばならなかった。そして健康人に対しては、たとえ相手が給仕であっても先生と呼ばねばならないほど、ハンセン病者は人間扱いされていなかった。

それゆえにこそ、園生たちの希望は天国にあった。神とイエスが友であり、親・兄弟姉妹であり、永遠の救い主であった。彼らのもとにイエスがおいでにならなければ、身体の苦痛と、世間と親戚から捨てられた怨みがいっぱいにこもった人生を生きなければならなかっただろう。この世で肉体が受ける苦痛などはわずかな時間であり、来世の暮らしは永遠であるという希望があった。それゆえに天国に向けての切実な信仰を持つことができた。たとえ自らはもっとも賤(いや)しい生を生きていても、少しでも余裕がありさえすれば、他人を助け、慰め、感謝することを知っていた。肉体の苦痛に打ち勝つ力を得ることができた。イエスがおいでになるからこそ、世界キリスト教奉仕会から救助物資が届けられ、肉体の飢えから解き放たれるという恵みに感謝した。

私たちは一日二十四時間が退屈で耐えがたくとも、神を称え、祈り、聖書の勉強をした。日曜礼拝、水曜祈禱会、金曜聖書勉強会、早朝祈禱会など、各部屋で毎日行う就寝前と起床時の礼拝で、感謝の気持ちが満ち溢れていた。そしてそのたびに、たとえ自分を捨てた家族であっても、その家族のために祈った。

人が生きるということ

私たちの住む中央里に大きな変化が起こった。結婚のために断種手術まで受けながらも、夫婦が一緒に住むことのできる部屋がとても不足していたので、結婚はしたけれども別々に住んだまま死んでしまうという人まで出てきたのである。

村の年長者たちはこの問題を解決するために、何度も会議を開いた。そして新しい解決策を編み出した。これまでは夫婦の家を持っていた人が亡くなったり、陸地に出ていったりした空き家に順番に入居できた。ところが、いまではそんなことがほとんどなくなったので、他の解決策をつくりだした。

五左十二の各室を改造したのである。廊下側に二つの家庭の台所を作り、台所の扉にはカマスを吊り下げた。後ろ側は軒をつけて広げ、部屋を荒織りの木綿布で四等分した。それぞれの境界として自分たちの櫃を置いて正確に区分した。

こうして四十八の家族が、狭いけれども自分たちの部屋を持てるようになった。前には同室だった付添人のおじさんも、部屋が割り当てられて、そこに引っ越した。私はその部屋を訪ね、座り込んであれこれ話を交わした。ところが荒い木綿布で四角に分けてはあるものの、息づかいまで聞こえる状態で、とても夫婦が住む家ではないように思ったが、表情には出さずに、次のように言ってみた。

「おじさん、これでよくなったね？」

私のことばがからかっているように聞こえたのか、おばさんが恥ずかしそうに答えた。

「何を言ってるんだか」

しかし、おじさんはそれでも喜んでいそうだった。

「まあ、仕方がないさ」

するとまた、私は笑いながらからかった。

「人員点検が終わったら四つの家族が夜の祈りをささげて、みんなで一緒に始めようと言えばいいんだよ」

そのことばには、夫婦が同時に私の脇腹をつついて笑った。私は自分の部屋に戻る前に、本心からこう言った。

「短命な人は一つの布団で寝ることもできずに死んでしまうのに、こんな状態でも一つの布団で眠ることができるから、満足しなくてはね」

そのようにあいさつして出てきたものの、その生活は動物にも劣るように思えた。

〝ぼくのウサギ小屋は間仕切りが六つあって、ウサギでもちゃんとそれぞれに部屋があるのに。それでも、おじさんは目の見えない奥さんの手を引いて、夜に松の木の下や人気のない場所を探し回るという厄介なことをしなくてもすむようになったから、これでよかったのかも……〟

長い冬の夜は退屈だった。部屋の冷気だけはやっと去ったという程度なので、すぐには寝つけなかった。じっと天井を眺めているだけの人、うつ伏せで床を見ている人など各人各様であったところに、隣のおじさんが突然、変な話を始めた。

「退屈だから、私が故郷にいたころの話でもしてみようか?」

彼がそう言うと、みながほとんど同時に、早く話せと言った。彼は話しはじめた。

「故郷で病気になる前、日本のやつらが村を好きなように支配してたころのことなんだけど……。おぼろ月夜だった。友だちが息を弾ませながらやってきて、見物に行こうと言うんだ。そのことばを聞いて、のろのろと服を着ながら友だちに聞いてみたんだ」

「何の見物なんだ?」

「あのけしからん日本人巡査を知ってるだろ?」

「うん、知ってる。背の高い巡査のやつ」

「早く行こう。そいつが一人暮らしのスニの母さんを連れて、こっそりと水車小屋に向かったんだ。何をするのか見物でもしようや」

「そうか、じゃあ行って見よう」

ぼくらは水の流れる小川に沿って行った。下の道を行くと見つかるので、足音をしのばせ、水の落ちるところに着くと、水車小屋の屋根の横の穴から、小屋の中を見下ろした。すると女の足が二本見えて、その二本の足が空中に上がり、巡査の頭は女の足のあいだに入っていた。そして女は死にそうな、悲鳴のようなうめき声を出した。

「もうやめて、もうやめて」

女が悲鳴のようなうめき声を出しても、巡査の頭はずっと上下に動いていた。そして巡査は鼻声で変なことを叫んだ。

「チョトマテ、チョトマテ」

頭が足のあいだで上下の往復運動を続けると、女はほとんど死んだみたいだった。

「アイゴー、もうやめて、もうやめて、やめてっ！」

それは哀願の声に聞こえた。しかし巡査は女の哀願を無視した。

「チョトマテ、チョトマテ」

「巡査の〝チョトマテ〟が繰り返されると、ぼくらは笑いをこらえられなくなって、逃げるように家に帰ったんだ。そしてそのあとは、おばさんのあだ名が〈チョトマテ〉になったんだ。ぼくらはおばさんを見かけるたびに〝おい、チョトマテが行くよ〟と耳打ちしながら、くすくす笑っていたけど、それでもほかの人には言わずに秘密を守ったんだ」

話が終わると部屋の中は騒々しい笑いが広がった。そしてその笑いのあとに、一人の若者がつぶやいた。

「クソッ……。おれも死ぬ前に思いっきりやりたいよ」

すると隣の人も言った。

「おれもそうだ」

こんな若者たちの声を受けて、年配の人はこうも言った。

「若いから、いいなあ。ワシは金をくれるったって、もうできないのに……」

ことばの終わりに付いて出てきたため息が、その日はことさらに大きく聞こえた。私は大人たちのそんな話を聞きながら〝こういうことにも歳の差があるのか？〟という疑問を持ったが、そんなことを尋ねることもできずに、眠ろうと努めた。

脱出、そして別れ

また夏がきた。どんよりと曇った夏の夜であった。五室に住むヨハン兄さんが、一緒に間食を食べようと私を呼んだ。兄さんが用意してくれた間食を二人でおいしく食べていると、突然兄さんが小声で言った。

「今夜、逃げ出すんだ」

そのことばを聞いて、ずっと準備していたように感じた。

「なるほど、それで兄さんは懸命に水泳の練習をしてたんだね」

「そう……。きょうなんだ。ちょっと手伝ってくれ」

彼の決心を止めることはできそうになかった。そして、万一捕まっても私の名前を出さないだろうと信じることができたので、手伝おうと決心した。

「いいよ、兄さん。すぐに行って、着る服だけ急いで持ってきて。そして潮の具合を見て、ぼくのウサギ小屋の前にきて」

兄さんは自分の部屋に行って、すぐに服を何枚か持ってきて手渡した。私は部屋に戻り、救護物資を包んであったビニールと紐を準備してから、蝋燭（ろうそく）を持って自分のウサギ小屋に行った。そこで服を圧縮してビニールで包み、端を溶けた蝋（ろう）で塞いで、水が入らないようにしてから、ふたたび兄さんのところに行った。

「兄さん、ぼくのウサギ小屋のいちばん上の仕切りの中に置いといたよ。紐でしっかりくくってあるから、腰に結びつけるんだよ」

「うん、わかった。ありがとう。うまく行ったら、いつかきっとまた会いにくるよ」

「うん、クルナルブリと職員地帯ナルプリには番小屋があるから避けて、夜中に潮が引けたら、中央里（チュンアンニ）前の潟のほうに真っすぐ歩いていくんだよ。何としてでも成功してよ」

兄さんと私は手を握って〝いつか会えるだろう〟という気持ちを目で伝え合ってから別れた。そして翌日の朝食時間が過ぎ、昼食時間になっても何の話もなかった。

「無事に脱出できたんだな」

私は兄さんの脱出が成功したことに安堵し、その前途がうまくいくことを心の中で祈った。ところが、脱出は失敗していた。午後になると、鹿洞で捕まって監禁室にいるという知らせが入ってきた。間食を準備して、よく知っている指導部の職員に頼んで、監禁室に面会に行った。

「兄さん、どうしたんだよ」

「潮の流れは錦山のほうに流れていたけど、海がとても暗かった。必死に海を渡ったんだけどな。鹿洞東側のとんがった山のふもとに着いたみたいだった。そこで服を着替え、前だけを見てずっと歩いたんだ。ところが、山のてっぺんを越えただけなんだ。鹿洞に戻ってきてしまっていたんだ」

「それで？」

「何が〝それで？〟なんだ。少し行くと明るくなってきたんだ。いくらも行かないうちに、捕まってしまった。クソッ！　でも次は、絶対に自信がある」

そう言って、とても悔しがっていた。

「ご飯を持ってきてくれてありがとう。だけど、もう少ししたら、出られるだろ？　人を殺したわけでもないのに、クソッ……。こんなことも罪だというんだから。心配するなよ」

私はそのたくましさに、ホッとしながら言った。

「布団と荷物はそのままあるから、心配しないで」

監禁室は日帝時代、重労働に不満を持って反抗したり、逃走して捕まった人、それに職員に目をつけられた人たちを閉じ込めておき、出るときは容赦なく断種手術をするといった悪名高い場所だった。それが解放後も残っていて、逃走したり姦通（かんつう）など園の規則に反したと見なされた人たちを閉じ込める場所として使われていたのである。

金（キム）ジンという慶南晋州（キョンナムチンジュ）の人がいた。やせていたが、片方の手の〈ハッコ〉が落ちている以外は、外部に目立った徴候など何もない健康な人だった。ここで〈ハッコ〉とは親指と人差し指間の筋肉と、小指側の手のひらの筋肉のことを言う。〈ハッコ〉が落ちたというのは、その筋肉がなくなっていて、手を握るとわかる。

彼は故郷の親から生活費をいくらか援助されているので、ここでは結婚相手を探す際の条件がよかった。その兄さんは私と同じ慶尚南道（キョンサンナムド）の出身であり、いまは同じ村に住んでいるので、しばしば会って、私のことを弟と呼んでかわいがったり、売店でおいしいものを買ってくれたりしていた。

当時、東生里（トンセンニ）の女子独身部にとても性格のよい娘がいた。片方の手に少し異常があったが、それ以外はいたって健康であった。そのうえ信仰が篤（あつ）く、教会聖歌隊で活動しており、島の多くの若者から結婚相手にと望まれていた。

ある日のこと、ジン兄さんが私に、恋文を彼女に渡してほしいと言った。私には東生里に知人がいてよく遊びに行くので、たやすく手紙を渡すことができた。そして数日後に、東生里に遊びに行くと、今度は彼女から手紙をことづけられた。私はその手紙をジン兄さんに渡してあげた。そんな使いを、おそらく十回以上したように思う。そうしているうちに、ある日の夜、私は彼らを公園の上のほうで会えるようにしてあげた。その後、二人は熱烈な恋に陥って、初夏には結婚式を挙げることになった。

島での結婚式には二つの方法があった。教会で長老が主礼[*56]を務めるまさしく結婚式の形態と、男女が合意して、自分たちが住む部屋の両方の家族たちだけで簡単な食事会をする程度のものである。ジン兄さんは暮らし向きがいいほうなので、教会で式を挙げることになった。

ジン兄さんの結婚式の日であった。結婚式場の礼拝堂中央には、幅広の布を二列に長く敷いて、主礼を務める長老が説教台の前に立った。兄さんは新郎なので、きちんとした洋服を着て、白いドレスを着た新婦の腕を取って入場した。洋服とドレスは園生たちが結婚式のときに使えるように、教会に一組準備してあって、新郎新婦はそれを借りた。

ここでの結婚式はたいてい、新郎新婦が同時に入場する。新婦と一緒に入場すべき父親がいないからである。新郎新婦が入場すると、子ども二人が色紙を切って作った花吹雪を、新郎新婦に振りかけた。花吹雪を浴びながら、敷かれた布を踏んで二人は入場した。主礼を務める長老は簡単な礼拝を行い、二人に誓約をさせた。

「新郎金ジン君と新婦イムスンジャ嬢は主のもとで、互いを自分の体のように愛し合い、主の招きを受けるまで、愛が変わることはありませんか?」

長老の問いが終わるやいなや、新郎と新婦は大きな声で答えた。

「はい」

そして新郎は指輪を新婦の指にはめ、新婦はハンケチを贈った。記念品の交換が終わると長老が宣言した。

「これより新郎金ジン君、新婦イムスンジャ嬢、二人は主のもとで生涯にわたって愛し合い、苦楽を共にすることを約束しましたので、夫婦になったことを父と子と聖霊の御名で宣布します」

そして長老の短いあいさつが続いた。

「故郷を離れてこの孤島において、二人は信仰により愛し合い、夫婦になったからには、お互いが少しずつ譲り合い話し合い、残りの人生を楽しく暮らすようにお願いします」

やがて聖歌隊が祝歌を歌うなかを、新郎新婦は退場した。記念撮影を行って結婚式は終わった。続いての披露宴は、島ではあまり見られない大きな宴会となった。ジン兄さんは暮らしに余裕がある人だったので、豚一匹まで準備するほどだった。

しかし彼らの結婚は、夢のような新婚とはならなかった。男女が結婚式を挙げると事務室に申告したあとに、断種手術を受けねばならなかった。この決まりは日帝時代にできたものなのに、解放後にも続いていた。しかし、ジン兄さんはその規定に抵抗した。断種手術を受けずに逃走して、定着するところを決めてから、新婦を連れていこうと考えた。二人のあいだではそのように合意がなされていた。

初夏ではあるが、その夜の天候はよくなかった。二人は公園で熱い抱擁をして別れの儀式とした。そしてかなりの時間がたってから、兄さんは私の手を取った。

「妻をしっかり見守り、なにかと手伝ってやってくれ」

私は兄さんの頼みにうなずいた。何回も振り返った新婦は、私たち二人を残して自分の部屋に戻っていった。私は兄さんとともに新生里入り口まで行ってから別れた。見張り所はまだ夕方の早い時間なので、人はいなかったが、潮の流れはよくなかった。脱出の条件としては好ましくなかった。

兄さんが発って、ひと月近くが過ぎても、兄さんから何の知らせもなかった。しかし兄さんの連れ合いは、時々私を呼んでおいしいものをごちそうしてくれて、よい知らせを待っているのだと言った。私も彼女と同じ気持ちで、兄さんからの便りを待ち焦がれていた。発つときにはっきりと、目的地に着いたらすぐに手紙を送ると約束していた。ところが、ひと月過ぎても連絡がないので、不吉な考えが兆しはじめた。彼女もいつの間にか不吉な考えにとらわれ、焦りを隠せなく、食事もできなくなった。私はそんな彼女のやきもきする様子を見ていられなかった。人々のあいだでもいろんな話が飛び交った。

「惜しい人だったのに、死んでしまったんだ」

「新婦の星回りがよくないみたいだ」

私もやがて、よくない方向に考えが傾いていった。小鹿島と鹿洞のあいだの海は、満ち潮と引き潮時の海流が、ことばでは表せないほどに速い。しかも、その夜は天気がよくなかった。日を改めれば、結婚申告の期間が過ぎてしまうので、申告して断種手術を受けねばならなかった。兄さんはそれを避けようとして無理な脱出を試みたのだが、それを止められなかったことがとても悔やまれた。無事に泳いで脱出に成功していたらよいのだが、途中で海流に流されて、長興（チャンフン）のほうや豊陽（プンヤン）面側の広い海に流されていたならば、死体も探せない。ジン兄さんからは一年過ぎても消息がなかった。

神は私をどう生かそうとなさるのか

病院では患者を診察するとき、胸の中央を局部麻酔して軟骨にドリルで穴をあけ、骨髄を検査して癩菌（らいきん）を探すという検査法を実施していた。病院ではこの検査法を〈胸骨穿刺（せんし）法〉といった。新規患者は無条件にこれを受けねばならず、すでに入院している患者も必要な場合はそれを受けねばならなかった。しかしこの検査を受けた患者は体が虚弱になり、大きな仕事はできなくなった。

やがて島では、〈胸骨穿刺〉ということばが地獄のこだまのように、園生たちを恐怖で震えあがらせた。病気を治そうと千里の道を涙ながらに訪ねきた人たちの、病気を検査するために胸に穴をあけるのだから、この〈胸骨穿刺〉ということばは恐怖そのものであった。自分を見失うほどのことであったから、それをされると呆然（ぼうぜん）としたまま何も言えなくなり、胸を両手で覆いながら出てきて、〝胸に穴があいた〟という独り言を繰り返すだけであった。

小学校五年の夏休みが終わり、学校が再開するころであった。ここの人たちほとんどが経験する刺痛が、私にも襲ってきた。両肘の内側のふくらんだ部分の少し上にできたぐりぐりが大きくなり、疼（とう）痛（つう）が始まった。針の先でチクチクと刺すような痛みだった。服を着替えるときに、服が少し触れるだけでも涙が出るほどであった。両腕を思いどおりに動かすこともできないので、腕をほとんど固定しておいて、大声で泣きながらぴょんぴょんと跳ねたり、外をうろつきまわったりした。しかし、何をしてみても、涙がどくどく出るほどひどい痛みが続いた。

そんな私を見て、刺痛を経験したことのある人たちは心配そうに言った。

「大変なことになったね。刺痛が始まったからには苦労するだろうね」

夜明けになると、痛みはさらにひどくなった。とても耐えられないので、診察を受けに内科に行った。私を診た医学講習所の医療補助員は、気の毒そうに言った。

「刺痛なので特別の薬はないが、日にちがたてばよくなるよ」

彼は鎮痛剤としてAPC六錠を処方してくれて、二錠ずつ一日三回飲むようにと言った。彼の処方どおりに二錠飲むと、汗が少し出て痛みはいくらか治まった。両腕を自由に動かせなかったが、耐えられない疼痛はしばらくなくなった。学校の勉強と教会の用事をしながら、家畜の世話もできた。

ところが、日がたつと疼痛がまたしてもひどくなってきた。APCの薬効時間がどんどん短くなった。母は私のそんな様子を見て、ひどく心配した。痛みはしだいに強くなり、学校では鉛筆を握るのも大変になった。手にぐっと力を入れると、腕の内側のぐりぐりにさらに大きな痛みが襲った。学校が終わると、痛みに耐えられず、ほとんど泣き顔で母のところに行った。

「これを飲みなさい。刺痛にいい薬だよ」

そんな私を見て、母は黄色がかった水を茶碗に一杯くれた。薬だというので一気に飲んだ。舌なめずりをすると少し香ばしくもあり、塩気があった。私が何も言わずに飲んだので、学校が終わって母のところに行くたびに、母はその薬を私にくれた。私は母がくれる薬を何の疑いもなく飲み、内科で処方されるＡＰＣも引き続きもらって飲んだ。

雲が厚くかかっていたある日、日が暮れると母は私を見て言った。

「一緒にちょっと出かけよう」

私の手を握った母が、公会堂に行く道の西側の、人里離れたところに行こうというので、そちらに母を連れていった。母はそこで乾いた便を拾ってくるように言うので、言われたとおりに拾ってくると、母はその便をブリキ板の上に載せて煎った。そうして煎った便を家に持ち帰り、きれいな布で包み、水を入れてしばらく煮たあとに、私に与えた。そして言った。

「これを冷ましてから、一杯ずつ飲みなさい」

その水が何なのかはわかったが、それを受け取り、刺痛が治るというので何も言わずにぜんぶ飲んだ。母は目が悪いので、日差しの明るい日には、一人で出かけるなど簡単なことはできたが、雲がかかったりして薄暗い日には、よく見えなくなっていた。

疼痛はさらにひどく続いた。ＡＰＣの薬効が切れる夜中になると、耐えられないほどに苦しんだ。疼痛が耐えがたくてイライラしてくると、母を思った。真夜中でも母を訪ねていくと、外に出てきてくれて、自分の背ほどにも成長した息子を負ぶって、路地をぶらつきながらかすかな声で祈っていた。母に背負われると、背中の温かさと揺れる安心感で、ようやく眠ることができた。母はそのようにして、私が目覚めるまで負ぶって歩き回った。

数日過ぎると、ＡＰＣ六錠ではとても耐えられないので、内科に母も登録して、一日十二錠もらった。そのころにはハンセン病治療薬としてＤＤＳが出はじめていた。そこで私は、鎮痛剤であるＡＰＣとハンセン病治療薬であるＤＤＳの両方を飲んだ。幼い私の胃腸は、この二種類の薬に侵されるのか、胃がひりひりと痛んだ。そのうえ、四六時中、薬に酔ってぼんやりし、衰弱していった。

このように刺痛が治まらない私の様子を見て、母は便そのままを絞って、どんぶり一杯ずつ飲ませた。それが便を絞ったものだということはわかっていたが、激烈な刺痛に打ち勝てるなら、それ以上のものでも飲むことができた。目をぎゅっと閉じて、一気に飲み込み、ニンニクひとかけらをかじりながら、涙をぬぐった。このように私たち母子は、一日が千年のような時間を味わっていた。

ところが、私にもっと厳しい試練が訪れた。病院のＡＰＣ錠剤が切れてしまったのである。内科ではその代わりにアスピリン粉末を処方した。母の分まで六包をもらってきて、その粉末で一日二十四時間を耐えねばならなかった。アスピリン粉末はとても飲みにくい薬だった。口の中にアスピリンの粉を入れると、舌の上で溶けながら酸っぱくて渋い味がした。そしてとても気持ち悪くて、すぐに吐き気が起こってきた。この吐き気が上がってくる前にすぐに水を飲んで、アスピリン粉末を飲み込むと、涙がどくどくと流れ出た。しかしアスピリン粉末でもなければ、疼痛を耐えることはできないから、そんな苦痛を味わいながらも飲まねばならなかった。

私はひどい刺痛を感じながら、以前に刺痛に耐えられずに苛性ソーダを飲んで死んだおじさんのことを思い出した。私も水に溺れて死んでしまいたい心情であった。しかしそうすることはできなかった。母がいたからである。

数か月が過ぎても、疼痛は治まらなかった。しかし幸いにも、ふたたびＡＰＣ錠剤が処方され、母の分もいれて十二錠で痛みと闘った。しかし、いまでは一日にＡＰＣ十二錠では足りなかった。それで、夜になると治療室の宿直室に行って懇願した。宿直室で夜に非常用薬品として使うために置いてある薬のなかから、ＡＰＣ二錠をもらって飲むと、なんとか痛みが治まった。しかしわずかな疼痛は残っているので、眠ろうと目を閉じると、夢の中のような疼痛が続いた。それに耐えるために、目を閉じずに声を出して泣くと、疼痛が少し収まった。当時の中央里の廊下では、昼も夜も私の泣き声が響いていた。

そうしたある日、病棟主看護員が私を訪ねてきた。毎晩、宿直室にきて泣きながらＡＰＣを求める私を、かわいそうに思ったようである。

「刺痛で毎日苦しんでいる人が、痛む場所にアルコール二㎕注射を打つとよくなったというんだが、一度やってみるかい？」

「それを打ったら痛みがやむの？」

「疼痛が治った人がいるんだ。だけど注射打つとき、ものすごく痛いんだ。我慢できるか？」

私はすでに疼痛と戦争中である。そして疼痛に勝つためには便の水まで飲んでいた。だから、注射を打つ痛みなんてたいした問題ではなかった。ただちに答えた。

「その注射を打ってください」

そう言うと、看護員がアルコール二μℓが入った注射器を持ってきて、言った。

「すごく痛いけど、ちょっとの間だよ」

治療台の上に横たわると、男二人が私を押さえた。一人は足を押さえ、もう一人は腕と上体を押さえて、びくともしないようにした。準備が終わると、看護員は片方の腕の内側のぐりぐりがあるところに、注射針を刺した。その瞬間、目から稲妻が走り、腕がちぎれるような痛みがきた。

「アッ！」

私の口から断末魔の悲鳴が出たが、看護員は知らぬ顔をして、もう片方の腕にも注射した。私は冷や汗をびっしょりかいて、しばしのあいだ、気を失った。しばらくして気がついたが、これまで感じていた激しい疼痛は消えていた。

刺痛がなくなったのは、注射の痛みが強かったからなのか、刺痛が治療されたのかわからなかった。しかし、看護員に感謝のことばを述べて、自分の部屋に帰った。そのあいだには痛みのために何も食べられなかったことを思い出した。急に激しい空腹を覚えた。

トウモロコシ粉で薄い粥(かゆ)を炊いた。それにサッカリンを少し入れて、冷たい水で冷やして、茶碗一杯をあっという間に平らげた。体から汗が出はじめた。横になり布団を被ってぐっすりと眠った。しかしながら、翌日も前日のように痛みが続いた。鎮痛剤を飲んで学校に行ったが、疼痛はなくならなかった。

初秋に始まった疼痛は、冬が過ぎ春がくるまで続いた。春がきても疼痛は静まらなかった。母はよいといわれるあらゆる民間療法を試みたが、ＡＰＣでなければ耐えられなかった。学校が始まったが、鉛筆を持つのが大変で、目を何度も閉じ、歯を食いしばった。

「最後の力をふりしぼろう。少なくとも小学校を卒業し、それでも少しの力が残っていれば中学校の試験を受けねばならない」

私はそのような執念でしがみついた。この間に試さなかったものはなかった。ツツジの根を甘酒のようにして飲んでみたり、ミミズを捕まえてよく煮込んで食べたり、名前のわからない実を煎じて飲んだりしてみた。しかし民間療法をいろいろ試してみても、疼痛に効き目はなかった。ほかの人たちが言うように、耐えて我慢していたら、歳月が過ぎるうちによくなるということばを信じて、従うことにした。

このころダイヤソン[*57]という新薬が出た。病院側は学生たちにこの薬を優先的に配給した。私もこの薬を飲みながら、いつの間にか夏が過ぎ秋を迎えた。そして私にも刺痛の台風の目が過ぎたのか、ＡＰＣの効果が少しずつ長くなるように感じた。

そうして、小学校を卒業した。私は優等賞、皆勤賞などの賞をもらった友だちをうらやましくなど思わなかった。卒業証書をもらっただけで、涙が流れたからである。とても長い時間にわたって疼痛に苦しみ、死の淵(ふち)まで行ったけれど、勉強を放棄しなかったからである。これは母の切なる祈りのおかげと思い、ひたすら感謝の涙を流した。ようやく我慢さえすれば疼痛に耐えることができるようになった。その後遺症で手が少し曲がり、片方の手首に力がなくなるという症状が現れた。そんな私を見て大人たちは言った。

「やっと終わった。そのように、どこかを駄目にして終わるんだ。これからはしきりに手を撫でさすり、指を開く練習を涙が出るほどするんだ。そうすればよくなるから。お前の場合は、痛みは長く続いたけど、被害は小さいほうだから、幸いだったと思いなさい」

そうなのだ。ハンセン病にかかると、このように台風のような刺痛を避けることなどできなかった。壊すだけ壊して、台風は過ぎ去る。幸いにも、私には大きな被害はなく、いくらかの痕跡を残しただけで終わった。これは神に心からの願いをささげていた母の真心のおかげであった。

このあいだに、中学校の入学試験の準備をして、合格した。どれほどうれしかったことか、刺痛を忘れるほどであった。中学校の入学試験は競争が激しかった。教室の机数に合わせて学生を選抜することになっていたので、試験の成績順に三十名が選ばれた。私には力に余る試験であった。刺痛という台風のような病魔との闘いに疲労困憊して、まともに勉強ができなかった。それでも幸いなことに、自分がよく知っている問題が多く出たので、なんとか合格できた。母はとても喜んでくれた。死ぬと思っていた子どもが助かって、中学校にまで合格したからである。母はひたすら〝父なる神様、ありがとうございます〟を繰り返した。

しかし、新たな問題が立ちはだかった。中学生になったので学校の制服と帽子を買わなければならなかった。うちの経済状態では、ちゃんとした制服を買うことはできなかった。それで荒織りの木綿布を黒く染めて、白い襟がついた制服を作り、帽子は卒業した先輩から安く買った。そして〈中〉字のボタンと学年表示のマークを工面して、準備を終えた。

入学初日、学校では教材を配ってくれた。あいさつを交わし、勉強方法と校則、先輩たちへの礼儀などの指示項目と順守事項を聞いて帰ってきた。まだ刺痛の気配が完全になくなっていなかった。だが、その程度の疼痛なら耐えることができた。APCを少しずつ服用しながら勉強するのだが、なぜかしら気分がよくて、教会に行くときも制服と制帽を着用した。

しだいに刺痛の悪夢から覚めて、その悪夢を少しずつ忘れていった。そして笑みが戻り、いたずらっ子気質（かたぎ）も戻ってきた。そしてまたしても、ガキ大将になった。私は中学生なので、村の多くの小学生たちが私の手下になった。そんな私を見ると、大人たちは褒めてくれた。

「ほんとうによく我慢した」

「鳶（とび）が鷹（たか）を産んだ」

みんなが私のことを、人間として役に立たない状態になると、思っていたからである。

秋になった。義理の叔父さんが片足の切断手術を受けることになった。片方は足首部分しか残っておらず、歩行ができないので、下肢の切断手術をして義足を着けて歩けるようにするためであった。しかし、他の人たちが切断手術を受けて苦しんでいるのをよく見ていたので、叔父さんは手術するかどうかでとても悩んでいた。

下肢切断手術は普通、膝から十センチほど下を切る。これは義足として使用する桐（きり）の木の中を削って、切断部位が入るようにするためである。このようにして誂（あつら）えた義足の外形と中の部分とを調整して着用すれば、歩行ができる。叔父さんが足の手術を決断したのは、ＤＤＳ服用後に菌がなくなって陰性判定を受けたら、義足をつけて歩いて家に帰りたいという希望の表明だった。

叔父さんは手術前日から絶食し、当日の十時に外科手術室に行った。そして手術室に入って二時間後の十二時ごろに手術が終わった。部屋に戻り切断手術を受けた足を高く上げていたが、時間がたって麻酔が覚めると、歯ぎしりをしながら痛みを訴えつづけた。

当時の私は、家畜を飼うことに熱中し、学科の勉強も一生懸命にやっていた。しかし、基礎学習をすべき時期に刺痛のために気を入れることができなかったので、勉強の基礎が大きく不足していた。だが、人間は目標を立てたら、それを成し遂げねばならないという信念で、睡魔と闘いながら熱心に自学自習を行った。横で熟睡していびきをかいている人がいると、眠気の誘惑に打ち勝つのは容易ではなかった。しかし、医学講習所入学が私の願いだったので、それを成し遂げるためには、眠気の誘惑に勝たねばならなかった。

人員点検のあとに就寝礼拝が終わると、電灯を消して寝なければならなかった。しかし、勉強をしようとすれば、泥棒電気を使うほかないのだが、同室の人たちはよく理解してくれた。電線を手に入れて、こっそりと元の線につないで私の机の横に固定し、電球にカバーをつけて、机の前だけが灯（とも）るようにして勉強した。もしも発覚すれば叱られるが、指導部や電工室では、ある程度知っていながら目をつぶってくれていた。そのおかげで夜遅くまで勉強することができた。

五　聞こえないこだま

花が咲いたと思ったら、たちまちのうちに散ってしまった。こんもり茂ったさつま芋の蔓(つる)をむしり、茹(ゆ)でて、乾かして……。またしてもつらい越冬生活を送った。そして私も中学校三年生になった。私たちも、先輩たちがやったとおりに、一年生に〈気合いを入れる〉と言っては、偉そうにふるまった。気合いを入れる対象としては、一年生の何人かを選んだ。同期たちは三年生のなかで私がいちばん年下だからと、私に彼らを呼んでくるように言った。呼ばれた一年生たちは、私たちが一年生のときにされたように、理由もなくこん棒で何発も殴られた。

その年の夏休みに、教会の中学校学生会は教会の支援で、東生里(トンセンニ)と境界線のあいだの砂浜で野遊会を開いた。学生会会長だった私は、昼食、娯楽、宝探し、引率などのすべてを自分の裁量でやらねばならないので、分野ごとに責任者を選んで、その仕事を任せた。ところが、宝探しゲームの責任者になったヨハンという友人が、野遊会の前日に私を訪ねてきて、こっそりと言った。

「お前、聖歌隊の呂(ヨ)嬢が好きなんだろ？　おれの目はごまかせないぞ」

翌日の野遊会は、目的地に着くと先生の主導で簡単な感謝礼拝を行ってから始まった。娯楽担当者が娯楽プログラムを進行しているあいだに、宝探し担当者は番号表を隠しに行った。

私は野遊会が順調に進行していることに満足しながら、ひそかに好意をいだいていた呂嬢をはっきり見ようと、彼女の側をうろついていた。あまりにも接近しすぎるとほかの人たちに気づかれそうなので、少し離れた場所から眺めていた。彼女はだれよりもきれいだと思った。

遊びは十二時に終わった。みんなで弁当を分け合いながら食べて、一時ごろから宝探しを始めた。ヨハンがいちばんよい番号を呂嬢に渡したようだった。宝探しが終わると、午後の余興が続いた。ところがそのころから、呂嬢の私を見つめる目と、ほのかに赤らんだ顔とその姿が、ひときわ美しく思えるようになった。

しかし島全体には保守的なキリスト教文化があるので、おおっぴらに気持ちのままに恋愛をするわけにはいかなかった。そのうえ、私は中学生であり教会学生会会長という職責もあって、恋愛にはさらに大きな首枷（くびかせ）になった。そこで、私の事情に気づいているヨハンを私のラブレター配達人にした。それ以外は、唯一の目標である医学講習所入学試験準備に熱中した。学校の授業が終わると、家畜のえさを集めた。そして雨が降ってもビニール傘をさして、公園の木々のあいだをぶらつきながら英単語を覚えた。

夏が過ぎて、中学生としては最後の秋の遠足に行った。しかし遠足に行っても落ち着かない気持ちには変わりなかった。この島では中学校が最高学府である。医学講習所があっても、それは職業的な専門教育をするところであり、学生としての遠足はこれが最後なので侘しい思いがした。

過ぎ去った日々が思い浮かんだ。日帝時代に父母に従って逃げ回りながら、物乞いで生きてきたこと、国が解放されても変わらない環境下で強制的に遠い船旅をして小鹿島に連れてこられたこと、保育園に入れられて涙ながらに過ごしてきたこと、私にも襲ってきた刺痛という嵐にさらされて、二年間も暴風雨のなかで死境を越えたこと。そのような経験をしながらも、向学の綱を手放さずここまできたことを考えると、感慨深かった。

そんな思いは私ひとりのものではなかった。遠足に参加した三年生の顔はだれもさえなかった。この学生たちは同じ学年でも年齢の差が大きかった。実際の年齢どおりの学年ではなく、ここに入所してから入学したり編入したりしていたからである。十から十五ほども年の差のある人もいたりした。

秋の遠足は、宝探しを最後に終わった。ところが、だれが声をかけたわけでもないのに、芝生の上にみんなが集まってきて、肩を組んだ。珍島が故郷の学生が〈珍島アリラン〉の最初の節を歌いはじめると、私たちみんなはその後節を歌いながら、芝生の上を踊って回った。

「別れたら、今度いつ会えるだろうか」

「アリ　アリラン、アリ　アリラン」

芝生が踏みちぎられて、ほこりが舞った。けれども気持ちは一つになって、汗が出るほど駆け回りながら〈アリラン〉を合唱し、〈クェジナチンチンナネ〉[*58]を合唱した。いつの間にか、後輩たちが私たちのまわりを取り囲み、手拍子を打った。そのようにして秋の遠足の最後を締めくくった。そのとき、隣にいる友だちに尋ねた。

「卒業したら、どうするんだ？」

彼が答えた。

「ぼくは故郷の近くの定着村に行って、適当な女性と結婚でもして暮らすつもりだ。何も特別なことなんかないよ。お前は？」

「ぼくは何としてでも医学講習所に入って、一生懸命に勉強するんだ」

誠実聖経高等学校と医学講習所

ヨハンの手助けで、ひそかに愛していた呂(ヨ)嬢とは恋愛に発展した。そして、はらはらしながらの密会も続いた。その年のクリスマスの劇は、西生里(ソセンニ)教会が準備した。私は中央里(チュンアンニ)教会学生会会長として、聖歌隊員とともに劇を見に行った。聖歌隊員の呂嬢も一緒だった。そして劇の進行中に、互いに目配せをして会場を抜け出した。

雪が降るクリスマスイブ。私たちは手をつなぎ早足で歩き、公会堂にたどり着くと、さらに西の松林近くの丘のふもとまで行った。風がさえぎられた静かで暖かい場所を見つけてしゃがみ込み、手を握り合って愛を確かめた。寒さで震え、人の目が気になって緊張して震え、異性と一緒にいるので震えたけれども、いつまでも変わることなく愛し合おうと約束した。

その年の冬も、いつものように冬将軍に苦しめられた。その厳しい冬将軍との苦しい闘いを終えて希望の春を迎えると、中学校を卒業して鹿山(ノクサン)中学校第九回卒業生になった。しかし、卒業式が済んでも前途は真っ暗だった。その年には医学講習所では入学生を採らないと聞いたからである。本来なら、医学講習所では六期生を募集する年であったが、すでに講習所修了生が多くて、実習が十分にはできず、また医療の人手も余っているので、新入生募集を一年延期したのである。

しかし、中学校を卒業したので付添人に選ばれ、またもや引っ越さねばならなかった。病院は学校に通う学生に配慮して、在学中は付添人の仕事をさせなかった。しかし卒業して休んでいれば、すぐに付添人をしなくてはならなかった。望んではいなかったが、道理に従って生きようと決心した。そのように気持ちを変えると楽になった。

中学校の卒業式が終わって一週間もたたないうちに、六左七室の付添人になるようにという命令が下った。ただちに引っ越した。付添人として行った部屋は、目が見えない人が二人と行動が不自由な重患者が二人、自分の体が自由に動かせる人が一人、そして新たに配置された私の六人家族であった。

これまで付添人たちの様子を見てきたので、付添人としての暮らしに適応するのはそれほどむずかしくはなかった。しかし、おまるを洗うのはちょっと大変だった。棒にぼろ布を巻きつけ、水を含ませたうえで、棒を動かしておまるを洗うのだった。食器洗浄や部屋掃除などはこれまでに付添人を手伝ったことがあるので、とくに困難もなくやり通すことができた。

しかし、私の目的であり希望であった医学講習所入学の夢が崩れたことが、耐えられなかった。だがそのようなときでも、教会で聖歌隊員と日曜学校教師として熱心に仕事をした。

長老たちはそんな私に、とても気を遣ってくれた。二か月ほど過ぎて夏になると、中央里に位置するクルナルブリ見張り所の夜間勤務者に選んでくれた。それでしばらくは、付添人生活をやめて引っ越した。そして、私と叔父さんを結びつけてくれた人の部屋に新たに配置された。

見張り所の夜間勤務は二人一組の隔日制で、夜間の脱出を防止することが仕事だった。しかし、これも楽な仕事ではなかった。蚊との闘い、とくに海から飛んでくるユスリカ[*59]との闘いがとても大変だった。しかし付添人の仕事よりはまだましなので、見張り所勤務者としてもまじめに働いた。

やがて、島の有力者である教会の長老たちは、中学校の第九回卒業生をそのままにしておくことはできないとして、意見を集めて堂会長牧師と相談したのか、島の中にふたたび高等学校が設立された。各教会の長老たちと牧師は、そのために長時間の論議を行ったようである。その結果、誠実(ソンシル)高等聖経学校を設立して、教会から教師たちの月給を払うことにし、鹿山中学校第九回卒業生を中心に入学させて開校した。

校舎は新生里(シンセンニ)教会礼拝堂を臨時に使用した。鹿山中学校第九回卒業生のなかで、天主教徒と定着地に出ていった者を除く二十名と、信徒中の応募者二十名を選抜して、四十名で授業を始めた。履修科目は一般高等学校課程に聖書講解が加えられた。そして、開校が遅れたので期間を満たすために、冬休みもなく授業をして一学年の授業を終えた。

そして、ようやく医学講習所六期生募集の知らせがあった。このことで誠実高等聖経学校の学生たちと堂会とのあいだでは考えの違いがあって、結局は葛藤が起きた。長老たちは私に学校に残ることを勧告し、講習所に行くのは強力に反対した。しかし私は、これまで刺痛で苦しみながらもずっと持ちつづけた希望を棄(す)てることはできなかった。

長老たちの慰留も顧みず、医学講習所に入学願書を出すことにした。そして私と意志を同じくする十余名が一緒に願書を出した。信徒たちは私たちのそうした行動をよくは見なかった。したがって、心情的には大きな負担を感じた。もしも試験に落ちれば、無条件に付添人をしなくてはならないので、緊張で口の中がパサパサに乾くほどであった。

試験は鹿山中学校の一、二、三学年の全教室を会場にして行われた。志願者はぜんぶで七十余名であったが、一人が一つの机に座るので、学校全体の机が必要だった。そのときに、天運ではないかと思われることが起こった。中学三年のときに私が座って勉強していた机に割り当てられたのである。席に着くとまるで故郷に帰ったみたいに、気持ちが落ち着いた。前の席には一人だけが座り、窓に机がぴったりとくっついていた。私の前に座っていたのは看護課長の娘だった。

最初の国語の試験はすべての問題を難なく解いた。次の時間は数学であったが、最後の二問題に行き詰まって頭を悩ましていたところ、前の席の看護課長の娘が先に試験を終えて出ていったのに、私が解けていない問題を見て窓の外から答えを言ってくれた。彼女の助けのおかげで、私は全問を解くことができた。

英語の試験では単語解釈と空欄に単語を記入するのはぜんぶできたが、長文読解問題に行き詰まっていた。ところが、思いがけないところから、またもや救いの手が差し伸べられた。恋人の呂嬢には義理の兄さんがいて、その人は定着村から留学にきていた講習所五期の学生だった。彼は呂嬢と一緒に、私が試験を受けているのを見守っていたが、解けなくて困っていた読解問題の答えを、紙きれに書いて窓の隙間に置いてくれた。私はそのおかげで英語の試験問題も無事に解いた。

心も軽く試験場の外に出た。そして呂嬢とともに私を待っていてくれたお兄さんのところに行ってあいさつした。

「ありがとうございました。苦しんでいた問題を助けてくださって……」

「うん、ほかの問題はちゃんとできた？」

「難なく解けました」

受けた試験の内容について大まかに説明した。その話を聞いたお兄さんは言った。

「合格するだろう。心配しないでちょっと休みなさい」

「はい」

「これからはぼくの妹を大事にしろよ」

一週間後、治療本館正門前に合格者名簿が掲示された。叔父さんと私は本館前の名簿に自分の名前があるのを見て、抱き合って喜んだ。どれほどうれしかったか、涙がじんとにじんだ。この間の努力で自分の夢を実現させたわけで、満足の思いに浸った。

一九五八年三月、私は小鹿島更生園付属医学講習所六期生に合格した。私の涙を拭いてくれながら、叔父さんが言った。

「ほんとうにおめでとう。ついに私とお母さんの願いをかなえてくれたね」

そして売店に立ち寄って、高価な学用品を買ってくれた。母のもとに駆けつけて合格の報告をした。母は私の手を握って、ひたすら喜びの涙を流すだけであった。

「私がどれほど祈りをささげたことか。さあこれからは熱心に勉強するのよ」

その夜、私は知人たちの好意で呂嬢と会った。新しい気持ちで会った呂嬢は、その日はさらに美しかった。私たちは二人の夢についてたくさん話し、優しく抱擁してから別れた。そのころには、ほかの人たちも私たちの関係をうすうす知っていたので、互いに時間ができれば時たま会っていた。

ところが、私が医学講習所に合格すると、中央里（チュンアンニ）教会の長老をはじめとする主だった人々が、とても残念がった。

「姜（カン）君は牧会者向きだったのに」

彼らは私に、誠実高等聖経学校を卒業させてから麗水（ヨス）神学大学に送り、牧会者の道を歩ませるつもりだったようなのである。

まもなく医学講習所が開講した。開講式とともに六期生総代を選出して、二十五名が学科の勉強を始めた。学科は解剖学、内科、診断学、外科、眼科、耳鼻咽喉科、皮膚科、歯科、薬理学科目と定められていた。先輩たちが使った医学書籍を含めて、日本の資料を勉強した。日本の資料なので漢字で暗記したり、先生が英語で教えれば英語で暗記せねばならなかった。他の科目は日本語書籍であっても、漢字はぜんぶ読めるので、接続詞や語尾などを理解すれば、自国語に翻訳することができた。午前午後と超高速で授業は進み、月末ごとに試験があった。そのために、勉強についていこうとするなら、夜も寝てはいられなかった。医大生が四年間で習う内容のうちの重要部分だけ選んで、一年で終えねばならないので、教える側も習う側も気が遠くなるほど忙しかった。

そのなかでももっともむずかしい科目が解剖学であった。解剖学の本は何冊もないので、解剖図を各部位別にセルロイドの板紙をあてて写し描き、部位別名称を漢字とアルファベットで記入して自分用の本を作った。そしてその本を、どこに行くときも持ち歩いて暗記した。はなはだしくは教会の礼拝時にも暗記しようとした。

内科診断学もとてもむずかしくて、理解できない分野が非常に多かった。本をそのまま暗記して、実習準備をするほどであった。薬剤科は調剤中心なので、処方箋どおりに薬を量って調剤するから、まだやさしいほうであった。他の科目の本は先輩たちから借りて読んだり、余裕のある人は個人で買った。私も必要な本は買い求めたが、そのたびごとにお金について実に多くのことを考えた。

勉強をがんばろうと思って、一人の先輩を訪ねていくと、青天（せいてん）の霹靂（へきれき）ともいえる消息を聞いた。その人は私が兄のように慕っていた人で、医学講習所四期生であった。その先輩は外科主任で、南生里（ナムセンニ）治療室主任として勤務していた。私はこれまでに、講義でよく理解できなかった疑問点や気になること、そして医学の勉強方法と今後のことなどについて、その先輩から多くの助言を得ていた。それで、時間があればいつも訪ねていって学び、患者の世話をする様子も側で見ていた。私がその先輩を訪ねていった日は、授業が午前だけの日であった。先輩の勤務する南生里治療室に行くと、主看護員が、先輩は監禁室に行ったと言うのである。びっくりして尋ねた。

「えっ、どうして？」

「堕胎の手術に失敗して」

「えっ？」

「旧北里（クブンニ）に住む女性の堕胎手術をしたところ、失敗して患者が死んでしまって。それで、その女性の夫が訴えたので監禁室に連れていかれたのです」

私は先輩のことが気になってたまらなかった。それで知人たちに聞いて回ったあげくに、その理由がわかった。旧北里にスニという女性が結婚して夫と暮らしていたが、夫は断種手術をしていたので妊娠するはずがなかった。ところが、その女性が妊娠してしまった。その事情はこうなのである。

その女性と結婚した男性は、最初は元気でよく仕事もやっていた。しかしその男性の病気はムル病なので視力が悪くなり体も弱まっていき、ついに分配された畑の仕事もできなくなった。それで女性は同じ村の三十代独身男性と姉弟の関係を結んで、姉のほうは洗濯や間食の用意など、弟のほうは力仕事を引き受けていたが、そのうちに情が移ってしまった。仲良くなった姉弟は一緒に畑に行き、静かなところで会うことも増え、自然に肉体関係まで持つようになった。

越えてはいけない線を越えるのはむずかしいが、一度越えてしまうとそのあとはむずかしくなかった。男はまだ独身で断種手術も受けていないまま、そのような関係が継続したからには子ができたのは当然のことであった。結局、南生里主任であるその先輩に依頼半分、哀願半分ですがりついた。先輩は二人の事情がかわいそうでもあったので、少しの謝礼をもらって手術をすることにした。しかし手術台もない部屋の中で、人に知られずにこっそりと行うので緊張もし、姿勢も不安定で、手術はうまくいかず、出血が止まらずに女性が死んでしまった。ことの顛末を知った夫は指導部に申告し、先輩と相手の男性が拘束された。しかし故意の殺人でなければ、監禁室には長くても一か月なので、私はしばしば先輩の面会に通った。

愛の結実、その名前は断種手術

ある日、母が呼んだ。

「どこか静かなところに行こう」

何かむずかしい話でもするのだろうと推測して、公園の芝生に案内した。芝生の上に腰を下ろした母は、真剣な表情で話しはじめた。

「善奉(ソンボン)や、お前は呂(ヨ)嬢と結婚するつもりなのかい？」

「どうして？」

母の質問の意図がわからず聞き返した。

「ここでは付き合うだけにして、講習所を卒業したらお前の姉さんと相談して、適当な定着地に行って結婚して暮らしなさい」

「……」

「呂嬢がどうしてもここで結婚したいと言うなら、あきらめて……」

母のことばに何の返答もできなかった。返事がないので母もしばらく黙っていたが、やがて口を開いた。

「死の峠を越えて望んでいた医学講習所に入ったからには、勉強に専念して、ここよりも恵まれた世の中に出ていって、せめてお前だけは、この汚い暮らしから抜け出さねば。私はすっかり年を取ったから、もう死んでも思い残すことはないけど、お前は違うだろ」

「……」

「もしかして、私のためにここで結婚しようなどと思っているなら、そんな考えは捨てなさい。宝物のようなわが子の体に傷をつけて、断種手術なんてさせるわけにはいかない」

母の気持ちは確固としたものだった。そして、私を愛する気持ちは切実であった。呂嬢との関係が深まっていることを察した母は、いろいろと考えたようである。そして、まだ先の長い私の前途が心配になり、そのような場を設けたのだろう。母が声を震わせ、哀願するように言ったことばを聞き、考え込んだ。

〝父が病気になり、島で重労働に苦しめられ、命がけで脱出して母と出会った。私はそのようして生まれた命だ。五歳のとき、父は厳しい世の中をさまよったあげくに亡くなった。八歳のとき、釜山五六島(ブサンオリュクト)の前で貨物船の船底に放り込まれ、人か荷物かわからない扱いを受け、船酔いに苦しみ糞尿(ふんにょう)まで浴びた。海水で炊いた握り飯をかじりながら、父がそこから逃げ出した場所に、今度は母と一緒に降ろされた。未感染児童として保育園に無理やりに入れられ、涙ながらに母と別れ、あらゆる苦労と悲しみを味わった。運命のように襲いかかってきた刺痛により人生最大の危機に遭遇したとき、母は涙まみれになりながらも世話してくれた。その母がいなければ、私はこの世に存在しなかっただろう。幼かったので、世間といえば門前で乞食（こじき）をしていたことしか記憶にないが、この島に閉じ込められて抑圧と蔑視のなかにあったとしても、この場所こそが母と私が暮らす場所と考えた。あれほど願っていた医学講習所に入学したので、修了したらどこかの科の治療所主任になれるだろう。だから生きていくのに、これまでのように大きな困難はなくなるであろう〟

そんな考えが頭の中をよぎり、いきなり葛藤に襲われた。黙り込んでいると、母はまたもや、ため息をつきながら言った。

「そうなのよ、不幸な巡り合わせの私から生まれたお前は、あらゆる苦労を経験した。でも、それは運命だと思いなさい」

母のことばを聞いて、なぜかしら母の心を傷つけたように思えて、長い沈黙を破って言った。

「お母さんの気持ちはよくわかりました。よく考えてから、あらためて話し合いましょう。きょうは、帰って休みましょう」

部屋に戻って、きょうの講義の部分をくまなく見直して横になった。隣の人はすでにいびきをかいてぐっすり眠っていたが、自分は眠れなかった。ぼんやりと目を開けて、ひたすら天井を眺めながら、母のことばをじっくりと考えてみた。しかしどうすればいいのか、気持ちは決まらなかった。〈あすの心配はあすにすればいいんだ〉

そのように自分に言いきかせたが、眠れなかった。起き上がってノートを開き、思いつくままに一編の詩を書いた。

人生行路の分かれ道で　道しるべの前にたたずむ旅人
日が暮れたのに　色眼鏡をかけて　その道しるべを眺めている旅人
見えるのは闇だけなので　道しるべがぼんやりとしている……

夜が明けて、講習所の勉強を終え、呂嬢と会った。彼女は何もかも私の思うとおりにしていいと言った。歌詞にあるように、十年でも百年でも待っている、と言った。相手が主張すれば話し合いになるのだが、完全な白紙委任だったので、決定はもっぱら私の責任になってしまった。翌日には、故郷に近い定着村に住む姉からの手紙を受け取った。姉の意見も母と同じであった。

〝お前の結婚は医学講習所の勉強が終わってからするのがいいと思う。断種手術までして結婚したりはしないように〟

公園の道をぶらつきながら、足先に触れた石を思いっきり蹴ってみた。木の枝を折って、花の茎を噛みながら、悩みに悩んだ。〝結婚するべきか、するべきでないか〟

しかし、呂嬢に会えば会うほど〝ぼくのものだ。絶対にほかの人なんかに渡すことはできない〟としか考えられなかった。ついに結婚することに決めて、先輩のシン主任に相談した。シン主任は妙案を出してくれた。シン主任の提案に従って、たとえ精管手術をしたとしても復元することができると、母を説得するのに数日かかった。しかし結論はすでに出ていた。

〝母の世話をしながら、ほかの人と同じように、ひとまずはここで暮らしてみよう。これまでは、風に吹かれて舞う落ち葉のような人生であったから、最後まで風に任せて流れてみよう〟

結婚式は夏にすることにした。勉強に熱中しようとしたが、心は空を舞うような気分で、勉強がまともにできるわけがなかった。その年の夏、母は宴会の準備をしてくれた。叔父さんと母と私と親しい数人がお金を出し合って、豚を一頭準備した。母の病棟である二左病棟の十二部屋をぜんぶ借りて、中央里教会で仕事をする人たちと青年会会員を総動員して、宴会の準備をした。

結婚式は中央里教会で長老の主礼で行われた。私は誂(あつら)えた紺色の洋服を着用し、呂嬢は教会で借りたドレスを着た。男女の幼い子どもが撒(ま)く紙の花吹雪を浴びながら、新郎新婦である私たちは、腕を組んで聖歌隊の祝歌のなかを堂々と入場した。やがて結婚式と記念撮影が終わり、客を招いて披露宴が行われた。宴が終わると祝儀としてもらった米が、カマスで数個になるほどであった。中央里が始まって以来の大きな宴会だったと評判になった。

母の部屋の家族たちは、新婚の部屋として使うようにと、自分たちは隣の部屋に分散して一部屋を提供してくれた。初夜を過ごすつもりで入ったが、窓にカーテンもないので、灯(あか)りを消しても不安だった。これまでの付き合いでは男女関係を持っていなかったので、新婦も私も全身が震えた。窓の外からだれかが見ているようで、どのようにしていいかわからないままに夜を過ごした。朝になると家族たちと朝食を済ませてから、正装して新婦の義理の両親にイバジ[*60]を持って訪ねていった。正式のお辞儀をしてあいさつし、昼食をごちそうになっていると、義母が義父に言った。

「二人の籍を急いで長安里(チャンアンニ)に移してください。中央里では家庭の家をもらえる順番がくるまでに、三年はかかるそうですよ」

義父は長安里事務所の主書記であった。

「そうでなくても、長老と相談するつもりだったよ。長老は姜君を好ましく思っておられるから、うまくいくだろう」

その日の夕方は、以前に父がこの島から逃げ出す前に義理の関係を結んでいた叔父さん夫婦が東生里(トンセンニ)に住んでいたので、その方々にもあいさつにうかがった。夕食は母が結んだ義理の兄である伯父の家でごちそうになった。そして夕食が終わると義理の伯母が言った。

「今夜はうちの家で泊まっていきなさい」

とてもうれしくてことばでは言い表せずに、にっこり笑みを浮かべるだけだった。食事が終わると、伯母は新しく用意した敷布団と掛布団をしいてくれながら言った。

「いい夢を見るのよ」

伯母さんは出ていったが、トイレに行っていた新婦は、扉の前でもじもじして、なかなか部屋に入ってこなかった。扉を開けて手を握って中に入れ、扉を閉めて尋ねた。

「どうしたんだい？　ここで寝るのは嫌なのかい？」

顔を赤らめた新婦が、蚊の鳴くような声で言った。

「さっきトイレに行ったとき、ここがとても痛かった。いまも少し痛いのでこのまま寝るだけにしてはだめ？」

私はそんな彼女がとてもかわいかった。

「ぼくたち二人とも、とても疲れたし大変だったから、いったん横になろうよ」

新婦を抱きかかえて布団の中に入ると、部屋はとても暖かく静かだった。私はその静けさに酔って、新婦の耳もとでそっとささやいた。

「今晩がほんとうのぼくたちの初夜だよ」

慎ましい蕾のような彼女の胸に手を置いて、深く彼女を抱きしめた。そしてほんとうの初夜を迎えた。

翌日は医学講習所の講堂に入ると、同期生たちが起立して拍手で歓迎してくれた。そしてそれが静まると勉強が始まった。すると隣に座っていた独身の学生がにっこり笑って尋ねた。

「楽しかった？」

「お前も結婚すればわかるのに、何を聞くんだ」

「こいつめ！　偉そうに」

「なんでも経験すればわかるよ。そうじゃないか？」

数日間は母の部屋で新婦とともに食事をしたが、私たちにはまだ二人だけの部屋がなかった。夕方になると、新婦と私が知り合いの部屋を借り、思う存分愛し合ったが、申告の期限に背くわけにはいかなかった。期限がきて村の事務所に申告した翌日には、断種手術を受けるようにという通知がきた。外科手術台の上に横たわり、天井からぶら下がっている四つの電球を眺めていたが、自分がとても無力に思えた。

〝男は結婚したら当然のこととして息子、娘ができるのに、私はなぜこんなところに横たわっていなければならないのか？〟

心の中で血の涙を流しながら、いろんなことを考えた。そして、こうしなくてはならなかったのかと後悔も芽生えた。そのようにして悔し涙を流しているとき、病院職員ではあるが医者でもない朴(パク)先生が現れて、局所麻酔をした。精神朦朧(もうろう)とした状態で、急に腰が引っ張られる痛みを感じ〝あっ！〟という声を出した瞬間、手術は終わった。担架に載せられた私を二人がかりで担いで、自分の部屋に寝かせた。少しして新婦と親しい知人が訪ねてきた。

「大変だったね。回復するまではうちの家にきて、治療を受けながら休みなさい」

とてもありがたくて断れなかった。そして数日間、傍で愛(いと)しい新婦から食事の世話と看護を受けたのでうれしくはあったが、自分の身の上を考えると鬱憤が湧き起こってきた。

〝どうしてこんなことをしなくてはならないのか？　何が、どこで間違ったのか？　私には男としての権利はないのか?〟

そんなことを考えるうちに混沌としてきて、精神的にも肉体的にも苦痛が押し寄せてきた。時間がたつにつれ肉体的な痛みはなくなったが、心の中では依然として怨みと不安が続いた。しかし、これは自分が選んだことなので、いまさらどうしようもないことだった。

結婚したけれども一緒に住む家がないままで、三、四か月が過ぎ、やがて長安里に家が割り当てられたので、そこに引っ越した。そして長安里教会の署理執事*61に任命された。聖歌隊隊長と青年会会長の役も任せられ、教会の鐘撞きまで引き受けた。そして日曜日、水曜日の早朝祈禱会礼拝にも熱心に参加した。教会の仕事がすべてと思うと、うれしく、感謝の心で奉仕した。とくに夫婦ともに連合聖歌隊隊員になったので、疲れも忘れて忙しい時間を過ごした。このように熱心に仕事をしたので、村と教会が急いで母も転入させてくれて、正式に長安里住民になることができた。

長安里は鉄条網は張られていても、実際には職員地帯とほとんど同じ環境なので、病状が重い人は住むことができなかった。松林のあいだの道と境界線側の道端で、保育園の子どもと父母が月に一回、涙ながらに行っていた面会場所のある長安里へ、大人になった私が引っ越してきたのである。境界線側の鉄条網の横の井戸からは、保育園が見えた。その建物と園庭で遊んでいる子どもたちを眺めていると、幼いときに閉じ込められて悲しかったことが突然思い出されて、思わず涙がこぼれた。

私は医者なのか？

とてもあわただしい一年であった。このあいだに医学講習所の勉強は終わって、実習が始まり、まずは外科に配置された。外科で勤務しはじめて数日後、職員部から連絡があって、実習生一人を解剖室に送ってほしいとのことであった。主任は私を指名した。手術服と帽子、手袋、マスクをつけるなど完全な装備で死体解剖室に到着したが、気後れしてどぎまぎした。生まれて初めて入った場所なので、周囲を見回す余裕もなかった。すると医者は死体の服を脱がせるように言った。医者たちは私の動きを見守りながら、自分たちだけで話を交わしていた。

「この死体は特別だ。癲癇(てんかん)の発作を起こし、水に溺れて死亡したから、精密に解剖して癲癇の理由を究明してみよう」

緊張しているうえに怖くもあったが、まだ死後硬直はしていなかったので、服を脱がすのはむずかしくなかった。やがて解剖が始まった。下働きをしながら、その状況を注意深く見守った。

まず頭の皮を丸く剥(む)いて頭蓋骨を金(かね)のこぎりでぐるりと切り、切ってヒビができたところにノミを当てて金槌(かなづち)でたたくと、頭が蓋のように開いた。頭蓋骨が開くと、まず大脳を取り出し、次に小脳を取り出して検査し、何かを確認したのちに、あらためて中に入れて頭蓋骨を合わせた。頭皮の何か所かを縫合後、胸から腹部まで開いて肝臓、肺、膵臓(すいぞう)、胃、小腸、大腸までぜんぶ取り出して調べた。ところが、腎臓が背のほうにくっついて、一つだけあったが、それが非常に大きくなっていた。

確認を終えると、元の状態に戻したあと、棺に納めて中間の壁にある扉を開き、死体待機室に移した。まわりの壁を見ると棚がいくつかあり、ガラス瓶に幼い子どもが三か月から十か月まで順に陳列されていた。他の大きなガラス瓶には結節が塊になった大きな足が入れられ、結節がたくさんできている顔と頭まで陳列されていた。

外科に戻ってきて消毒水で手を何回も洗った。ゴム手袋をはめていたが、あらためて消毒してからふたたび洗い、家に帰ってからも洗ったが、目をつぶりさえすると、解剖室の場面が思い浮かんだ。手で何かを触ったり、食べ物を食べても気持ちが悪くなり、おいしく食べることができなかった。ゴム手袋をはめて死体を触った感触が、何日間も消えなかった。死んだ人の体をまるで動物のように扱う様子を目の当たりにしたので、ほんとうにここでは死んではなるまいと強く決意した。

外科実習をしていたある日、医務課長が外科にやってきて、手術器具を選び出すと、それらを消毒すること、そして六期生全員は外科手術室に集まるようにという指示を出した。私は総代に連絡したあと、課長の指示に従って蒸気消毒で四十分ほど器具を消毒してから手術室に行った。手術室には外科職員五名と実習生二十五名が集まっていた。

課長は手術服姿で、何か小さなやかんを一つ持って手術室に入ってきた。そのあとに教導員（治安維持、逃走防止、監獄管理）が東生里（トンセンニ）に住むチョルを連れて入ってきた。チョルは図体（ずうたい）が私の二倍はあり力持ちであるが、若干のムル病で、ハンセン病は治療は終わった状態だった。年齢は私より上であったが中学校では後輩にあたり、結婚式を挙げて暮らしていた。しかし何回も断種手術を受けるようにという指示を受けても、聞き入れなかったので、今回は無理やりに捕まえてきたのであった。そしてだれの権限かはわからないが、睾丸をぜんぶ取り除くというのである。彼が外科手術室に入れられると、私たちは扉のほうを守れと命じられた。チョルが壁の側に立って顔を赤くして最後の絶叫をした。

「一度だけ見逃してください。見逃してください」

それは懇願であり哀願であった。しかし課長は冷酷だった。そんなチョルの絶叫を無視して、彼に手術台に上がるようにと何回も命じた。それでもチョルは上がろうとせず〈一度だけ見逃してくださ い〉と叫びつづけた。

そのとき、課長は持ってきたやかんの蓋を開けて、壁側に立っているチョルに向けて投げつけた。チョルがそのやかんを避けると、やかんは壁に当たって白っぽい泡が立った。チョルの目がピカッと光り、扉の側に立っている私たちを押しのけて、手術室の扉を蹴って逃げ出した。一瞬のできごとだった。

力の強いチョルを課長一人ではどうすることもできないので、私たちに手伝わせて、チョルが逃走したり反抗したりできないようにと目論んでいたのである。しかし、むしろ逃走する道を開いた私たちを見て、課長は火のように怒った。そして、扉の傍に行って、鍵をかけていなかったことを確認して、私たちに向かって耳が裂けるほどの大声で怒鳴った。

「扉の鍵もかけずに何してたんだ？　扉一つ守れないで」

課長が出ていくと、チョルの横に立っていた同期生が顔を赤くして倒れた。チョルが逃げられるように助けていたのだ。彼はその日、手術室の雰囲気が変なので、同じ園生であるチョルの立場がまさに自分のことのように思えて、手術室の扉の鍵をかけず、逃げるチョルを捕まえようとしなかったのである。

扉を蹴って出ていったチョルは遠くへは行けず、百五十メートルほど離れた堆肥貯蔵場に倒れていた。園生たちはそれを見ても報告せず、彼が目覚めるまで待って、そのあとで家に連れ帰った。そしてその晩に、逃走用の舟を用意してチョル夫婦を脱出させた。これは日本の植民地期から強制的に行われてきた断種手術が、解放後にも続いていることに対する園生たちの憤りであり、無言の抵抗であった。

外科実習が終わると内科で実習を受けはじめた。ところがその年の夏、もっとも暑かった時期に外科で大変なことが起こった。外科研究室で研究していた研究員たちが、新入患者に人体実験をしてしまったのである。

実験対象は、中央里（チュンアンニ）に住む新たに入院したキルドンという人で、ほっそりして少し背の高い二十代だった。ムル病で顔と体に結節がたくさんできていて、こちらのことばでは〈赤い花〉がたくさん咲いていた。研究員たちはそのキルドンという新入患者を呼んだ。医者ではなく研究室で研究だけをする人たちだった。彼らは自分たちの研究成果を確かめるためには、動物実験を行い、免疫反応の検査をしたあとに、人に注射してみなければならなかった。ところが、動物実験もせずに新入患者のキルドンを呼び、研究成果を確認しようとしたのである。

彼らの実験道具に選ばれたキルドン青年は試験用の注射をされるとすぐその場で、顔が黒ずみ、興奮して大暴れをして倒れ、ついには死んでしまった。実験用注射を打った研究員たちは死体を放置したまま、肝をつぶして職員地帯に逃げ去った。このことを知った園生たちは激怒した。園生代表たちが治療本館の職員室と研究室に押しかけ〈やつらを捕まえろ〉と叫んで探し回ったが、すでに逃走してしまっていた。外科手術室では遺体を白い布で覆ったあと、実習生たちが隊列を組んで交代で見守り、園生たちはその研究員たちを探し出そうと、ほとんど騒擾（そうじょう）状態になるほど興奮して抗議した。

翌日の夜八時ごろ、病院側は武装警官の立ち会いのもとで、解剖医が外科手術室で解剖した。園生たちはその状況を、手術室左右の松林に集まって見守った。およそ一時間程度で解剖は終わり、解剖医は部位ごとに検査物を採取した。そして結果がわかりしだいに処理すると言って、武装警官に護衛されて帰ってしまった。

キルドンの遺体は家族も親戚もおらず、寂しくて恨（ハン）のこもった葬式を終え、火葬して一握りの灰となった。家族や親戚と故郷に捨てられた人間たち、井の中（いなか）の蛙（かわず）のような園生たちは、どんなに大声を出してみても戻ってくるこだまは井戸の中で響くだけである。法に従って抗議し、問い詰める保護者もいない者の死であった。ここでは生命など、浮雲のように現れては跡形もなく消えてしまうものでしかなかった。

ある日の夜だった。外科主任と一緒に休んでいると、急いでくるようにとの連絡があり、一緒に外科に到着した。昼間に断種手術を受けた人が、睾丸からの出血がひどくて痛みに耐えられず、汗をだらだら流しながら待っていた。精管を切る手術で動脈が切れたのをそのままに放置し、皮膚だけを縫合してしまったのである。患者は内部から出血が続き、極端に言うと、睾丸が牛の睾丸ほどにも大きくなっていた。縫合してある部位を急いで開き、凝固した血の塊を取り出した。そしてひとまず内部をきれいにして、出血部位を探したが見つからなかった。

ひとまずの止血をした状態でふたたび縫合して、患者が平穏を取り戻したので帰らせた。彼は性的不能者になってしまうであろう。幼いときに住んでいた中央里の隣の部屋のおじさんも、まさにその患者のような目に遭って、性的不能者になってしまった。しかし私たちはこんな目に遭っても、当たり前のことと考えてあきらめて、ここに住みつづけねばならなかった。

実習期間が終わって、初めて外科に配置された。外科は主任、主看護一名、職員三名（医学講習所修了者）、女子看護員三名で構成されていた。主任は長安里の同じ村に住んでいた。簡単な手足の指程度なら各村の治療室で手術を行っていたので、外科では足の切断手術と精管手術、盲腸手術、堕胎のような大きな手術を担当していた。

中央里に住む男性患者が下肢切断手術を受けることになった。外科主任は私にその手術をやってみるようにと言ってくれた。外科実習のときに助手として何人かの切断手術をした経験があったので、その晩は外科書籍を家に持ち帰って研究した。出血を防ぐために切断後血管を何か所か結んで、止血帯の着用を最小化しようと思った。私がまだ幼いころに、切断手術を受けた患者が四～五時間の止血帯の着用で苦しんでいるのを見ていたので、そのようにはしないでおこうと、心の中で決めたからである。

　翌日には、初めて執刀医となり、手術刀を握った。麻酔を始めて、手術台上の患者を横向きに寝かせてから、患者がエビの背のようになるように助手の一人に押さえさせて、腰椎部位をきれいに消毒した。消毒を終えて、脊椎用の針（19ゲージ）で腰椎三、四番のあいだを突いた。一回で脊髄液を約五cc取り出してから、一時的に塞いだ。次いでは麻酔薬を希釈して脊椎に注入してから、患者を上向きに寝かせて、上体の高さを調節して、麻酔する部位を決めた。そのあとで股関節部位まで上げて固定したあと、切断部位をきれいに消毒し、膝から十数センチ下の部位に半円を上下に描いてからメスで線に沿って切開し、剝（む）きとった。そしてまた筋肉を切断し、大きなガーゼで上下に分離したあと、脛骨（けいこつ）と腓骨（ひこつ）の骨膜を剝きとり、金のこぎりで切断した。

　骨の先をヤスリできれいに整えてから、骨膜を縫合しておき、血管を探し出して縫合糸で縛り、七個程度縛ってから止血帯を一回ほどいた。若干の出血がある部位を探し、縛ったあとに止血帯を縛っておいて、筋膜縫合と皮膚縫合を行ってから、三十分ほど患者の状態を観察した。そして患者を病室に移し、手術した足を高く上げておいて、止血帯をほどいて約三十分ほど待っていると、出血はなかった。

患者は止血帯のせいで起こる疼痛がないので喜んだ。そして、以前に切断手術を受けた人たちが見舞いにきて驚いていた。自分たちは家に帰っても四、五時間は止血帯のせいで死にそうな苦痛を味わったのに、この患者は部屋に着くとすぐに止血帯を解いてしまったので不思議だとみんなが褒めた。切った血管をしっかりと縛ったので、そうなったのだと説明してあげた。


外科に勤務するあいだには、六か月になった妊婦の堕胎手術や、それ以外にもいろいろ事情のある手術があった。解放後、十年をも過ぎた病院の事情がその程度だったから、過去の日帝時代には果たしてどのようだったのか、十分に推測できる。

外科に勤務しながら、長安里三十七号に引っ越した。そこは長安里でもっともよい家であり、部屋が二つあって、便所も共用ではなく、私たちだけが使うものであった。耕作地も広かったが、何よりもよいことは、母と別の部屋を使うことができることであった。私たちよりも母がそのことを喜んだ。

外科から次に新生里治療室主看護員の発令を受けた。新生里は中央里と隣り合っている村だが万霊堂（納骨堂）があり、精米所や木工所もあって、中央里の次に大きな村であった。

治療所主任は五期生の一年先輩であり、六期生の私は主看護員となった。ここでは書記一名と看護補五名が勤務しており、午前九時から午後五時までが勤務時間であった。主任は治療室のすべての仕事を代表し、村の人たちの診察と簡単な薬品投与、ならびに夜間の応急患者まで受け持っていた。主看護員である私は、主任に何かあったときは業務を代行し、薬品管理と患者処置を総括し、ＤＤＳ、ダイヤソンなど本病の薬を管理し、女性看護師たちの仕事も管理した。

村の治療所では、午前には訪れる患者たちの傷の治療を行い、午後には重患者たちを往診して傷の手当てを行った。そこは、各号室の近くにある果樹の各自の分け前や、ときには陸地から面会にきた人が持参した食べ物などを、感謝のことばとともに手渡してくれたりするなど、情の厚いところであった。

私の退勤後には、新生里に住む主任が夜間診療に当たった。私が遠くの長安里に住んでいるので、便宜を図ってくれたのである。ある日退勤して家に帰ると、妻の母の体調が悪いと連絡があり、急いで駆けつけた。ところが、出血がひどくて私の手に負えそうになかった。義母にそっと尋ねると、朴(パク)先生に腰が痛いのは婦人病のせいと言われたので、昨日、いくらかお金を渡して掻爬(そうは)手術を受けたとのことであった。出血が続いていたが、少しすれば止まるだろうと思って、いままで我慢していたらしい。私は腹を立てて義母に尋ねた。

「いったいどうして。こんなになるまで放っておいたのですか？」

「どうしろって言うのよ？　人に言うのも恥ずかしいし、夫にも話してないのに」

そう言う義母の顔は蒼白(そうはく)で、脈をとってみると容体はとても悪かった。急いで外科主任と相談したが、彼もそんな状態は見たことがないと言い、どうすることもできなかった。悩んだ末に境界線見張り所を訪ねて、朴先生を呼んでほしいと頼んだ。朴先生の家は見張り所に近いところにあり、ちょうど見張り所に知り合いの職員がいたので頼んだのである。

そうして会った朴先生に患者の状態を詳しく説明したが、先生もいまとなってはどうすることもできないと言う。輸血は考えられないし手術もできないという表情からは、どうにもならないようだった。それで、とりあえず安静にさせるための処方として、セパミン五十ミリグラムを注射し、止血できなければどうしようもない、と言って帰ってしまった。

私はいったんセパミン五十ミリグラムを注射して義父を安心させた。そして出血が止まらなければどうしようもないので、待ってみようとしか言えなかった。そうして見守っていたが、時間がたつにつれ容体は悪化した。脈拍は不整脈のうえに微(かす)かであった。そこで、急いで寿衣[*62]を準備したが、夜中に息を引き取った。

もどかしく悔しいことだったが、翌日には死体解剖室には行かないで葬儀を行うことで一段落した。義父はだれかを怨(うら)んだり抗議したりもできず、大粒の涙を流すだけだった。私もまた一緒に涙を流して、義父の思いに寄り添う以外になすすべがなかった。ふだんはことば少なく物静かな人が流すその涙は、悔しく悲しい事情を明らかにするすべがなくて流す、痛々しい涙であった。

人事異動が行われた。医療部は定期的に人事異動があるが、それは人気のある科を望む人が多いので、公平に勤務させるためにそのように行うのであった。また、宗教的な理由もあった。たとえば内科主任の仕事をキリスト教徒が一年間担当すれば、翌年は天主教徒がするといった交代勤務である。

ほかの科でも、競争のために目に見えない軋轢（あつれき）があった。その当時の医療部長は天主教徒で、事務局長はキリスト教徒であった。そこで、ひそかに事務局長の家を訪ねて、歯科主看護に異動させてほしいと頼むと、事務局長は笑いながら言った。

「新生里住民が主看護である先生を、ほかに行かせないでくれと大騒ぎするよ」

事務局長は新生里に住んでいるので、私の評判をよく知っていて、そう言ったのである。しかし、少ししてからそれとなくことばをかけてくれた。

「そうだね。歯科主任は天主教徒だし、先生は長老教青年会長であり教会の仕事を熱心にしているから、バランスも保たねばならないしね」

事務局長のことばを聞いてから家に帰った。そしてその月の末日には人事異動発表があり、私は歯科主看護を発令された。事務局長に感謝のあいさつをして、翌日からは歯科に出勤した。歯科は主任と主看護員である私、そして女性看護師の三名が勤務した。

最初は虫歯だけを治療した。しかしユニットが古くて故障していたので、手動エンジンを足で踏みながら虫歯の治療をせねばならなかった。そのために、最初は拍子も合わず、エンジンのコードがよく外れるなど、とてもむずかしかった。虫歯を見ながら、いざ削ろうとすると足が合わず、エンジンが動かないのである。そのせいで、勤務時間には外来患者の虫歯治療、炎症患者の注射、投薬などを行い、仕事が終わってから夜遅くまで、義歯の作業をしなくてはならなかった。

私は教えてもらう立場なので、主任とともに遅くまで義歯を作り、患者たちに義歯をはめる様子を見ながら学んだ。ここでは歯科主任が材料を私費で購入し、低廉な価格で義歯を作って手間賃を受け取るという制度があった。それを見ながら、私も熱心に学んで材料を購入し、義歯を作ってあげて手間賃をもらって経済的恩恵にもあずかろうという欲を持っていた。

しかし、水曜日夕方は教会の礼拝のために、定時に退勤せねばならず、平日も聖歌隊の練習と教会の仕事のため早く帰るので、歯科で学ぶ機会が少なかった。それで聖歌隊の練習と教会の仕事が終わると歯科主任の家に行って、彼が夜遅くまで義歯を作っていればその横で目で見て、習いながら手伝った。石膏（せっこう）で作られた鋳型の歯に蝋（ろう）紙をかぶせて、義歯の形を作る練習をした。蝋を溶かしてくっつけて作った型を取り出そうとすると、抜きにくかった。力を入れて引っ張ると壊れてしまって、やり直さねばならないので、気の短い人はとてもこの仕事はできないだろうと思った。

それでも根気よく、すべてのことを学んでいった。そして歯科材料を購入して家で毎日練習した。そのように、昼間は歯科で学び、夜は家で練習するという努力を一か月ほどしたので自信がついた。その後、すべての歯科器具を購入して、簡単な義歯から作りはじめた。そして複雑でむずかしい義歯は、主任の家で習いながらしだいに技術を伸ばし要領も身についた。そのようにして学んだので、私の客も増えてきた。長老教信者たちは私に義歯を頼んだ。また運動会のときは、定着地からきた人たちが、私の評判を聞いて訪ねてきた。そのために、運動会のときは、夜も寝ずに仕事をしなくてはならなかった。

ある日、長安里へ特別な患者が入ってきた。北派工作員として服務していたが、ハンセン病を発病して入ってきたのであった。背丈は普通であったが、体格はがっしりしていて病状はムル病が多く、カン病が少し入っている混合型であった。そんな彼に対して、長老教会と天主教会はそれぞれが自分の側の信徒にしようと、神経戦を繰り広げた。長老が私を呼んで言った。

「青年会長が彼に伝導してごらんなさい」

長老の指示もあったが、天主教に負けるわけにはいかないと思った私は、自信をもって答えた。

「はい、そのようにいたします」

新入患者は病院長の特別な指示で、境界線にもっとも近いところにある一軒家が与えられて住んでいた。私がその家を訪ねると喜んで迎えてくれた。

「私は歯科主看護員であり、長安里教会青年会長と聖歌隊隊長をしています。ここで結婚し、妻と母と一緒に暮らしています」

「なるほど、そうなんですね」

「あなたは発病初期なので薬物治療で完治できます。でも薬を指示されたとおり飲んでください。そうすれば必ず完治するでしょう」

私のこのようなことばに、彼はじっと私の顔を見ていたが、ことばを返そうとはしなかった。

「以前は治療薬が開発されていなかったので、ここでは病気を治療することよりも隔離収容することが優先されて、死ぬと火葬して納骨堂に安置されて人生を終えました。しかしいまは治療の心配はありません。治療が終わると故郷に帰れますし、またここも、慣れてくれれば暮らすに値します」

私は体と心が最大限に傷ついている彼に、希望があることを熱心に説明した。しかし彼は聞いてはいるものの、もともとことば少ない人なのか、環境が変わったせいなのか、まったく返答しなかった。だが、まなざしや顔の表情は嫌がっているようには見えないので、私はさらに希望の持てる話を続けて、関心が向くようにと努力した。

「初めてここにこられたら、もっとも大きな障害は食事ではないかと思いますが、いかがですか？食事をわが家で一緒にされたらどうですか？」

そう言うと彼はすぐに同意した。

「そのようにいたします」

彼の答えを聞いて、半分は成功したように思えた。

「それではちょっと休んでいてください。夕食の準備ができしだい、ご案内に参ります」

家に帰って妻に食事の準備をするように言うと、妻もすぐに同意した。それで一緒に食事をして別れたあとに、里長である長老に会いに行き、その人がわが家で一緒に食事をすることになったと伝えた。すると、わが家にその人の分の食材も配られるように配慮してもらえて、天主教会に気を遣わなくてもよくなった。

その後は毎日、食事をしながら医療部の見学もさせ、多くのことを教えて親しくなった。彼は私の誘いで教会にもくるようになり、ここでの生活にもしだいに適応していった。しかし過去の北派工作に関することは一切話さなかった。時間がたつにつれて、職員地帯の職員と長老たちは彼にいろいろと配慮するようになり、指導部職員として採用した。そのようにして彼は職員として勤務しながらさらに慣れていき、食生活も独立してできるようになって、病気の治療もとても熱心に行った。

六　あなたたちの天国、私たちの賤国

賤国に吹く風

五・一六軍事クーデターが起こった。[63] 前院長[64]は去り、代わりに医療部長が院長代行として病院を管理した。そしてその年の夏の終わりには、新しい院長が赴任した。槿(むくげ)の花三つが輝く階級章をつけた院長の胸には〈趙昌源(チョチャンウォン)〉[65]という名札があった。そして槿の花が二つついた帽子を被った補佐官は〈李俊基(イジュンギ)〉という名札をつけていた。

院長は体格がほっそりして背が高かった。顔は黒ずんでいて、いつも軍服を着用し、大佐の階級章が太陽のもとで光っていた。腰に拳銃をさげて指揮棒を手にして歩く院長の後ろに従う補佐官は、背は少し小さいが年齢は上のように見えた。私が勤務する事務室はとても暑いので、治療本館横の松林に出て休憩していると、軍服姿の二人が病舎を巡察しているのが見えた。彼らは何をそれほど調べるものがあるのか、西へ東へと忙しそうだった。赴任してから相当の日がたったが、就任式もなければありきたりの就任演説も聞いていなかった。

そうして数日が過ぎた。やっと運動場へ集まれという指示が全院生に下された。新しく赴任した院長のどうでもいい就任演説を聞くためにではなく、ただ出てこいと言われたからきたのであって、動けない人を除いて七つの村六千余の院生ほとんど全員が運動場に村別に整列した。そして院生だけでなく各機関もすべて仕事を止めて、全員が参席しているようであった。

午前十時少し前に、健康地帯に住む職員たちとともに新しく就任した院長が、大佐の階級章を光らせながら演壇に現れた。医療部長による新院長についての長ったらしい紹介があってから、新院長は就任のことばを読み上げ、壇から降りた。彼は就任のことばで〝最初の目標は小鹿島（ソロクト）の再建です〟と力説した。そしてそのために、正々堂々、人和団結、相互協助、この三つを生活指標としてほしいと言った。

「私はみなさんの楽土を建設いたします。私の後ろには六十万の大軍がいます。院生のみなさんは院長である私に従って革命事業に協力し、小鹿島再建に参加してください」

しかし、夏の終わりの焼けつくような日差しのもとで、北朝鮮訛（なま）りが混じった熱弁を吐く院長のあいさつを聞きながら、院生たちは無表情無反応だった。そして少しでも早くこの暑い日差しから解放されたいという切なる願いだけが顔に現れていた。他方、私は院長の演説を聞きながら深い疑問が生まれてきた。

「こんなところにまで軍人がこなくてはならないのか？　私たちがどんな反抗をするというんだ。革命だの何だのという暇があったら、副食と治療薬をちゃんとくれたらいいんだ」

私だけではなく、ごそごそ動いている列からも、ひそひそと声が聞こえた。しかしともかく、院長の就任式はこのようにして終わった。解散して職場に向かおうとすると、目の見えないピョンイルさんが立っていた。

「出てこられたのですね？」

あいさつすると、彼はうれしそうに答えた。

「姜（カン）執事さん、ほんとうに久しぶりですね。お元気で暮らしていらっしゃいますか？　長安里（チャンアンニ）に行かれたので、あまりお会いできませんね。私の部屋まで連れていってください」

彼のことばが終わると、私は手をつないで部屋に案内した。私の手をつかんでついてくるピョンイルさんが私の耳元で言った。

「長く生きていると、いろんなことがあります。日本人のやつが園長だったとき、楽園をつくってやると言って、元気だった人を重労働と暴力で完全に廃人にしてしまったでしょ？　光復後、金尚泰（キムサンテ）園長のときは、厳寒のなかを病んだ人たちを引っ張り出して、錦山（クムサン）に伐採に行かせてまた完全な廃人にしたでしょ？　ところが今度は革命が起こったからと軍人がきて、小鹿島を再建しようというのだから、またどんなことをして自分についてこいと言うのか、とても心配です。私はひどい苦難を経験して、すっかり病身になってしまったので、いまはまったく役に立たずに死ぬ日を待っているだけですが、若い執事さんは心配でしょうね」

彼のことばを聞きながら歩いていると、いつの間にかその人の部屋の前に着いていた。

「ありがとう。気をつけて帰ってください」

「はい、お元気で」

彼が入っていって座るのを見届けてから、私は職場に向かいながら深く考え込んだ。〝ピョンイルさんの言うとおりだ。これまで、そのようにやられてばかりだったから〟

私は新院長の就任あいさつの話しぶりや眼光から、尋常でない感じがした。しかし新院長が就任後も、病院では変わったこともなく、数日が過ぎた。だがその静けさも長くは続かなかった。

院内の事情をある程度把握した院長は、まったく予想もできなかった命令を下した。院生たちにサッカーチームをつくれという指示だった。長老教会と天主教会でサッカーチームをつくれというのである。島は昔もいまも院長の天下であった。院生たちは、院長命令にはどんな理由があっても逆らえなかった。院長の命令どおり長老教も天主教もサッカーチームをつくらねばならなかった。私が属する長老教は、選手たちを選抜して、彼らのために七つの教会で基金を集めてユニホームも作り、間食も準備して練習を援助した。そして院長の次の命令を待った。

島には長老教と天主教があるが、数的には比べものにならなかった。長老教会の信徒は五千名程度であったのに対し、天主教信徒は数百名にすぎなかった。しかし、その両方が同じようにサッカーチームを構成した。かなりの日数の準備期間が終わり、両チームの試合の日がきた。健康地帯の職員たちは院長とともに査閲台のある本部席の椅子に座り、院生たちは両教会の信徒を総動員して運動場のまわりをぎっしりと埋めた。試合が始まるとすぐに、応援する人たちのなかにとても変な雰囲気が流れていった。そうでなくても、島ではこれまで長老教信徒と天主教信徒のあいだにかなりの軋轢（あつれき）があった。それなのに、このように露骨に互いが敵となって試合をするのだから、応援も過熱せざるをえなかった。

院長の計画は、院生たちの考えが及びもしないものではないかと思った。人々の群集心理を利用する前哨戦ではないかと思えた。ゲームはほとんど長老教側の一方的な勝利であった。しかし、競技を繰り返していくと、たまには負けることもあれば引き分けることにもなった。このような結果は両方を完全に対立させることになった。そうするとますます競争心は強まっていった。

そのあと、院長は軍服姿で腰に拳銃を吊し指揮棒を振り回しながら、病舎地帯の隅々を調べ回った。その姿は、日帝時代に園生たちをひどい強制労働に追い込んだ周防園長を、思い出させた。趙院長が患者たちを使って、なにか革命のようなことを起こしそうな感じがしてきた。

さらに数日過ぎたある日、急に村ごとに建議函が設置され、意見があれば書いて入れるようにという指示がでた。その日の夕方、人々を村ごとに病院に集まらせた。私も長安里住民全員が集まるようにという伝言を受けて、そこに出かけた。

その会議の場に職員たちがきて、設置した建議函に病院の施策に対する不満や是正要求事項、病院政策に対する建議事項、訴え、告発など何でもよいから個人の意見を書いて入れるようにと説明した。

私はそんなことを書いて入れても何の役にも立たないと結論を下し、家に戻って義歯を作った。そして、小学校六年生のときのことをふと思い出した。新しくきた教師が建議事項や感想を書いて出させたのだが、ある生徒が〝先生はハマグリみたいだ〟と書いた結果、生徒全員が罰を受けた。院生たちの考えも、私とさほど違いはなかったようである。数日過ぎても、七つの村の建議函には建議書など一通もなかった。

そのようななかで長老教と天主教のサッカーチームは、外部からコーチまで招いて合宿訓練をした。競争は日ごとに激しくなった。いままでは日常生活のすべてのことに競争心理が入り込んできた。もちろんサッカーチームの実力は向上した。院長は院生たちに競争心を起こさせることによって、院生たちに何かを成し遂げることができるという自信が生まれると信じているようであった。院生たちにやればできるという信念を植えつけながら、院長自身が考えていることをさせようという意図だったのかもしれない。いつの間にか島は、二つのグループに完全に分かれていった。

それでも院長は素知らぬ顔をして、島のこれまでの慣習を一つずつ変えていく作業を始めた。一つ目、保育園を民営化して教会団体に委託して経営させた。そしてまず呂（ヨ）ウニョン牧師に保育園を引き受けて運営するように依頼した。院長の提案を受けた牧師は、長老たちとの相談もなしにこれを拒絶した。もしかすると多額の運営費がかかることを心配したのか、経験もないのでできないと断ってしまったのである。院長は、今度は天主教神父に保育園運営を引き受けてほしいと依頼した。すると神父はその場で承諾した。そうして保育園の委託を受けた天主教は、運営のために修道女たちを送り込み、院長と彼女らが出会うようになった。このようなできごとは自然に、院内に目に見えない影響をもたらした。

天主教とは違って改新教は、教会のすべての財政を教徒たちの献金で運営している。ところが院長はついに、その献金にブレーキをかけた。院生たちの衣食住は国家の配給で成り立っているのだから、その配給からいくらかを取り分けて献金するのはだめだという論理で、院生たちが献金できないようにした。長老教は当然のごとく運営難となり、ほんのわずかな謝礼でさえも得られなくなった呂ウニョン牧師は、生活できない状況になった。そしてついには島から去った。

日本の植民地期に、宗教は許容されたものの神社参拝を強要されたのに対して、長老教信徒たちはそれに従わず、自らの信仰を守って無慈悲な殴打を数知れず受け、監禁室に入れられた。それほどひどい弾圧を受けながら成長した信仰者の集団であり、解放とともに教会は炎のようによみがえった。そして院生のほとんどが長老教信者になった。

院生たちは七つの村ごとに教会を建てた。そして礼拝場所として病院の建物を一棟ずつ使用して、日曜の午後と夕方の礼拝、水曜礼拝、早朝礼拝などを行った。そして週に一回の日曜大礼拝は、公会堂で連合で行っていた。一方、天主教は解放後に入ってきたので、相対的に信徒数が少なくて、小学校として使っていた建物一棟だけを使用していた。

ところが院長は、献金や誠米[*66]をできないようにしておいて、七つの村の教会で礼拝場所として使っていた建物を、国家公共の建物を宗教団体が私的に使うことはできないという論理で、使用禁止にした。その一方で、国家の建物である公会堂は連合礼拝を行う場所として許容した。その反面で、天主教会には現在使用中の学校の建物をそのまま使用させるという二重性を見せた。長老教会が使用する建物が不法であれば公会堂も不法であり、学校の建物も不法である。院長はだれのことばを聞いて行動したのかわからないが、このような矛盾した態度をとったのである。

院生の九〇パーセントである長老教信徒は、ひたすら神を信じることにより、昼も夜も区別なく教会に通うのが唯一の喜びであり、生を維持するための力であった。それを不自由な体で遠い公会堂まで行って礼拝せよというのは、これは明らかな宗教弾圧であった。

もちろん院長のことばどおり、長老教を完全に禁止したのではなく、公会堂一か所だけは許可し、天主教も学校の建物一か所を許可したのだから、公平に見える。しかし天主教信徒たちは数も少なく、もともと一つの建物を礼拝堂として使っていたので、この措置は不公平な感じがする。さらに院長に対しては、ほかの噂（うわさ）も広がっていた。

院長は小鹿島に赴任するにあたって、保健福祉部と小鹿島を経験した人たちから、小鹿島院長としてうまくやるためには、天主教信徒たちを上手に支配しなければならないという助言を受けてきたとのことであった。それだからか、院長は日曜の昼間にも長老教と天主教のサッカーの試合をさせた。やがて、長老教側から反発が出はじめた。朴種一（パクジョンイル）長老が院長に対して自らの意見を述べた。

「私たち長老教教徒は主日を神聖な日として守るために、サッカー競技を日曜日にすることはできません」

院長はそれを待っていたかのように、自身の刀を振るった。小鹿島の過去と現在を把握した院長は、長老教信徒たちが院内自治会など患者代表級の地位を保持して多くの正論を述べ、上部に陳情したり、院の不当な指示事項に反旗を掲げてきたことを知っていた。それゆえ、朴長老の意見が気に入らなかったのである。

私が島に入ってきて二回目の、多数の人々の強制移送が行われた。最初の強制移送は錦山(クムサン)伐採事件が原因として起こった騒擾(そうじょう)事態によってであり、今回は二度目の強制移送が起こったのである。錦山伐採事件は国から出ている燃料費を正しく使用していれば、厳寒のなかを病んだ体で山の斜面での伐採などせずに済んだはずだという抗議に対して、武力で抑えつけた。そして院生代表級の人たちに激しい殴打を加えて、ほとんど体が動かせないような状態にした。人々はその後遺症で苦しみながら世を去った。そのなかでも生き残った人たちは、夫婦も生き別れにさせられて強制移送された。

そして今回は二度目であり、ささやかな抗議にすぎず、反抗もしていない長老教の中枢人物たちを容赦なく選び出して、家族とともに強制移送させた。

彼らが旅立つ船着き場の船のそばでは、信者たちの讃美歌が響き渡った。発(た)つ信徒も残る信徒もみな声を一つにして泣きながら祈り、涙の讃美を行った。それでも彼らはこの強制追放に抵抗することはできなかった。

「神とともにいまして　ゆく道を守り　あめのみかてもて　力を与えませ……」

喉が締めつけられたような声で歌うこの歌は、小鹿島の信徒のために作られた歌のようだった。このようにして発たざるをえない人たちの気持ちは、到底ことばにならなかった。自分たちが着ている服に、簡単な衣類、寝具、食器程度が引っ越し荷物のぜんぶであった。彼らはこれまでにも他郷暮らしの悲しい日々を送ってきたが、さらに他郷に追いやられる身となった。

果たしてこれからの生活基盤をどのように築いていくか？　ひたすら主イエスのみを頼りとする以

外にない状態であった。そしていまや島に残る長老たちは、義足に頼ったり、目が見えなかったりする重患者だけであった。そのなかでただ一人、名簿からもれた朴種一長老は、主日を守ることを申し出た張本人である。しかし本人でさえ名簿からもれた理由を知らなかった。それだけでなく島を去る長老たちと残る信徒たちから、朴長老は院長にへつらった人物のように見られることになった。しかし、まもなくその真実は明らかになった。

ある日の夜、境界線見張り所で教導課長、係長、職員たちが簡単な食事を準備して、朴種一長老を呼んだ。そして、病院が行うことに信徒を代表して協力することを強要し、自分たちが作成しておいた書面に署名させようとした。彼らの要求に対して朴長老は書面を見もせずに、署名を拒否して帰ってきた。これによって朴長老は院長からますます憎まれることになった。

生きておられる神の歴史

島から強制的に追放された長老と信徒たちは、島をそのままにしておくことはできなかった。彼らは憤然と立ち上がった。保健社会部長官に長老教信徒を弾圧する院長の行為を直接に陳情することになった。彼らは担任牧師と長老、そして執事たちが悔しい思いをいだいて追放された事実を、条目ごとに記した要請文を作成し、宗教界指導者と要路に送った。

このような要請文を受け取った高興(コフン)地域牧師たちと順天(スンチョン)老会*67牧師たち、そして釜山(プサン)地域キリスト教指導者たちとソウル総会長牧師が連日、長官室を訪れ、軍事政府の教会弾圧に抗議した。保健社会部の鄭熙燮(チョンヒソプ)長官[68]と韓國珍(ハンククジン)次官は彼らの抗議を無視することはできなかった。事態収拾のために保健社会部総務課長の趙營鎭(チョヨンジン)を島に派遣し、調査をさせた。そして宗教界の推薦を受けた金斗英(キムドヨン)牧師[69]に、小鹿島教会問題の解決を要請した。

一九六二年二月初め、金斗英牧師は小鹿島を訪れた。彼は到着するや否や、教導課で長老たちと面談し、当時副牧師であった鄭明淳(チョンミョンスン)牧師と夜通し話し合って、これまでの経緯を把握した。その結果、自分が小鹿島教会を引き受けようと決心した。

二月九日日曜日、職員と信徒たち二千余名が集まるなかで、鄭明淳牧師の司会で行われた礼拝で金斗英牧師は〈訪ねてこられたイエス〉という題目で説教を行った。そして全教会が久しぶりに大きな恵みの海に浸った。実に二か月ぶりにささげた恵みに満ちた礼拝であった。

翌日には保健社会部から派遣された趙營鎭課長が、公会堂会室で朴種一長老ほか一、二名の長老がいるなかで、病院の崔(チュエ)課長を同席させて真相を調査した。その場で趙營鎭課長に対して朴種一長老は、現院長が赴任してから配給品だからという理由で献金ができないようにさせたこと、呂ウニョン牧師を追い出した理由、七つの村で使用していた礼拝堂を奪い、家庭礼拝まで干渉したこと、長老と執事ら百三十名を強制追放したことなどを詳しく説明した。真相調査が終わり、その場に同席した崔課長は、この状況をすべて見聞きして出ていきながら、苛立(いらだ)った口調で言った。

「長老がた、過ぎ去ったことをなぜ話したのですか?」

ところが、調査を終えた趙營鎭課長が帰ると、朴種一長老は監禁室に放り込まれた。一緒に調査に呼ばれた崔課長が院長にどのような報告をしたのかわからないが、崔課長が自分で朴長老を監禁室に閉じ込めてしまったのである。しかし朴長老は、自分は罪を犯してもいないし、そもそも島に閉じ込められているうえに、さらに島の中の鉄条網の内側に閉じ込められているのだから、監禁室であっても心は安らかであり、ひたすら神に感謝の祈りをささげるだけであると言った。

この間、朴長老は院長におもねて追放を免れ、信徒たちを裏切った人物という内容の手紙が、残っている長老と信徒のもとに舞い込んでいた。ところが、実はこの手紙は陸地に追放された長老たちが送ってよこしたものであった。この手紙のために朴長老は多くの人から疑われてどれほど心の苦痛を受けたことか。寒い日の陽ざしも入らぬ独房の中でも、寒さも感じられないほどだったのではなかろうか。その心情は察するにも余りある。

このような苦難をへて監禁室から出てきた朴長老は、これまでの信徒たちの誤解が解けたうえに恵み深い金斗英牧師を迎えて、主のもとに全教会が一つになる歴史を生み出した。そしてそれをきっかけに教会にはふたたび復興の炎が燃え上がった。

そのようななかで、島では長老教と天主教とに分かれて試合をしてきたサッカー選手のなかから優れた選手を選抜して、高興郡対抗試合に送り出した。そしてその大会で堂々と優勝した。さらに進んで高興郡を代表して全羅南道(チョルラナムド)体育大会にも出場し、そこでも立派に優勝を勝ち取ったのだった。

強制労働なのか　定着村建設なのか

陽炎（かげろう）がもえる春がきた。院長はふたたび各村代表と長老たちに、公会堂に集まるよう命じた。人々はわけもわからず公会堂に集まった。その前に、軍服姿で腰に拳銃をつけ指揮棒を振りながら現れた院長は、突然、大声を出した。

「われわれはいまこそ定着村を建設して、新しい暮らしの基盤をつくらねばなりません」

そう言って高興（コフン）半島の地図を掲げて、自分が構想した海の干拓事業計画を熱心に説明しながら、説得を始めた。しかし、参加者たちは何の反応も示さなかった。すでに日本の植民地期に血と涙の強制労働に苦しめられ、光復後も院長が変わるたびに政策が変わってくたびれきっていた院生たちは、いまはただただ穏やかに死んでいくことを願っていた。この間の労働によって自分たちが得たものは、肉体の崩壊と早まった死期のほかには何もなかったので、もはやどんな甘いことばも耳に入らなかった。その日の会議で、院長は唾が乾くほどに参加者を説得した。だが、だれひとりとして返事や質問などしないまま、会議は味気なく終わった。すでに答えが出ている問題だったからである。

ところが、その日の会議に対する院長の報復がとんでもないかたちで行われた。五月十七日の小鹿島開園記念行事を終えて十日後の五月二十七日、金斗英（キムドヨン）牧師は教会の長老たちと何度も議論を重ねた末に上京した。奪われた礼拝堂を取り戻すために担当官庁である保健福祉部長官に陳情するためであった。そして金牧師は長官に会って礼拝場所の使用許可を要請した。金牧師の説明を聞いた長官は快く応じてくれた。

「そんなに心配しないで帰って院長と話し合い、ずっと礼拝ができるようにしなさい」

金牧師は長官のことばから、長官と院長とのあいだでは事前に合意ができていたものと思い、面談を終えて宿舎で休んでいると、急な連絡がきた。

「牧師様、連合教会で事務を担っている執事です。大変なことになりました。病院の総務課長が牧師様のあとを追うようにソウルに行きました。そして牧師様と長官の面談内容を知って、昨日戻ってくると、こちらの長老たち全員が監禁室に入れられました」

電話を受けた金牧師はまったく理解できなかった。しかしすぐにはどうすることもできなかった。夜が明けると金牧師は急いで島に戻った。すぐに院長に会って、単刀直入に長老たちを解放してから話し合おうと言った。院長は金牧師の激しい剣幕(けんまく)に、長老たちを解放するほかなかった。そして二人は激論を始めた。その結果が、礼拝堂を建てるという合意であり、新しい礼拝堂建築に院長は全面的に支援するということであった。このようにして小鹿島では病院創設以来初めての建築委員会が生まれた。一九六二年五月二十日[*70]であった。

礼拝堂建築工事の真っ最中のある日、院長は何も言わずに一艘(そう)の船に長老たちを乗せた。長老たちは院長の言うとおりに黙って船に乗り、船は長興(チャンフン)のほうへ二時間以上も航海した。その途中には、だれも一言も話さなかった。やがてその船はある場所に到着した。船が到着すると院長は船から飛び降りた。長老たちも黙々と院長について船から降りた。降りてからも院長と長老たちのあいだでは何のことばもなかった。院長は初夏の太陽の下を無言で歩いていった。長老たちもひたすら院長のあとについていった。院長が立ち止まったところは、干拓事業によって造られた平野であった。そしてその平野はものすごく広かった。すでに田植えが終わって稲が成長しているところもあり、まだ苗を植えたばかりのところもあった。

その平野を見て回ってあらためて船に戻ると、すでに午後の遅い時間になった。一行は昼食もとらないまま、船に乗った。彼らを乗せた船はふたたび高興のほうに向かった。そして三時間ほど進んだ船は、夕闇が迫るころに五馬島（オマド）の前に着いた。院長は前もって人夫たちを使って工事予定地の海に電灯を灯（とも）しておいた。電灯はまるで一糸乱れず整列した軍の隊列のように灯っていた。ようやく院長が口を開いた。

「電灯の明かりが取り囲んでいる海は、みなさんが種をまいて収穫する土地に変わるでしょう。きょうはみなさんの同意をお願いしようと、このように一日中動き回ったのではないのです。みなさんの同意なしに、私がすべきことではありません。なぜならば、これは最初からあなたたちの仕事であって、私の仕事ではないからです。あなたたちは先輩たちが歩んできた自慢にならない悪夢のような過去は忘れさり、あすに期待しなくてはなりません。あなたたちの子孫をふたたびハンセン病者にするのではなく、社会の人間とするために、島を出ていく勇気を持ち、その決断を下さねばならないのです」

長老たちは口を堅く閉じ、体を硬直させたままじっとしていた。だれひとりとして院長のことばに反論する人はいなかった。院長ひとりが強圧的に説得を続け、そして島に戻ってきた。遅い夕食を済ませてから、長老たちは会議を開いた。

「島を建設していこうとした私たちの希望と努力のあとは、いつも虚無感とだまされた気持ちしかありませんでした。ところが、きょうは干拓されたところも見て、広い海が沃土になるところも見ました。院長はそこを私たちと子孫の故郷にすることができるという夢のような事業に、私たちの同意を得ようと、あのように熱心です。日帝時代はともかく、解放後に私たちを管理した官庁や赴任してきた園長、職員たちは、私たちをもっぱら利用するだけで、そのあとは捨て去りました。そしてハンセン病患者たち自身も、自らを欺きながら、自分たちを棄ててきました。それでも私たちはイエスを救い主としてお迎えしてきたので、この程度ではあっても、なんとか生きています。私たちが生きていくための土地は、必要だと思います。そのうえ子孫たちが私たちのような道を歩まないようにするためには、そういう土地がぜひとも必要です。どうでしょうか？　もう一度だまされたと思って、院長の考えに従ってみるのは」

激論の果てに院長に従うことに同意した。翌日には院長と長老たちの和解が成立し、その翌日には宣誓式を行うことになった。宣誓式の日の十二時、公会堂に病舎地帯の院生代表級の人たちと各機関の代表と長老たち三百名ほどが集まった。その場に院長は職員たちを引率し、神父と一緒に宣誓式を始めた。宣誓式が始まった。神父は院長に聖書の上に右手を置かせた。

神父「これから趙昌源（チョチャンウォン）院長が宣誓をなさいます」

神父「あなたは今後、この島と島の人々のためにあなたが始めようとする仕事を行い、自分自身のためには水一滴も私的に得ないことを、慈悲深い主とここに集まった証人たちの前で誓いますか？」

院長（大声で）「誓います」

神父「あなたはこの仕事を行うあいだ、あなた自身のためにはどのような功勲や名誉も求めず、報酬を願わず、偶像も作らないことを、ここに集まった証人たちと主の御名により誓いますか？」

院長（大声で）「誓います」

神父「院長は誓約なさいました」

場内は息もできないほど静かであった。神父は聴衆を見回してまた尋ねた。

「院長にこれ以外の誓約を望む人はいますか？」

長老一人が立ち上がって言った。

「いま院長がなさった誓約を、私たちの後々までの子孫の名前で、もう一度行ってください。そして、その誓約どおりにことが成し遂げられなかった場合、院長の命をこの島五千人の院生を代表してここに集まった主の証人たちに、委ねることができるかを尋ねてください」

神父「院長はここに集まった証人たちの意志に従って、もう一度誓約なさいますか？」

院長（力を込めて大声で）「誓約いたします」

神父「あなたはいま慈悲深い主の御名で誓約されたことを、ここに集まった証人たちと彼らの子孫の名前にかけて誓われますか？」

院長「誓います」

そして院長は、神父が尋ねる前に自分の拳銃入れから拳銃を取り出して壇上に置き、片手を聖書に、もう片方を拳銃の上に置いて言った。

「誓約を続けているときに申し訳ありません。しかしみなさんが望まれるなら、私はいま自分自身を確実に守ってくれているこの拳銃にかけて、私の誓いを繰り返します。私がもしも裏切ることがあれば、私の命はもちろんみなさまのものです。しかしその前にこの拳銃がみなさんとみなさんの主の前で行われた私の誓いを守ってくれるでしょう。そしてみなさんの主とみなさんの前で、この拳銃が私の背反を断罪するでしょう」

院長のことばが終わると代表長老が言った。

「これまでは院長が誓約されたので、次は私たちが誓約しなくてはならない番です。私たちも当然誓約しなければなりません」

代表長老は聖書の上に手を置いて、自らの誓約を始めた。

「慈悲深い主よ、きょうこのように私たちが暮らすことのできる土地を準備するために、義なる人を遣わしてくださった恵みに感謝します。主は私どもにこのように義なる人を遣わしてくださったように、私どももこの仕事を担当して、この島五千の兄弟たちみな一緒に、試練に耐え打ち勝つ勇気と知恵をお与えください。それが主のご意志であればこれが私たちの最後の試練になるようにしてくださり、この島のなかのだれひとりとして主のご意志に従わない者がないようにして、あの義なる人と主の哀れなしもべたちが、みなともに主の栄光に浴するようにしてください。私たちの肉身は私たちのものではなく主のものです。私たちの心も私たちのものではなく主のご意志であります。主のご意志に従い、私たちの肉身を必要なようにお使いください。主のご意志に従って、愚かな私たちがほんの些細（ささい）な裏切りもしないようにお導きください。私たちよりも先に主のもとに行った数多くの兄弟たちの魂と、まだ生まれていない私たちの哀れな子孫の名前で、主にお誓いいたします」

厳粛というよりも、冷たい水を浴びたような雰囲気であった。私は宣誓式の光景を見ながら、手に脂汗がにじんだ。このように堅い誓約でその日の行事は終わった。そして以下のように五馬島（オマド）干拓事業のための開拓団が構成された。

団長　趙昌源
副団長　金海奎（キムヘギュ）
現場監督　徐相達（ソサンダル）

島では五馬島開拓団を率いる先発隊が選ばれた。先発隊は五馬島に先に出発して、七月十日の着工式を準備しなくてはならなかった。医療部でも簡単な治療のできる人を送ることになって、医学講習所七期生の一人が志願して、ともに出発した。

そんな誓約式を終え、五馬島干拓事業着工式を準備する先発隊が出発してからひと月もたたないのに、医療部では予告もなく大異動があった。私は歯科主看護としてようやく技術が熟達して義歯活動を活発にしようとしていたときであったが、異動者名簿に含まれていて、耳鼻咽喉科主任を発令された。義歯は歯科用エンジンを使って作るものなので、歯科を離れるとそれができなくなる。だれの力が作用したのかはわかったが、それを言うことはできなかった。残った材料を歯科主任に引き継いで異動したものの、耳鼻咽喉科では仕事が手に着かなかった。

　ところが、五馬島先発隊が交代することになった。医療部担当者も当然のごとく交代になるので、今度の出発チームに私は志願した。そうするとすぐに選抜され、船便で五馬島に到着した。初めて上陸してみると、百名が一緒に寝ることのできる大きな軍用テント一棟があり、炊事用テントと管理事務室テントなどがあった。そして峠の向こうに五馬島の村があった。

　峠の上にしばらく座って村を近くから眺めていると、新たな感慨に包まれた。八歳のときに釜山五六島（プサンオリュクト）の前から小鹿島まで母に従って強制的に移送され、十数年を井戸の中の蛙のように生きてきたが、きょう初めて陸地につながる五馬島に第一歩を踏み入れて、村を眺めている。この心情はことばにはできないほどだった。小鹿島から見ることのできるのは、クルナルブリから見える鹿洞（ノクトン）港と、東生里（トンセンニ）船着き場から眺める錦山（クムサン）面の小さな村だけであった。いつも青い海、青い波に囲まれて、封鎖され、孤立した世界であったが、五馬島は海の水が引きさえすれば陸地であり、海水が入ってくれば島ではあるが陸地と同じだった。

　宿舎は着工式を準備する人夫たちと一緒に使い、毎日ではないがよく会う関係なので、知らない人はいなかった。とくに大きなけがでなければ、消化剤、解熱剤、鎮痛剤をほとんど自分たちが適当に持っていって飲むので、私にはたいした用もなく、自分が行ったことのないところに出かけたりもした。前任者が村の住民のなかで信望の篤（あつ）い人と親しくなったと話してくれたので、その人を訪ねた。そしてその人の船で、五馬島のあちこちを見物した。

五馬島の堤防の長さが書かれている立て札があって、豊南（プンナム）半島から梧桐（オドンド）島まで三八五メートル、梧桐島から五馬島南端まで三三八メートル、五馬島から鳳岩（ポンアム）半島まで一五六〇メートルの三つの防潮堤を造ろうと表示してあった。そして夜には堤防予想線に灯る電灯の光が明るかった。隣の晩提（マンジェド）島は堤防で塞ぐために使われる島であった。

五馬島にきてから数日が過ぎたある日、親しくなった船の持ち主があわててやってきて、親戚が急に具合が悪くなったので一緒にきてくれと言った。病人が出ると、船を一時間以上も漕（こ）いでいかねばならないところなので、救急薬のカバンと消毒した注射器を用意してついていくと、高熱を出していた。急いで注射をして、熱が下がり容態が安定するまで部屋に座っていた。そこで話をしたり菓子を食べたりの雰囲気がとても温かくて、心惹（ひ）かれたが、部屋の中の家具などはわが家とさして変わらなかった。

患者は落ち着いてきた。それでしばらく話をしていたが、縁側に遊びにきていた人たちが話しているのが聞こえてきた。話の要点は、日にちを決めていくつかの村の青年たちを動員して、夜中に工事場に攻め込んで、めちゃくちゃにしてしまおうというのであった。そして工事ができないようにしなくてはならない、ということばも聞こえた。私はその話を聞いて〝ここの住民たちは私たちがくることに反対していて、暴力沙汰が起こりそうだ〟という予感がした。

工事現場の起工式準備は順調に進んでいた。私には特別にすることはなかった。それで村の友だちと時間を過ごしたりしていたが、先日の夜に治療してあげた人がお礼を言いに訪ねてきた。彼は魚の刺身においしい酒を添えて、ごちそうしてくれるというのである。そして一緒に酒を飲んでいると、周囲の村民たちが本格的な阻止行動を準備しているのがわかった。

夕方遅くに峠を越えながら、酔いもいくらか手伝っていろんなことを考えた。歯科から異動させられたことに対する微妙な反感も生まれ、それが頭をかすめた。そのようにするうちに、小鹿島に対する愛着が薄れはじめた。日がたつにつれて、一人でじっとしているとそのような感情が強まっていった。そんなある日、工事場責任者である健康地帯の職員に冗談半分で話しかけた。

「まだ着工前なので救急患者もなく、とくにすることもないので数日くらいは外出してもいいでしょうかね?」

そのことばを聞くと、彼はためらいもなく答えた。

「行ってらっしゃい。だけど用が済んだら、すぐに戻ってください。私の権限で許可するのですから」

私はあまりにもたやすく許可が下りたことが信じられなかった。しかし彼の気が変わらないうちに答えた。

「はい」

どうしようかと迷った。しかし、懐には小遣いもいくらかあるので安義面（アンウィ）[*71]に住む姉の家に行こうと考えた。そこで、すぐに五馬島の友だちの家を訪ねて船を依頼した。

「どうしたんだい？」

「鹿洞まで乗せていってもらえる？」

「どうして？　どこか行くの？」

「うん、ちょっと姉さんの家に行かなきゃならないんだ」

「そうか、じゃあいますぐ行こう」

彼の好意がありがたくて、持ってきた簡単な救急薬を少し分け与えて、準備したわずかな服だけを持って彼の船に乗った。鹿洞に着くと、彼は私をバスに乗せて順天（スンチョン）までの乗車券も買ってくれた。彼にお礼を言い、バスのいちばん後ろの座席に座った。

まもなくバスは出発した。私はこうして鹿洞港を離れながら、〝脱出しなければ、このように暮らすしかないのだ〟と考えた。そして窓の外の風景に目を向けたが、家にいる母と妻を思って、また目を閉じた。こうして私は五馬島干拓工事場と別れた。最初の目的は〈脱出〉であった。しかしこの外出が小鹿島と五馬島との長い別れになってしまった。

ああ！　五馬島

それ以後、小鹿島（ソロクト）と五馬島（オマド）にはとても多くのできごとがあった。一、二、三号防潮堤工事に拍車がかかっていたある日、採石場から転がり落ちた石の山に院生が下敷きになるという事故が起きた。事故を目撃したまわりの院生たちが必死になって救助し、急な連絡を受けて駆けつけた院長は、押しつぶされて裂けた傷を自ら応急処置をした。

人々は彼をテントに寝かせおき、後送の船を待った。事故に遭った当事者はテントに横たわりながら、事故の瞬間と死の渕から生き返った悪夢のようなできごと、そして自分の命について考えた。彼は〝ああ、人はこんなに簡単に死ぬんだなぁ、ほんとに人生はむなしいものだなぁ〟と思ったという。事故に遭って横たわっている自分に会いにきてくれる父母や兄弟もいないという事実に絶望した。

そのときに、五馬島近くの村の住人で雑貨の行商をしているおばさんが、横になって痛みと寂しさで泣いている院生の側に近寄った。その女性は干拓工事場の宿舎を回って物売りをしていた。彼女が横たわっている院生に、品物を売ろうと近づくやいなや、見境のなくなった院生が突然、彼女を押さえ込んだ。けがをしてまだ止血ができていない患者の体と、激しく抵抗する女性の体はたちまち血まみれになった。驚いた女性の悲鳴に駆けつけた院長と監督は二人を引き離し、まずは負傷した院生を小鹿島に送った。そして院長は患者の負傷部位を自ら長時間かけて手術をした。

この事故をきっかけに、五馬島干拓工事場と近隣住民との二回目の直接的摩擦が起こった。女性が住む五馬島近隣の住民は、院長官舎まで押し寄せてきた。興奮した住民たちは、この機会に加害者を捕まえて自分たちが懲らしめなければこんなことはまた起きると言って、院長に加害者を差し出せと要求した。自分たちが直接処罰をするというのである。そして長時間難癖をつけたあげくに、やっと引き上げていった。

　しかしこのような事件が、工事の進行を妨げることはなかった。それ以後も石が転がり落ちたり土の山が崩れ落ちたり、また石を背負っていく途中で転んで頭と足をけがするなど、事故がたびたび起こった。石を積んだ船がひっくり返って死にそうな目に遭った人たちもいた。

　それでも工事は続いた。しかも気候が寒くなってくると、このような安全事故が継続して起こったが、冬のさなかにも工事は強行された。石がひたすら海に投入されつづけた。

　そしていつの間にか半年が過ぎた。たくさんの人が死んだり、けがをするなど、血と汗にまみれた防潮堤が翌年二月になって、ようやく水の上に姿を見せはじめた。それを見た院生たちは歓呼した。院長も堤防が水面上に姿を現した瞬間、息が詰まるようであったと、後日回想している。

　その年の早春、五馬島の海上では実に盛大な海上行進が行われた。院長が乗った船を先頭にして、水上にその威容を現した三八五メートルの一号防潮堤に沿って、豊南半島側の堤の先まで海上行進を行ったのである。院長が乗った船が梧桐島（オドンド）を通り過ぎると、石を積んで運ぶ船が一隻二隻ついていき、工事に参加したすべての船に人々が乗って続くというこの雄大な海上行進隊列が、海をすっかり覆った。そして彼らは思いっきり叫んだ。

「趙院長　万歳!!」

「小鹿島　万歳!!」

「五馬島干拓団　万歳!!」

豊南（プンナム）半島側の院生も喊声（かんせい）をあげて、堤の端に押し寄せてきた。院生たちは五馬島旗を力強く振りながら、久しぶりに小鹿島の歌を合唱した。船から降りた院長と監督はわずかに水中にある堤を歩いて、一号防潮堤を渡った。そのあとについて多くの院生たちも堤を踏んで渡りながら、歓声をあげた。院長は感激して、冷たい海水に服がぜんぶ濡（ぬ）れているにもかかわらず、泣きながら堤を渡った。

実は工事はこれからがほんとうの始まりだった。まだ二号と三号の防潮堤工事が残っていた。そのうえ一号防潮堤が海水を防ぐと、残る防潮堤の工事を行う箇所は、海水の流れがはるかに強くなる。しかし院生たちはもはや恐れなかった。むしろさらに強い戦闘意志に燃えた。

そしてそれはすぐに実を結んだ。一生懸命に石を投げ入れて一号防潮堤の上を歩いてからひと月ぶりに、院生は院長とともにふたたび二号防潮堤、三三八メートルの堤を歩くことができた。残るは三号防潮堤だけであった。そしてその後しばらくたつと、あの広い土地が〈乳と蜜の流れる土地〉になる。四十年間の荒野暮らしを終えてヨルダン川を渡ってイスラエルの民が手に入れたカナンの地よりも、もっと価値のある土地であった。五馬高地で酒宴が開かれた。院生たちは多くの命を犠牲にしながら、自分たちが血と汗を流して成し遂げた歴史の結果を見て、驚きを禁じ得なかった。盛り土作業が始まった。力を得たトロッコがせわしく上り下りした。その結果、石の堤の内側の壁が日に日に分厚くなった。

翌年[*72]八月十五日、わが国では形式上、軍事政府が終わって文民政府が樹立された。クーデターの主役の朴正熙（パクチョンヒ）少将が十月に大統領選挙に当選し、正式に就任した。病院長もその後は、軍人がなることはできなかった。院長は二十年の軍人生活を辞めて民間人となり、引き続き院長としてとどまった。

しかし五馬島干拓事業は重大な岐路を迎えた。夏の台風をやり過ごして安堵(あんど)していた九月初めのある日、とてつもない自然の脅威の前で人間はまったく無力であった。未明に上陸しはじめた台風は、防潮堤を吹き飛ばす勢いであった。桁外れの勢いを持つ台風は、海と空と陸地を巻き込んで三日間荒れ狂った。院生たちは二日間、夜も昼も堤を守るために筵(むしろ)を一枚ずつ被りながら祈った。やがて、台風はその夜に何回か海と大地を震わせて、三日目の明け方になって立ち去った。防潮堤は跡形もなく海底に沈んでしまい、三百三十万坪の土地はふたたび海となっていた。

院生たちはことばを失った。食事をしようともしなかった。さらには寝ようともしなかった。数日間、筵を被ったまま、あちこちに転がっていた。とても見ていられない光景であった。院長も落胆して精魂尽きた様子であった。手に負えない虚脱感のなかで魂を失った人のようにぼうっとして数日を過ごした。

残忍な権力、砕けた夢

数日が過ぎて、院長はふたたび干拓地巡回に出かけた。長興(チャンフン)などの干拓場を見て回って、干拓工事というものには何度かの沈下があるものということを学んだ。この干拓地巡回の途中で、高興(コフン)の近隣住民が干拓地沈下を口実に、院生たちに干拓を放棄させようとしている事実も知った。自分たちが干拓事業を完成させて、干拓地を手に入れようという下心であった。それゆえに露骨に陳情をしながら、さらには院長を追い出すようにという要求もしていることがわかった。島に戻った院長は長老たちを集め、そうした事実を長老たちに知らせてから、説得と議論を続けた。民間人たちの悪だくみは、堤防流失で自暴自棄になっていた院生たちに、ふたたび仕事を始める契機を与えることになった。

工事が再開した。ダイナマイトが爆発する音、石を積んだトロッコと石を背負った人たちの行列が長く続いた。仕事を再開してから三か月、すなわちその年が終わるころには、消え去った防潮堤がふたたび水面に見えはじめた。しかし現れた石堤は四日ももたないうちにまたもや沈んでしまった。しかし院生たちは失望や挫折することなく、継続して石を投げ込んだ。

ついに高興半島近隣の住民たちの陰謀も露わになってきた。彼らは院長さえ追い出せば工事が中断するだろうと知った。それで露骨に院長を追い出しにかかった。その噂は院生たちにも聞こえてきた。院生たちは近隣住民の工事に対する不当な干渉と不正な世論形成に対抗し、当局に陳情書を送った。同時に院長の工事完了前の転出に反対する、院生たちの請願署名運動も繰り広げた。

しかし防潮堤の沈下は止まらなかった。相次ぐ沈下にも、院生たちは石を投げ込みつづけた。ところが、流言飛語が出回りはじめた。水神とか海神などの迷信めいた話も登場した。雰囲気が落ち着かなくなると、院長は指示事項と禁止事項を工事場前の掲示板に張り出した。

指示事項

一、本五馬島干拓工事の第一次事業段階である三個の防潮堤築造作業は、その最終期限を今年十二月末と定め、期限内に必ず完了しなくてはならない。

二、期限内の作業達成のために、工事の妨げになることや作業能率を低下させる一切の破壊的言動や流言飛語を容認せず、今後は以下の禁止事項に違反した者は当工事者と公共の利益のために、断固として処罰する方針であることを警告するので、開拓団員各位には格別の留意を望む。

禁止事項

ア　年末まで防潮堤築造完了という期限設定に反対したり誹謗（ひぼう）を行うことにより、他の団員の作業意欲を損う者。

イ　五馬島水神や海神云々（うんぬん）の迷信その他、それに類似する流言飛語で工事場の民心をまどわせたり恐怖心を助長して作業秩序を破壊した者。

ウ　他団員に対する身体的、精神的な加害行為、またはそのような加害行為の過程を知りながらも、それを善導、矯正しない者。

エ　作業進行に不必要な一切の集会、謀議を行う者。

オ　その他、当作業推進過程において障害が顕著であると認められる者。

院長の強力な指示と警告が下されたあとは、雰囲気がひっそりとするようになった。しかし、沈下はやまなかった。院生たちは黙々と石と土を背負って運んだ。しかしこのように期限が決められてから半月後には、ふたたび採土場崩壊事故が起こった。土の山の中からまた二人が死体となって出てきた。しかしこのような痛ましい事故にも、院生たちはもはやまったく動揺することがなかった。まるで事故は作業では起こるものであるかのように、そして仕上げが静かに成し遂げられるかのようだった。

しかし院生たちの沈黙はただの沈黙ではなかった。ある日の夜、院生たちは自分たちの意志を沈黙の示威行動で表した。五馬島の現場から松明を一本ずつ手にして小鹿島に渡ってきた院生たちは、院長官舎を沈黙で取り囲んだ。これを見た院長は拳銃を手にして出てくると、院生たちの口から沈黙を破って怒りの声が湧き起こった。

「あいつを早く捕まえて殺せ！」

「われわれの血を売って自分の名誉を買おうとした院長を殴り殺そう！」

「あいつを捕まえて五馬島の海に放り込んで、いけにえにされた人々の恨(ハン)を解いてやろう」

しかし叫び声は長くは続かなかった。院生たちは代表ひとりを選び院長と談判させた。選ばれた代表は院長を問い詰めた。

「五馬島の堤が台風で失われてしまい沈下は続いており、重傷者が続出しているさなか、土の塊の下敷きになって二人も死んだ。それにもかかわらず、院長はこのように人の命と引き換えに不可能なことを続けるのは正当なことなのか？　院生たちの反旗に対してどうするのか？」

このような追及とともに、五馬島干拓事業を始めるときに院長が記した誓約書どおりに行うことを要求した。さらに多くの血と汗を流すためにはまず自分たちが自らへの信頼を証明せねばならず、同時に院長に対する信頼を再確認したいという要求であった。院長は拳銃を差し出してはっきりと言った。

「私を撃ちたい者は撃て」

院長と院生たちのこのような対峙（たいじ）は、双方のだれもが血を流すことなく仲裁された。院長の毅然（きぜん）とした覚悟と、もう一度、院長の本心を信じてみようという長老たちと病院側の和解ができたからである。院生たちは五馬島の現場に戻っていった。彼らは自分たちが乗っていく船に掲げられている松明を仰ぎ見た。

何日か過ぎてから、今度は院生中の若年層が五馬島干拓事業に反対して、現場に行かないとの態度を露わにした。鹿山（ノクサン）中学校と誠実（ソンシル）高等聖教学校の学生たちは〝学生は勉強しなくてはならない、学生たちを教室に行かせろ〟と叫びながらデモをした。院長はこの示威行動を鎮圧して工事を続けるために、指導者たちを監禁室に拘禁するという強力な指導権を発動した。そして工事は継続された。

五馬島干拓事業が始まり、海中に石を投入しはじめてから二度目の新年を迎えた。ある日、全羅南道当局が五馬島干拓工事の進行状況についての現場調査をしにきた。五馬島事業を奪おうとする側の事前準備作業であることに気づいた院長は、全羅南道道庁関係者、道知事、保健社会部長官と順次に面談して、五馬島干拓事業者の変更の不当性を力説して、説得に努めた。

しかし、そのような説得では十分でないことがわかった。そこで院長は、新しい計画を決めた。事業者が変わる前に堤防を完成してしまうことであった。院長は院生たちを励ました。院生たちもやはり院長の考えを理解した。数多くの命をささげ、多くの人が体を損なわれるなど、小鹿島の血と涙が染み込んだこの干拓地を、このまま奪われるわけにはいかなかった。作業は非常に能率よく進んだ。雪が降ろうが風が吹こうが、天候は関係なく作業に拍車がかかった。いまとなっては事の成否を問いただしたり、結果を疑う者もなかった。しかし、院生たちのこのような努力も結局、水泡に帰した。ひとたびこの干拓地に目をつけた権力者は、手を引かなかったからである。

ある日突然、院長に対する人事異動が発令された。馬山(マサン)国立病院長への転任である。しかし院長は自分が発令地に発つ三月七日までに残った約一か月の期間に潮止祭*73を行えば、この干拓地が無条件には奪われないだろうと考えて、作業にいっそう拍車を加えた。自分たちがこの干拓地の堤防を完成させたという記録を、何としてでも残さねばならないと考えてのことだった。

ともかく、院長は院生たちをさらに追い立てた。ところが、とんでもないところから反発が起こった。この間に自分の腹心と思っていた保健課長が、反旗を掲げたのである。保健課長は院長に、五馬島から手を引いて静かに立ち去ることを勧めた。しかし、院長がそれを聞き入れないので、一人で海を泳いで小鹿島を脱出してしまった。この事実を知った院生たちの士気は落ちて、作業能率も悪くなった。

その年二月二十四日、工事は完全に中断した。院長と開拓団は工事が完全に止まった二月二十四日現在の工事進捗度を、八三パーセントと評価した。工事が中断した五馬島の水辺で、院長は現場監督と院生たちの恨(ハン)と自らの野望が沈み込んだ海を眺めながら、これまでの労苦を慰労し合った。現役大佐として軍服を着て腰に拳銃を帯びて島に赴任した院長は、約三年のあいだ、島の院生たちにときには希望を、ときには絶望を与えもしながら、島に旋風を巻き起こした。自立と定着という名分で闘病中である患者たちを動員して、歴史的大業を成し遂げようとした。

しかし、彼の試みは結局、院生たちに途方もない犠牲だけを残した凄絶な失敗に終わった。革命政府から民政への移行により、選挙の票数という権力の力に負けたというわけだが、院長のことばを信じて干拓地に動員された院生たちのほうは、頭が潰れ四肢が裂け、土の山の下敷きになって死んだ。

しかし、院長が島に残したものは五馬島の傷だけではなかった。彼は在任三年ほどのあいだに島に多くの足跡を残し、それは院生たちに彼の業績として記憶された。以前にはどの院長も医者も、ハンセン病は治療ができ、一般社会でともに暮らすことができるなどとは決して言わなかった。しかし院長は、使命感をもってそうした考えを広めた。それを示すかのように、彼はサッカーチームを外部に送り出して健康な選手たちと試合させ、選手たちの善戦によって島のハンセン病歴者たちも普通の人と同じということを外部にもわからせた。

それ以外にも、彼はハンセン病に対する偏見を打ち破るために自ら先頭に立った。

その一、院生たちは健康人職員たちと対話するとき、四、五歩、一、二メートルの距離を置き、風下に立って顔を半分横に向けたまま、手で口を覆って対話するというこれまでの習慣をやめさせた。

その二、日帝時代の強制労働と虐待の象徴であったレンガ工場の高い煙突を取り壊して、そこに聖母マリア像を建てた。

その三、日帝時代から職員地帯と病舎地帯のあいだを鉄条網とイバラで塞いでいたのを取り払った。

その四、保育園児の面会を月一回に制限していたことをやめて、保護者は自由に個別面会ができるようにした。保育園分校をなくして職員地帯の小学校と合併した。さらには、保育園を解散し、子女を父母が育てるという、当時としては画期的な決断も下した。

それ以外にも、院生と病院女子職員との結婚を奨励し、女子職員と院生の結婚が成立すると、自ら主礼を務めたりもした。また、七つの村に礼拝堂を建てるまで、建築支援として島の木の伐採を許し、院生の外出をある程度は自由にした。

しかし結局は、自分が信じていた権力と親しい人たちから裏切られた。五馬島干拓という夢は、自ら掲げたスローガンどおりにハンセン病回復者たちの天国建設が目標だったのかどうかは、いまでも確実に言うことはできない。確かなことは、彼が自分を確固として支持してくれていた権力から裏切られたことである。民主主義の華といえる選挙において票を持つ人たちの歓心を買わねばならない政治権力は、もっとも非民主主義的な方法により、五馬島をハンセン病者の手から強奪していった。そして彼はその過程で何の力も行使することができず、空(むな)しく退かねばならなかった。

権力はまことに残忍であった。彼は赴任初期に各村の礼拝堂を奪うことで長老教信徒を弾圧し、天主教信徒に肩入れしたので、不公平な宗教弾圧だと非難された。ところが、そんな院長を不正行為者として告発した当事者は、ほかでもなく天主教信徒の張(チャン)某氏であった。

実のところ、張氏は院内の事情をそれほど詳細に知ることのできる立場にはなかった。それは他の人の懐柔によるものであって、その事実は院長の拘束後に、告発内容に対する捜査が進行するなかで明らかになった。告発者は院長が副食費の一部を横領し、飼育舎を設置して公園で鹿と家禽(かきん)類を飼育して、その利益を着服したと主張した。しかし、それは嘘(うそ)であった。順天(スンチョン)地検検事が現地に直接やってきて、数日間にわたる捜査を行ったが、公金流用については何の嫌疑も発見できなかった。すると今度は、自治会が公園にミニ動物園を造って院生たちの憩いの場にしたことを、国庫の変則使用であると追及し、院長は管理監督責任を免れなくなった。院長は拘束された。そして収監された院長に、五馬島干拓事業を放棄せよと懐柔した。院長は拒絶したが、そうすると公金の回収が目的であるとして、院長の月給を仮差し押さえした。結局、一九六四年三月七日に院長は新しい赴任地に発った。

院長が去ると干拓作業は完全に中断し、院生たちは島に戻ってきた。一九六四年七月二十五日、五馬島干拓工事は全羅南道に移管され、小鹿島・五馬島干拓団の手を離れた。その後、五人の院長がきては去り、七年が過ぎてから、五馬島干拓団長を兼任していた趙昌源院長がふたたび院長として赴任した。しかし五馬島干拓事業を行った島の人たちはすでに神の招きを受けていた。血と汗をささげた人たちは五馬島干拓地の土を一度も触ることもなく、すでに万霊堂(マンニョンダン)の主人になっていたのである。

七　世間のなかの賤国

賎国脱出

走るバスの座席から世の中を眺めていた。車窓にさまざまな風景が通り過ぎていくと同時に、これまでの私の人生が頭の中をかすめた。洟垂(はなた)れ小僧が母の手をつかんで、どこかもわからずに押し流されていった場所。そして十六年という長い歳月。思い出すのも嫌な日々であった。あらゆる苦痛と死の入り口を行き来しながら成長した。そして愛を知り一人の女性と出会い夫婦の縁を結んだ。初めての夜に触れた彼女のみずみずしい乳房の感触が、これまで十六年間でもっとも甘美な時間であった。

生まれて初めて乗ったバスは、私の思いなどとは関係なく、元気よく走っていた。ほこりを舞い上げて山や野原を通り過ぎるバスは、ときにはしばらく停車し、知らない人たちが降り、また乗ってきた。またしてもバスが停車した。周囲の看板を見ると、過駅(クァヨク)*74のようだった。過駅……。どうも聞き慣れた名前だった。島から脱出した人がもっともよく捕まった場所が過駅、まさにその場所だった。

そうしてバスはまたしてもいくらか走って、筏橋(ポルギョ)に到着した。停留所に停(と)まったのでトイレに行って戻ると、いちばん後ろの席まで客がいっぱいだった。私の隣にまで客が座っていた。その人の体と私の体が触れても、その人は何も気にかけていなかった。だれも私があの島から出てきた人間ということを知らなかった。

バスは野原を過ぎ、干潟がずっと続いているところを通り過ぎた。ときに集落が見えたり見えなくなったりを繰り返して、やっと都会の真ん中に入った。

「順天(スンチョン)です。降りる方はどうぞ降りてください」

順天で降りた。順天はかつて住んでいた晋州(チンジュ)のように、町自体が静かで穏やかだった。

「梅谷洞(メゴクドン)。そう梅谷洞だった」

叔父さんが言っていた町[*75]である。退院するときに、ぜひとも一度訪ねてきなさいと言っていた梅谷洞を訪ねていかねばならない。藁(わら)屋根の家だった。しかし、私が探す人はいなかった。何がそんなに忙しかったのか、私の来訪を待たずに、自分の行くべき道に発(た)ってしまっていたのだった。彼が遺(のこ)していった家族は彼の母親、妻、そして二人の子ども（兄妹）だった。彼らは私の祖母、叔母、そして甥(おい)や姪(めい)に当たる。私がだれなのかを知って大歓迎してくれた。その夜はとてもたくさんのごちそうを食べながら、多くの話を交わした。

翌日は叔母と一緒に、彼が眠っている墓の前に立った。そしてまだ草もちゃんと生えていない墓の前で頭を下げて黙禱(もくとう)した。

「叔父さん、天国で安らかに眠ってください」

もっと長くとどまるようにと勧められたが、去らねばならなかった。順天駅まで同行してくれた叔母が、南原(ナムウォン)までの切符を買ってくれて、別れを惜しんだ。

「気をつけて行きなさい。そして体を大事にね。島に戻るときにはまた寄りなさいよ」

ガタゴトと出ていく列車に手を振りながら、彼女は声の限り叫んだ。列車が動く感じがバスとはまったく違っていた。電柱が大股で歩くように通り過ぎ、流れる川の水が見えたと思うと山のふもとを通り過ぎ、真っ暗なトンネルに飛び込んだ。不思議なことに、どの席であっても空席に座っていると、ほかの人がためらいなく私の横に座り、その人が降りるとまたほかの人が座った。自分が小鹿島(ソロクト)から出てきたことなど、いつの間にかどこかに飛んで消えてしまい、私も社会の一員になれるという自信を持った。

列車はすぐに南原に到着した。駅を出ながら、ここがあの有名な春香(チュニャン)*76の故郷で、李夢龍(イモンニョン)と恋をしたところだと思った。しかし広寒楼(クァンハルル)を探して見に行くという考えはなかった。バスの停留所で安義(アンウィ)までの切符を買って、バスに乗った。前方の座席はたくさん空いていたが、なぜかしら後ろのほうに行って座った。南原を出発して走っていたバスは、私がぜんぜん見知らぬ山河を黄土のほこりを舞い上げながら走っているうちに、突然、停車した。そして急に巡査が乗ってきた。礼儀正しく手を耳の側にあげて敬礼して、大声で言った。

「ちょっと身分証明書を確認させていただきます」

そのことばを聞いた瞬間に〝大変なことになった〟という思いがとっさに頭をかすめた。そして、どうしていいかわからなかった。私にはこの国の国民であることを証明できるものが何もなかった。いままで戸籍もなかったので、書類上だけで見ると、私は完全に宇宙人か肉体を持つ霊魂であった。

しかし巡査は、宇宙人とか霊魂とか私がだれなのかがわかったりでもしたら面倒になると感じたからなのか、バスの真ん中あたりまできて若者二人の身分証明書を確認すると、彼らより若い私がいるのにそのまま降りていった。私は自分がだれなのかを確認する格好の機会を逃してしまったような心残りも少しはあった。しかし、正直にいうと、どきっとして凍りついた胸が安堵（あんど）の気持ちで溶けていく感覚のほうがもっと深く私を包み込んだ。

いつの間にかバスは広い野原を通り過ぎて、くねくねした曲がり道を登りはじめた。とても珍しいので、その曲がり道を数えてみたが、あきらめた。道の下に絶壁が見えた。そのときに、前の座席から、マッコリが少し入ったようなぶっきらぼうな声が聞こえた。

「九十九の曲がり道、ほんとうに苦労して越えていく」

〝そうだ、九十九の曲がり道ならはらはらする道だよなあ〟と考えながら、ちょっとのあいだ、目を閉じた。母と妻のことが頭をよぎった。

〝私が社会に出て、このようにくねくねした九十九の曲がり道を歩むとすれば……？〟

バスが下り道をくねくねと走ってから停まった。

「咸陽（ハミャン）です。お降りの方は降りてください」

急に車掌のことばつきが変わった。私はトイレに行くついでに乾パン一袋と飲料水一本を買って、自分の座席に座りながらそのことばを考えてみた。

母が生まれ育ったところが咸陽郡水東面下橋里（スドンミョンハギョリ）であった。私が六歳のときに母とともに暗くなるころに訪ねていき、夜が明ける前に立ち去った母の実家の風景を思い出した。そこにいた数日間、私は村の中あちこちをくまなく歩き回ったのに、母は部屋から一歩も出ようとしなかったことを思い出して苦笑いした。

バスは私の思いが通じないのか、ふたたび行くべき道を突っ走った。左側にきれいに澄んだ水が悠々と流れていた。島では見ることのできない美しさだった。ようやくバスは川下に架かっている橋を渡って、薬局前のバス停に着いた。私は包み一つを持って降りた。ここがまさに私のただ一人の肉親である姉が住んでいる村であった。バス停にある商店に寄って道を尋ねた。

「重生（チュンセン）マウル[*77]はどっちですか?」

「この道を真っすぐ下っていくと、川辺に松林があり、川に沿っていくと四阿（あずまや）が見えるよ。そこがその村だよ」

店の主人は私の身なりを上から下にちらっと見て言った。夏の午後三時の焼けつくような日差しに、汗がしたたるようであった。だが、目的地にほとんど着いたという安堵（あんど）感と姉に会えるという希望で、足取りは軽かった。下っていく道の側に一抱えもある太い松の木が青い川の水を見下ろして森木立をつくっていた。

肉親、しかし彼らはいまでも賤国人

日陰で汗をぬぐいながら川の流れる丘を望むと、四阿が見えた。

〝もう着いたな〟

急ぎ足で四阿のほうに降りていった。四阿で汗を冷ましていた男たちが、降りてくる私を見ていて、そのうちのひとりが私に気づいた。以前に小鹿島の運動会のときにわが家で休んでいった姜（カン）さんだった。

「景烈（キョンニョル）の奥さんの弟だ」

四阿に到着した私を迎えて、姜さんは懐かしそうに手を握ってくれた。そしてずっと以前に、父の葬儀のときに初めて会った義兄もそこにいた。

「ここまではるばるご苦労だったね。だけど、どうして急にきたんだい？」

義兄の案内で姉の家に行くと、姉があわてて飛び出してきた。

「まあ、久しぶりね。大変だったでしょ？　お母さんはお元気？」

姉は荷物を受け取るとさらに言った。

「暑いでしょ？　川辺に行って、水浴びでもしておいでなさいよ」

姉が差し出したタオルと石鹸（せっけん）を受け取って、川辺に行く途中で見ると、石鹸は救護物資のアメリカ製であった。川辺に降りていき、四阿の下の岩かげで服を脱いで、澄んだ水の流れに体を浸した。暑さはたちまちのうちに去っていった。いつの間にか私は、水に浮かぶ蛙になっていた。

夕食に姉が準備してくれたご飯は艶があり、ピカピカしていた。こんな米飯は姉が運動会のときに持ってきてくれた米を炊いて、家族みんなで食べて以来、初めてだった。一気に茶碗二杯を食べ尽くした。姪たちは横目でちらちらと私を見ていた。そんな姪たちの目配せをこれまた目配せで制した姉が、私に言った。

「ゆっくりとぜんぶおあがり。ところで、どうして連絡もなしに急にきたの？」

私は島の事情を大まかに話し、自分が歯科から耳鼻咽喉科に移ったことも話してから、五馬島(オマド)干拓事業について説明した。

「五馬島起工式準備先発チーム医療担当として開拓団にきたんだけど、そこで臨時外出許可をもらってきたんです」

そう言い終わると、義兄が姉に言った。

「久しぶりに義弟(おとうと)が遠いところからはるばるきてくれたんだから、酒でもちょっと持っておいで」

義兄がそう言うと、姉がマッコリをやかんに入れて持ってきた。やかんを持った義兄は私に器を差し出して満杯に注いでくれた。そして自分の器にもたっぷり注いでから言った。

「さあ、一杯やりなさい」

一口飲んでみると、甘くて香りも味もよくて一気に飲み干した。そんな私を見て、義兄はまたしても満杯に注いだ。ご飯をお腹(なか)いっぱい食べたうえにマッコリを二杯も飲んだので、お腹が膨れた。ところが、酒の味がよいものだから、さらにもう一杯飲んだ。こんなにたくさん飲んだのは初めてなので、ご飯と酒は入るところが違うのかと思ったりした。

中庭には蚊やり火が焚(た)いてあり、二つの部屋には蚊帳(かや)が吊(つ)られていた。団扇(うちわ)であおぎながら姉夫婦と談笑した。これからどうするつもりなのかを尋ねられたが、何の計画もなくふらりと出てきたので、何も言えなかった。それに、社会のことも知らず懐も空っぽの一文なしであった。ことばもなく座っているほかなかった。

姉が義兄の様子をうかがいながら言った。

「数日は休んで考えてごらん、ということにしましょう」

「どこかに医療部長がいない定着地がないか、探してみなければ。今夜は疲れているだろうからゆっくり休みなさい」

義兄は部屋に入りながら言った。

私も部屋に入って、姉が吊ってくれた蚊帳の中で横になった。酔いが回って目を閉じると疲れが押し寄せてきて、母と姉の人生に思いをめぐらせた。ハンセン病にかかったせいで幼い娘を置いて実家に追い返された母。ハンセン病者の娘としていじめられて育ち、若くしてハンセン定着村の男性と結婚した娘。その母と娘の運命について考え、また私の未来についても考えた。

〝この先、どのようにして生きていけばいいのか?〟

そんな心配で心が乱れた。だがそのうちに、すっかり眠り込んでいた。

目の前が明るくなったので、目を開けると朝だった。東の窓の外には明るく太陽が昇り、陽光を受けて川の水がきらめきながら光を発して流れていた。寝床から出て外に出てみたが、義兄はいなかった。朝食の支度をしているのか台所で姉とともに仕事を手伝っていた姪が、私にタオルを渡しながら言った。

「叔父さん、川辺に行って、さっぱりと洗ってきてください」

川の水に足を浸して顔を洗うと気分が爽快だった。小石を足で蹴りながら考えにふけって歩いていると、家に帰ろうとしている義兄に出会った。義兄は網袋を担いで長い挟み道具を持っていたが、彼が担いでいる網袋の中には犬の糞（ふん）が入っていた。毎朝、犬の糞を拾って堆肥場に集めているのであった。朝食を食べながら義兄が私に言った。

「きょうは安義（アンウィ）で市の立つ日だ。一緒に行こう。お前の履物を買おう」

義兄はこの村でいちばん豊かであった。田が十マジキ[*78]に畑が数千坪もあった。勤勉で寝るとき以外は田畑で過ごし、時間があれば犬の糞を拾ってまわり、冬の農閑期には友人たちと物乞いに出かけるという。

朝食を済ませて市に行くまでには時間が十分あったので、村を一回りしてみた。村の中央に瓦屋根の美しい事務所があり、教会の礼拝堂はトタン屋根で、鐘閣もある大きな建物であった。運動場の横に大きな倉庫が一棟あり、その倉庫を囲んで円形に瓦屋根、藁屋根のいろんな家が三十軒くらいあった。その四分の三は家庭を持つ人たちの家で、残りは独身者が二、三人ずつ住む家とのことである。すごく住みやすそうな村に見えたが、村の端の家を通り過ぎて、少し登っていくと共同墓地があった。

〝やはりこんなところなんだ。こういうところでなければ住ませてはくれないだろう〟

私は独り言をつぶやきながら家に帰ってきた。義兄は市に行く準備をして出てきながら私を見つけて言った。

「すぐ上にある家がこの村の総務の家なので、一緒に行ってあいさつしよう」

義兄についてその家に行き、村の総務にあいさつをした。

「島で医学講習所を卒業したそうだね？」

「はい、六期生です」

「そうかね、よくきたね。ゆっくり休んで楽しみなさい」

バスに乗って安義の市場に到着した。バス停の周囲ぜんぶが市の立つ場所であった。服屋でズボンと開襟シャツと下着を買ってから、運動靴も一足買った。そして牛市場を見物して回った。義兄は商人たちととても親しそうにあいさつを交わし、商人たちは義兄に対して、朴(パク)先生どうのこうのと冗談まで言っていた。穀物市場に寄って雑穀と胡麻(ごま)などの値段を調べた。その定着村は私が住んでいた島とはずいぶん違う世界であることを肌で感じた。市をほとんど見て回ってから、義兄は私をクッパ[*79]の店に連れていった。義兄を見たクッパ屋の主人は親しくあいさつした。

「やあ、朴先生、いらっしゃったのね！」

と言って、一緒に入ってきた一行を見て、さらに言った。

「お客さんと一緒にきたのなら、奥の部屋にお入りよ」

義兄と一緒にきた二人と合わせて総勢四人が店の奥に入った。そして、クッパと茹(ゆ)で肉と、さらにマッコリも注文したが、だれも私たちに注目などしなかった。義兄と私は病気の痕がないが、一緒にきた二人は手がかなり曲がっているなど、後遺症が目についた。しかしだれも嫌がったり、ためらう様子など少しも見せなかった。

マッコリの鉢がやりとりされて、やかんが何回か運ばれてきた。私も顔が赤くなるほど酔いが回ったころに、酒席はおしまいとなった。支払いは義兄がした。一緒に昼食を食べた二人は義兄を置いて出てきながら、私に言った。

「あんたの義兄(にい)さんは針で突いても血一滴出ない人間だよ。ここにいたら畑仕事を死ぬほどさせるだろう。よい腕を持っているんだから、ほかの定着村の医療部長が空いていないか探すほうがいいと思うよ」

私がそれに答えた。

「私もここにいるつもりはありません。だけど、世の中がどうなっているのか知る必要があるので、当分のあいだはここにいなくては」

重生マウルの医療部長は朴先生と呼ばれていて、医学講習所三期生であり大先輩だった。私はその人を訪ねてあいさつをした。とても歓迎してくれた。そして話のなかでその人は言った。

「うちの村の人たちよりも体の具合の悪い人は、健康地帯のほうがもっと多いほどなんだよ。毎日、朝から夕方までずっと患者がやってきて、遠くでは居昌(コチャン)からもやってくるほどだよ」

その話を聞いて、自分もよい場所を見つけられれば、うまくいくという自信が持てた。午後は島に住んでいた後輩で、学生会でともに教会の仕事をしていた友人に会った。その兄弟は家も手に入れて、母親と一緒に暮らしていた。

「昨夜遅く帰宅して、兄さんがおいでになったことを聞きました」

彼は弟と一緒に、遠く西上（ソサン）*80のほうに一週間ほど物乞いに行って帰ってきたところだという。私は二人の母親にあいさつした。

「お元気そうですね。息子さんたちを結婚させねばならないから大仕事ですね」

「お金さえ準備しておけば、そのうち嫁はくるでしょう。ところで、執事さんがこうして島から出ておいでになったら、お母さまはお寂しいでしょうね」

そのことばを聞くと胸がどきんとした。母親と話している私を後輩が引っ張った。

「兄さん、行きましょう。久しぶりだから一杯飲みましょうよ。少しぐらいいいでしょう」

彼と一緒に川沿いの柳の木が茂った道を十分ほど下っていった。川で採った魚を供する居酒屋であった。迎えてくれた店の主人は健康な人であった。戸を開けて入ってきた私たちを見て彼が歓迎してくれた。

「いらっしゃい」

後輩が席に座って注文した。

「ハヤを一皿と焼酎の四合瓶を一本ください」

注文を聞くとすぐに、主人は川で採っておいたハヤを網ですくって皿に載せ、ピョンピョン跳ねているままの姿で持ってきた。木の箸で生きたままのハヤを辛子酢味噌（すみそ）につけて食べた。後輩が食べるとおりにしてみると、味はさっぱりしていて、いくらでも食べられそうだった。盃を交わしながら、かつて小鹿島で腹を減らして苦労したことなど、いろいろつらかった話が、時がたつのも忘れるほどあふれ出てきた。焼酎四合瓶二本を空け、ハヤ三皿を平らげて店を出た。川辺の岩に座って膝の深さまで流れる水に足を浸した。話はずっと続いた。

「そうだ、君は小鹿島にいたとき、力が強いので女子部の下肥を運んで手間賃として米をもらい、お腹いっぱい食べていたじゃないか。そして君のお母さんもあれこれと仕事をして、いくらかお金を儲けていたね。ところで、ここでの暮らしはどうなの?」

「ここは世界キリスト教奉仕会からの救護品がすべてですよ。ここに最初きた人たちは、物乞いをするとよくもらえたので、田や畑を手に入れて農業をし、農閑期には一回くらい物乞いに出ます。でも、ぼくたちは遅くきたので、家一軒をやっと手に入れただけです。ぼくたち兄弟が一週間くらい物乞いに出ると、少しは稼ぎになりますが」

私はうなずいた。

「兄さんは技術を持ってるから、場所さえ見つけたらすぐにでも金儲けができますよ」

「それは先のこととして、じゃあ、兄弟が一週間の物乞いで得た食料はどのようにして持って帰るの?」

「兄さんも機会があったら、一度物乞いについていけばいいですよ。何だってそれなりの方法があるんです。夕方までに、米一斗くらいはもらえます。そして、それを買う人が村ごとにいるんです。そのおかげで稼ぎは現金で持ち帰れます。学校では兄さんが先輩だったけど、ここでの物乞いに関しては、ぼくのほうが先輩ですよ」

そう言って、彼は大きく笑った。彼の笑っている顔を見ながら、残念そうに言った。

「明後日で外出期限の一週間になるんだが、どうしていいのか悩んでいるのだ」

「兄さんも気の毒ですね。もうこれ以上、小鹿島で何か学ぶことや希望がありますか？　あそこのことは忘れて、ここでも他の場所でも、時間をかけて定着する場所を探しなさいよ。兄さんの義兄さんは物乞いで少しずつお金を貯めて土地を買い、さらに貯めては土地を買って、いまでは一番の金持ちですよ。それでも農閑期にはぼくらと一緒に物乞いに出かけたりするほどのケチン坊です。だから、義兄さんに助けてもらおうなんて、夢にも考えてはだめですよ。これは酔っぱらって言ってる話ではないですからね」

「……」

「そもそも金持ちはケチと言うけれど、そのなかでも兄さんの義兄さんはとびぬけたケチですよ」

彼に義兄のことをケチと言われても、聞き苦しくなかった。

「そうでなくっちゃ。一日に多くの家を回って手に入れた貴重な施しで、酒を飲んだりして使い果たしては、本人の苦労も無駄になるし、十匙一飯*81と施しをしてくれた人の厚意にも背くことになるじゃないか。助けてもらおうなどという考えは持ってないよ。しかし必要なときには、少しは借りることくらいはあるだろう。ともかく、君たちみたいに元気な者は社会に出て堂々と暮らせばいい。広い社会で嫁さんを探せ」

そう言って、後輩たちの肩をポンとたたいた。

「兄さん、ぼくもそうしたいんです。だけど財産が何もないんです。小鹿島から逃げ出してからこの三年間、休まずに物乞いに歩き、さらにはここで力仕事をして、その手間賃でいま住んでいる家を手に入れたのがやっとです」

いったんことばを切った彼は、ため息をつきながらまたこうも言った。

「社会生活なんて絵に描いた餅ですよ。社会生活については兄さんより先輩だけど、兄さんは技術があるからまたもや先輩になるでしょう。ここにはちゃんとした先輩が医療部長をしているので、ここはあきらめるとして、でも水東面（スドン）の定着村には医療部長がいませんよ」

「何を言ってるんだい。ぼくなんか、まだ何一つ知らないのに」

「そうだ、中央里（チュンアンニ）に住んでいた徐（ソ）執事をよくご存じでしょ？　あの人がその村を牛耳（ぎゅうじ）っています。時間ができたら、一度行ってごらんなさい」

「そう？　徐執事はぼくの母と同じ水東面の人で、中央里に住んでいたときには、とても親しくしていたんだけど。じゃあ一度行ってみようか。そこも重生マウルみたいに大きいのかい？」

「いいえ。ここの半分もないでしょう。だけど、だんだん大きくなるでしょう。ところで、兄さん、ぼくはあすの夜明けに弟と物乞いに出かけて、十日くらいはかかるでしょう。帰ってきてから、あらためてごちそうしますよ」

「ごちそうだなんて。次はぼくがしなくては」

「兄さんはいま失業者で、ぼくは仕事があるから、ぼくがごちそうしなくては」

「ともかくありがとう。もう行こう。酔いも醒めたし、涼しくなってきた」

立ち上がりながら、気になることを尋ねた。

「その十日間、どこかに泊まるのかい？」

その問いに、彼はあきれたという表情で私の顔を見て、答えた。

「兄さんはなんてもどかしい人なんだ。夕方に行きついたところで寝るんです。広い天地がぼくの家でぼくの部屋だから、お金はかからないし、部屋なんか借りる必要はありません。だからその日に儲けたものは、そのまま貯めておきます。米一握りを得るために、お辞儀をどのくらいすると思いますか？　犬に吠えられて大変だし、迷惑そうにくれた穀物を、どうして浪費なんかできますか？　物乞いして得た金をいつかは大臣みたいに使おうと、歯を食いしばって暮らしているのです。ときには金持ちの家で結婚式や葬式に出くわすと、何日もそこにいて、肉にご飯に酒にと何だって毎日もらえます。そういうときには、休暇だと思って休み、食って寝て食って寝て、太っていく音が聞こえるみたいですよ」

歩きながら、後輩は切実な話をした。そんな話を聞きながら、家の前にきて別れた。義兄と姉は夕食をとらずに待っていてくれた。

「後輩と柳の木の居酒屋で飲みながら、いろんな話をして帰ってきました」

姉は私の顔をじっと見てから、言った。

「まだいけそうだから、もう一杯飲んでからご飯にしなさい」

義兄と私は姉が出してくれた酒の膳を前にして、盃（さかずき）を交わし、夕食をとった。

「水東にある定着地の聖愛園（ソンエウォン）*82にはお前の従兄（いとこ）が住んでいるので、いつか一度会ってごらん」

「……」

どういうことなのか理解できない私に、姉が説明した。

「母の実家の叔父さんは、安義で裕福な暮らしをしているんだよ。他方、伯父さんのほうは、故郷で両親と暮らしているけれど、その長男がハンセン病で聖愛園定着村にいるの」

よい話ではなかった。それを聞いて、天を仰いだ。

〝お母さん一人でも十分なのに、どうして従兄までそうなったのか?〟

天が怨（うら）めしかった。

マッコリを一杯飲みながら食べるご飯はとてもおいしかったので、自分の分はぜんぶ食べた。焼酎の酔いが醒めていないのに、マッコリを二杯も飲んだので、すっかり朦朧（もうろう）としてきたが、姉の話は続いた。

「母の姉妹のひとりが咸陽邑（ハミャンウプ）に行く道のそばでちゃんと暮らしていて、いちばん下の叔母は西上のほうに嫁いで、豊かに暮らしているらしいの。私が見るに、うちの母の兄弟姉妹ほど人情の薄い家族も珍しいわ。一度だって、母の安否を尋ねたことがないの。安義の叔父さんなんかは、偶然に会っても知らないふりをするんだから、私もあいさつなんかしないの」

姉は母がかわいそうだと涙を流した。私は、母の兄弟姉妹がそんなに多いことを初めて聞いた。そしてこれまでの島での暮らしが思い出されて、母がかわいそうで、母の兄弟姉妹に対する怨みと怒りがこみあげてきて、思わず涙が出た。

〝いくら病んで捨てたといっても、子どもであり、姉であり、妹なのに。それを冷たいことに、一度も連絡しないなんて〟

それ以上は考えるのも疎ましかった。

翌朝には川辺に出て洗顔し、岩の隙間に座って母のことを考えた。昼夜なく、母の祈りの内容はいつも二つだけだった。一つは私のための祈りであり、もう一つは実家の父母、兄弟姉妹のための祈りであった。母は実家のみんながイエスを信じ救われるように、涙ながらに祈った。ところが、母の兄弟姉妹と母の娘とはすぐ近くに住んでいるのに、互いに会っても知らないふりをして通り過ぎるということを、その母が知ったならば、どれほど胸を痛めることかと思うとやるせなかった。島にいたときに、実家の住所がわかっているから、手紙でも送ろうと言うと、母はこう言った。

「やめておきなさい。封筒に小鹿島の住所があれば驚くだろうし、ほかの人が知ったら大ごとになる。私も手紙を出したい気持ちがないわけではないのよ。でも、父母や兄弟姉妹に対する気持ちを神に託して暮らしているから、とても心穏やかなのよ」

そう言って、母は静かに涙を流した。その涙を思い出すと、おのずと涙が流れた。

昨日の酔いが残っていて、朝食を食べてから、少しは眠ったようで、三、四時間があっという間に過ぎた。家族はみな畑に出たのか、家の中はがらんとしていた。ここに初めてきたとき見た四阿に出てみた。四阿は絶壁の上に建てられていて、それは壮観であった。四阿にはその建物に関する由来が記されていた。魯（ノ）氏一族が建てたものだった。絶壁の下を青い川の水が流れ、川の向こう岸には大小いくつかの村があり、まるで一幅の絵のようであった。

床に寝転んで今後のことを考えた。そして下した結論は、この地をあきらめることであった。そして小鹿島も忘れることにした。心が決まると、焦りはじめた。急いで姉の家に戻って手紙を書いた。そして母と妻にそれぞれ一通ずつ書いた手紙を、姉の名前で送った。

翌日、義兄は朝食を食べながら私に言った。

「きょうは私と田んぼに行こう」

朝食を終えると作業服に着替え、麦わら帽子を借りて被り、義兄とともに田に向かった。思っていたよりも広かった。

「ここは何坪くらいになるのですか?」

「およそ五マジキくらいになるだろう」

そう言って義兄は田に入っていった。生まれて初めて田んぼに入った私は、足首深く入り込む田の中で体の重心を保てなかった。日差しが背に焼けつくように降り注いだ。雑草を抜くために腰をかがめると、たくさんの虫が攻撃してきた。稲穂が素肌に触れて引（ひ）っ掻（か）いた。しかし、義兄に従って雑草を抜きながら前に進んだ。しばらくすると、腰が折れそうに痛かった。だが、義兄はそんな私のことなど気にもせず、何も言わずに前に進んでいった。義兄についていきながらふと見ると、手の爪のあいだは泥だらけであった。それでも義兄のあとについて、休むことなく田の雑草を抜いた。

いつの間に午前が過ぎたのか、姉が頭上に昼食を載せて、畔（あぜ）に姿を見せた。

「食べてからにしたら」

食事の用意をした姉が義兄に向かって言った。

「では食べよう」

義兄が姉の催促に、畔に上がりながら私に声をかけた。

畔にはおいしそうな食べ物が用意されていた。姉が私を見て言った。

「どう？　やれそう？」

「さあ、初めてだから大変だけど、このくらいならなんとか」

義兄にちょっとした弱みも握られないように、つらそうには見せないで言った。

「お前は我慢強いから、世の中を渡るのは上手なはずよ」

姉も私の気持ちがわかるのか、軽く私のことばに応えた。座った義兄はマッコリを注ぎながら言った。

「口ではそう言うが、初めての仕事だから大変だろ、そうだろう？」

「まあ、なんとかやれます」

義兄が注いでくれたマッコリを飲み干して、大したことはなさそうに答えた。昼食は干した犬肉に、里芋の茎を入れて煮込んだ補身湯(ポシンタン)*83であった。とてもおいしかった。またマッコリを飲み、補身湯もあっという間に平らげた。

「昼ごはんを食べたから、木陰でひと眠りしなさい」

義兄のそのことばは救い主のようであった。松の木陰を探して体を横たえた。そうして一休みすると、私たちはまたしても田んぼに入って雑草と戦った。しかし午後は午前よりももっと大変だった。太陽が少し傾くと、姉がまたもや間食を持ってきて、その間食もおいしく食べた。そしてまた、義兄と一緒に薄暗くなるまで田の雑草と取り組んだ。

夕食後、私は、義兄と姉に自分の計画を説明した。話を聞いた二人はうなずくだけだった。そこで、私が言った。

「水東聖愛園に従兄がいるという話なので、あすはそこを訪ねてみようと思います」

「なるほど、それがいい。聞くところによると、そこには医療部長がいないらしいから、行ってみて、そこの従兄(にい)さんと相談してごらん」

「わかりました」

「これから社会生活を始めるのだから、よく調べてうまくやりなさい。そして早く基盤を固めれば、奥さんも出てきて一緒に暮らせるだろう? 歯を食いしばって暮らさねばならないよ」

翌朝に義兄の家を出た。バス停までついてきた姉が、旅費にといくらかのお金を手に握らせてくれた。

「姉さん、心配しないでください。ぼくは死の峠さえも乗り越えた人間です。何としてでも基盤を築きます。そして、こちらを通るときには立ち寄ります。歯科の器具を手に入れたら、ここにきて、姉さんの歯も治療しなくては。たびたびきますから、どうか心配しないでください」

またもや始まった賤国の旅

訪ねていった聖愛園（ソンエウォン）は、バスを降りて小さな小川を渡り、さらに大きい川を渡らねばならなかった。川岸には船頭もいない舟がぽつんと浮かんでいたので、その舟を引き寄せて自分で櫓（ろ）を漕（こ）いで村に入った。小さな教会の鐘閣を真ん中にして、村の事務所と家がこじんまりと集まっていた。事務所前に着いた私を見つけた男が、うれしそうに迎えてくれた。島にいるとき、母と故郷が同じということで親しくしていた徐（ソ）執事だった。

「お元気でしたか?」

「さあ、どなたでしたか?　姜（カン）執事さんじゃないですか?」

「はいそうです。姜善奉（ソンボン）です」

「えっ、こんなところまで、どうされたのですか?　もしかして私に会いに?」

「はい、徐さんにもお会いし、また金錫（キムソク）という従兄（いとこ）がここに住んでいるというので」

「そうでしたか。よくいらっしゃいました。金錫さんの家はほれ、あそこです。むさくるしいところですが、ちょっとお入りください」

「いいえ、まず従兄に会おうと思います」

徐執事が指さした家は藁屋根の家だった。駆けていって、中に向かって大声を出した。

「どなたかいらっしゃいますか？」

声を聞いて門を開けた男が、私の身なりをうかがった。

「だれをお訪ねですか？」

「はい、私は姜善奉といいます。安義（アンウィ）に姉が住んでいるのですが、ここに従兄の金錫さんが住んでおられるとのことで」

「私が金錫だけど。安義？　ああそうか、それなら君が姜善奉なのか？」

「そうです。お従兄（にい）さん、ごあいさついたします」

中に入って互いにあいさつをしてから、従兄は母の安否を尋ねた。

「そうなのか、ここを探すのは大変だったろう？」

「いいえ、すぐにわかりました」

「叔母さんはお元気なのかな？　ところでどうしたんだ？　逃亡してきたのか？」

「そういうことになりました。最初は一週間の外出許可をもらってきたのですが、どういうわけか、いまでは逃亡して出てきたことになってしまいました」

「では、ここで暮らそうと？」

「お従兄さんさえ許してくだされば。それに、ここは医療部長がいないとか？　ぼくは医学講習所出身なので」

「うん、いまは空いているけれども。しかしその問題はおいおい相談するとしよう。まず上のほうの家に、姜（カン）先生という人がいるのだが、以前は村の総務だった人だ。まずその家にあいさつに行こう」

従兄の案内で、姜先生という人の家で食事をして一休みし、その日の夜は、村で有力者のようにふるまっている徐執事の招待を受けてごちそうになった。その家には徐執事夫婦と彼の弟が一緒に住んでいた。

「では医学講習所は卒業したのだね？」

「はい六期生です。島では主任までしていたのですが、五馬島（オマド）干拓地に派遣されたのです」

「うちの村には医療部長がいなくて、探しているところなんだ」

しかし、そう言う徐執事の表情があまり明るくなかった。私はただちに、頭を下げた。

「執事さん、どうぞよろしくお願いいたします。そしてなにかとご指導ください」

従兄はまだ独り身であった。家に帰って徐執事の様子が変だったと言うと、従兄はその理由を説明してくれた。

「昼に食事をごちそうしてくれた人が姜先生で、ここの総務だった。そしてその夫人は健康人なんだ。夫に従ってここに入ってきて暮らしているが、中等教育まで受けた女性で、また徐執事の親戚でもある。ところが、その両家がいまは仲がよくないんだ。そのせいで、姜先生は総務の仕事もやめてしまった。ところが、私と姜先生はとても仲のいい友だちで、お前がそんな私の従弟だろ？　だから気軽に話ができないんだよ。ともかく様子を見てみよう。食べていくくらいのことはなんとかなるよ」

「はい、そうですね」

「ところでお前、ここにくるとき義兄が少しは援助してくれたのか？」

「援助だなんて。姉が旅費だといって少しくれましたが」

「そうか、しばらくは苦労するだろう。そろそろ寝ることにしよう」

　そうして寝床に入り、翌朝に目を覚ますと、従兄は家にいなかった。隣の家の鄭（チョン）さんと物乞いに出かけたという。そういえば、米びつには米がなかった。私は背負子（しょいこ）を背にして山に行き、燃料用の木を一くくり背負って下りてきた。そしてだれもいない部屋に寝そべって、またもや島に手紙を書いた。

そのうちに、ひとりの人が訪ねてきた。

「兄さんよ。私たち、あす物乞いに出かけるのだけど、一緒に行く気はないですか？」

　その人のことばを聞いて、ちょっと考え込んだ。米びつには米がまったくなかった。従兄が帰るまでじっと空腹でいるか、そうでなければ物乞いでもして、ご飯でももらわなければならない状況なのだ。そう思うと、ためらう理由などなかった。

「連れていってもらえるなら、一緒に行きます」

「では明け方四時に出発するから、準備しておきなさい。ご飯を入れてもらう飯盒（はんごう）と匙（さじ）、それと食料をもらう布袋一つだけ準備したらいい」

夜が明けると、正式に乞食世界に入門した。物乞い用の布袋と飯盒と匙を準備し、一緒に物乞いに出かける二人とともに、咸陽に向かった。そして明け方に咸陽のウポの森を過ぎると、村の入り口に四阿があった。そこで私を誘った人が言った。

「あちらのほうに村が四つあるので、最初の村で朝食をもらってから物乞いを始めて、他の村を回ってから、夕方にはまたここにおいでなさい」

そう言うと、二人は私を置いてさっさと自分の行く方向に発った。私は彼らが言ったとおりに、尾根筋に上って村を見下ろした。のどかな村の家々から煙が上っていた。乞食新入生の自分の考えでは、まだ早すぎるように思えて、小川に降りて顔を洗った。ところが、村からワンワンと犬の吠える声が聞こえた。

〝あれっ、遅かったな。ぼくより先に回っている乞食がいたんだな〟

気づいた私は、急ぎ足で村に入った。そしてなかなか口から出にくかったが、ある家の門の前で大声を出した。

「ご飯をください」

すると家の中から老人の太い声が聞こえた。

「食事を用意してあげなさい」

その声と同時に門を開けた若い女が、私を客間の縁側に座るように言った。おずおずと入って、彼女が指した場所に及び腰で座った。女は小さな食卓に、米と麦が半分ずつ混ざったご飯一杯と研ぎ汁に干菜を入れた汁とキムチを載せて、私の前に置いた。涙が出るほどありがたかった。

〝こんな家もあるんだなあ〟

そしてその食事をまたたく間に平らげて、〝ありがとうございます〟と何度も繰り返して言ってから、外に出た。食事は済んだので、あとは物乞いの仕事だけが残っている。飯盒と匙を物乞い用の布袋に入れて、本格的に仕事を始めた。

しかし、口からことばが出なかった。道端にある家の門前で〝物乞いにきました〟と大声で言わなくてはならないのに、そのことばが口から出なかった。蚊の鳴くような声で〝物乞いにきました〟と言うと、あるおばさんは米一握り、あるおばさんは麦一握りくれた。

行く家ごとに、犬が大声で吠えたてた。そうしてやっと村の半分を回ったところで、ほかの物乞いの人に出会った。ところが、その人は健康人でありながら、物乞いをしていた。互いにチラッと見て通り過ぎた。

村を脱け出て、小川でまたしても顔を洗った。そして、ほとばしる涙を隠そうとしなかった。次の村に入っていき、同じことを繰り返して、そのまま裏山に登った。遠くの山を眺めているうちに、眠り込んでしまった。どのくらいの時間が過ぎたのか、目を覚ますとすでに太陽は西の山に沈もうとしていた。昼食ももらいに行っていなかった。そして物乞い袋を見ると、穀物は袋の底も隠せないほどしかなかった。乞食入学式は自分が見ても落第点だった。

それでも、朝に別れたときの約束場所に行った。まだだれもきていないので、私が一番にきたようであった。静かに座って義兄がケチになったことを考えると、義兄のことが理解できた。このような恥ずかしさに耐えて、物乞いで得た穀物だから、一粒たりとも粗末にできないのだ。そして、義兄が手に入れた富は、恨（ハン）がこもったものだと思った。

しばらくすると、二人が到着した。その日もらった穀物を売って現金にしてから、夕食として食べる米を半枡（ます）ほどだけ持ってきた。そして私を最初に誘った人は、私の物乞い袋を見て言った。

「最初はだれだってこんなものだよ。この私もそうだったんだ。だから元気を出せよ」

しかし、彼よりも少し年長に見える人のことばが、楔（くさび）のように胸に突き刺さった。

「ずっと楽に暮らしてきたからそうなんだ。もっとたくさん泣いて腹を立てたら、がめつくなるさ。そういうがめつい人間になるには、時間が必要だ」

彼らは私がもらってきた穀物には手をつけず、自分たちが持ってきたものでご飯を炊きはじめた。そのように彼らが炊いたご飯を一緒に食べさせてもらってから、寝る準備をした。持ってきた毛布一枚を広げ、半分は敷いて半分は上に掛けて横になり、空を見上げた。星がきらめいていた。目を閉じたが眠れなかった。

〝あのまま小鹿島にいたら仕事もあり、何の心配もなかったのに〟

しかし、いまさら後悔してもあとの祭りだった。隣の二人はいつの間にか寝入り、いびきをかいていた。翌日にあらためて方向を決めて物乞いに出かけるとき、私を誘った人が言った。

「私より年上のようだから、これからは兄さんと呼びます。ぼくは仲一（チュンイル）といいます。きょうは、ぼくと一緒に回りながら、少しでも慣れるようにしてください。ぼくが〝物乞いにきました〟と言うと、兄さんは〝二人です〟と言ってください」

早朝から仲一と私は、そういうやり方で物乞いをした。仲一が前に出て〝物乞いにきました〟と言うと、私は消え入りそうな声で〝二人です〟と言った。そんな私たちを見て、人々は少し多めにくれたりした。しかし、ある家では〝たかが物乞いに二人も一緒にきて面倒をかけるんじゃない〟とおばさんが腹を立てた。すると仲一は黙っていなかった。

「一握りにもならないものしかくれないで、どうしてそんなことを言って人の気分を悪くするんですか？　それなら、二人が別々にきて面倒をかけてもいいんですか？」

すると、そのおばさんは何も言わずに中に入ってしまった。仲一はその家をあとにしながら私に言った。

「兄さん、乞食もときには強く出なくちゃならないし、相手に食ってかかるときもあるんです。だけど、それも時と場所を考えないと、棒で殴られかねません」

彼はこのようにして、物乞いの技術を教えてくれた。そして、さらに数軒回ってから言った。

「兄さんは歯科技術があるそうですね？」

「うん」

「そのうちに、ぼくの故郷にも行ってみましょう。一か月分程度の仕事ならあるでしょうから」

「ありがとう。きっとそうするよ」

そうしてさらにいくらか回ると、仲一は私に言った。

「兄さんは、ここから向こう側のほうに回ってください。私はこちら側から回ります。中間で出会って、ほかの村に行きましょう」

仲一の目には、ようやく私が肝も据わり、一人でもやれそうに見えたのか、独り立ちさせた。そして私も、仲一がしていたとおりに物乞いをしながら、村を一回りして戻った。しかし、そのようにして別れる際に約束した場所で会うと、彼の袋と私の袋とでは、ほとんど倍くらいの差があった。それこそが物乞い技術の差であることを痛感した。そのようにして、一日が過ぎた。仲一は穀物一枡を売り、私も仲一のおかげで半枡を売った。約束した集結地に戻ると先輩にあたる人が尋ねた。

「きょうはどうだった?」

「きょうの兄さんは、穀物を半枡も売りましたよ」

仲一が私の代わりに意気揚々と答えた。その仲一のことばを聞いて、初めに質問した人は、手をたたいて喜んだ。

「では、入学式は見事に終えたんだな。そのようにすればいいんだ」

私たちは日課を終えて、それぞれの寝床に入った。そして深い眠りに落ちた。私はまたもや想いに耽(ふけ)った。

〝両親は物乞いをしているうちに出会ってぼくを産んだ。父は日帝の圧迫に勝てず動員されて、強制労働と暴力に苦しんだあげくに、島から脱出した。しかし、その後遺症で物乞いの途中で死んだ。そして、ぼくもまた母と一緒に強制的に島に連れてこられた。島で空腹と悲しみに打ち勝って医学講習所に入ったが、またしてもこのように物乞いの身の上になった。これも父母の遺産なのだろうか。しかし、ぼくは歯科の治療器具と義歯製作の器具さえ買えば、この乞食学校を中退、あるいは卒業することもできる。ともかく、せっかく入学したからには、一日でも早く目標を達成しよう〟

翌日も仲一の配慮で、一緒に行動した。そしてその日は、穀物を六枡も売ることができた。夜になって、足が止まったところがぼくらの部屋なので、宿泊費は無料だし、食事ももらって食べるので、食事代も不要で、収入を得ることができた。ふところのお金は瞬く間に増えた。しかも、物乞いのおもしろさも感じられてきた。最終日まで物乞いをうまくやり終えたぼくらは、食料として米一枡を持って戻ってきた。

帰ってくると従兄(にい)さんは私を見て驚いた。仲一に世話になったことを伝えると、従兄さんもまた仲一に礼を言った。翌日も従兄さんは物乞いに出かけた。私は朝食を自分で用意して食べ、燃料用の木を一抱え準備しておいてから仲一を訪ねた。仲一は物乞いの技術についてぼくに一席ぶった。

気持ちが急(せ)いていた。一日でも早くお金を蓄えて、歯科器具を買わねばならないからである。そこで鄭おじさんを訪ねた。しかし、一緒に物乞いに出かけてくれる人はいなかった。村に救護物資が届いたし、そのうえ、農繁期なので、物乞いに行っても畑に出ていて家に人がいないからであった。しかし、鄭さんに頼み込んだ。

「では、ぼくが一人でも行けそうなところを紹介してください」

「生草面（センチョミョン）の谷間に入ると、谷間の入り口に空き家が一軒ある。夜はそこで寝ればいいし、谷の周辺には村がいくつかあるから、二日くらいなら一人で回れるよ。そこにでも行ってごらん」

私は家に帰り、物乞いに出かける用意をして出かけた。鄭さんが言ったとおり、谷の入り口には空き家が一軒あった。そこを拠点として、本格的に物乞いに出かけた。しかし朝から怪しかった天気が、本降りの雨になった。食事時になったので、ご飯をもらおうと軒下に立つと、被っていた麦わら帽子から落ちてくる雨水が飯盒に流れ込んだ。ご飯を持って出てきた女の人がイライラして言った。

「こんなに雨が降るのに、物乞いなんてまぁ、ほんとに」

飯盒に入れてくれたご飯には、キムチの汁も混ざっていた。そのようにして何軒か回り、飯盒のご飯も一食分ぐらいの量になった。路地の横の堆肥小屋に座り、そのご飯を食べようとしたところ、自分の身の上がほんとうに哀れで悲しくなった。涙がとめどなく流れた。ご飯は軒から滴り落ちる雨水と、そこに入っていたキムチの汁、さらには私の涙まで混ざったチャンポン飯だった。そのチャンポン飯を無理やりに、喉に押し込んだ。

こうして飢えをしのいだ私は、雨のせいで人々が家にいるあいだに、一握りでも多くもらわねばならないので、ますます焦った。そして熱心に回ったかいがあって、午後三時までには一枡を超えた。そこでその穀物を売った。そして雨に濡（ぬ）れてぞくぞくする体で、空き家に戻った。火をくべて窓のほうに頭を向けて横たわった。

そうして一日を過ごしてから、あと一日も気を入れて回って、目標の量を満たした。それを現金に換えて家に戻った。しかし村の雰囲気がおかしかった。何か大きな事件が起きそうな予感がした。荷物を整理して仲一を訪ねた。そして、その変な雰囲気がうちの従兄と関係していることがわかった。

少し前に、村に具（グ）という姓の二十二歳の娘が入ってきた。その女性は病気にはかかったがまだ初期であり、定着地では珍しく中等教育を受けた女性だった。他方で、村で有力者のようにふるまう徐執事には、独り者の弟がいた。徐執事は具嬢を自分の弟と結びつけようとして、特別に入村をさせたのである。しかし、その村では徐執事の弟だけでなく、私の従兄も独身だった。しかも、小学校も出ていない徐執事の弟とは違って、従兄は中等教育を受けていた。

具嬢は姜先生の夫人と親しかった。姜先生の夫人自身は健康人であったが、夫に従ってここに入ってきた人だったし、具嬢と同じように中等教育を終えた女性であった。当然のように二人は仲良くなった。ところが、姜先生の夫人は徐執事の親戚でもあった。徐執事はその関係を利用しようとした。具嬢と徐執事の弟の仲立ちをしてほしいと姜先生の夫人にしきりに頼んだ。しかし、姜先生の夫人はそれとは反対に、具嬢がうちの従兄と結ばれるように根回しをした。というのも、徐執事が村で権力を笠に着て、姜先生が村の総務の仕事ができないようにしたという因縁があった。

そこで、具嬢にはうちの従兄のよいところをしきりに話して、二人を咸陽（ハミャン）まで行かせて、恋愛をするように仕向けた。そういうことが徐執事の耳に入ったらしい。二人は大げんかとなった。そのあげくに、徐執事の口から下品なことばが飛び出したので、姜夫人が言った。

「なんですって？　私があの二人を無理やりに結びつけようとしたとでも言うの？　二人が好き合っ

ているのに、私が何をする必要があるのよ？　足のある動物が恋愛するのを、私が追いかけまわして止めなくてはならないんですか？」

「同じ徐氏なのに、親戚間でそのくらいの協力もできないというのか？　いや協力はしなくとも、せめて妨害してはならんだろ？　うん？　このアマ！」

事態がそうなると、姜先生が自分の妻を抑えにかかった。

「いいかい、そんな汚い人間なんか、相手にするんじゃない！」

夫の指示なので不承不承ながら部屋に入った夫人だが、息を弾ませながら鋭く言い放った。

「なにが親戚よ？　親戚だなんてよく言うわ。親戚だから、この前の選挙のときにうちの夫を落としたの？」

このような状況になったので、徐執事のご機嫌をうかがわねばならない私の立場は苦しくなった。これまでは徐執事と母とのつながりがあったので、彼に頼まれた患者の往診までしてあげた。そして救急患者の治療もしていたのだが、この村ではこれ以上暮らせそうになかった。あと一か月くらいいれば、正式な会員になる資格ができるのに、従兄と具嬢とのせいで厄介な羽目に陥った。

ともかく、従兄と具嬢はしばらくの恋愛の果てに正式に結婚した。私はそのまま従兄の家にいるわけにはいかないので、仲一の家に引っ越した。そして従兄は自分の家で新婚生活を始めた。それまで同じ村で暮らしながら、何かと助けてくれた鄭さんは、私があと一回くらいだけ物乞いに出さえすれば、歯科器具を整えることができる程度の現金を確保していることを知って、訪ねてきて言った。

「今度は、私と一緒に行こう」

「ありがとうございます。何かとご配慮くださって」

こうして私を連れて物乞いに出た鄭さんは、大きな村を回るのはもっぱら私に任せて、自分は村はずればかりを回った。翌日も、鄭さんは私を連れて物乞いに出かける際に言った。

「この道を行くと村に出るが、そこは火田民*84の村だ。そこの三つの村を過ぎると、馬天(マチョン)市場に出る。そこで会うことにしよう。私もそこに行くから」

私は鄭さんのことばどおりの道を行った。そして火田民の村を訪ねてみると、そこにはだれも物乞いにこないので、とても親切だった。一つの村を回ると売り、また一つの村が終わると売って、三つの村をぜんぶ回って、馬天市場に到着した。

そして次の日に、またしても鄭さんは言った。

「智異山(チリサン)のふもとにある大きな村を二つだけ回って、ここにおいで。戻るときはバスに乗って咸陽まで行こう」

言われたとおりに大きな村二つを回った。そこも他の物乞いがこないところなので、物乞いに対しての人情が厚かった。またしても稼ぎを二回も売った。そのようにして三日間で得たのがかなりの額になった。歯科器具を買う資金が十分に準備できたと思うと、舞い上がるような気分だった。

約束の場所で鄭さんと会って、マッコリ一杯ずつ飲んで、天下を取ったような気分で家に戻ってきた。帰途の費用もぜんぶ鄭さんが出してくれた。そんな鄭さんの心遣いが、涙の出るほどありがたかった。そこで、感謝の気持ちを込めて、心から丁寧なあいさつをした。

「ありがとうございました。いつまでもこのご恩は忘れません」

「何を言ってるんだ。いつか儲けたら、そのときには私によくしておくれ」

家に帰ってみると、やはり大ごとになっていた。あのようにいがみ合っていた徐執事と姜先生が大げんかをして、姜先生は村を追い出され、川向こう陶磁器村の渡し場近くの藁屋根の家に引っ越していた。この事件で従兄もすっかり気を落としていた。しかし鄭さんは私の背を強く押してくれた。

「こちらのことで気を遣ったりしないで、すぐにでも釜山(プサン)に行って歯科器具を買っておいで。もしあす発つつもりなら、今夜はうちにおいで」

私は従兄夫婦との夕食の席で言った。

「お従兄さん、あす、釜山に行って歯科器具を買ってきます」

「なんだって？　もうそんな金ができたのか？」

「はい。多くの人のご配慮と、血と涙の物乞いで、義歯器械を購入する程度のお金は集めました」

そう言いながら、思わず喉が詰まった。

「ご苦労だった。ほんとうに大変だったね。それなのに従兄として何も助けてあげられなくて」

従兄は心から私に申し訳ないという様子であった。私は従兄の手を取って言った。

「いいえ、お従兄さんがいなかったら、どうしてぼくがこのような夢を実現できたでしょうか」

八　人間らしく生きるために

人間の暮らす世に出たけれども

釜山（プサン）行きの始発列車に座った私は、まるで雲の上にいるような気分であった。その気分を満喫する間もなく、列車は釜山に到着した。歯科材料商は釜山南浦洞（ナンポドン）にあった。携帯用歯科エンジンと補綴（ほてい）器具と材料、さらには歯科治療に必要な材料と用品など、すべてを買いそろえた。

そして気のすむまであちこち釜山を見物して、竜頭山（ヨンドゥサン）に登った。頂上からははるか向こうに五六島（オリュクト）が見えた。眺めていると、涙がじんとにじんだ。八歳のとき、五六島近くの海岸で、わけもわからないままに、母と一緒に貨物船に荷物のように押し込められ、降りたところが小鹿島（ソロクト）だった。そしてそこで味わったあらゆる苦難の追憶が、頭の中をフィルムのようにめぐった。竜頭山の階段を下りて、国際市場に立ち寄った。あれこれ珍しいものを見物して、影島橋（ヨンドギョ）のほうに足を移した。影島橋の欄干を握って下を流れる潮を見たあと、チャガルチ市場に立ち寄った。そこで刺身一皿を前に焼酎一瓶を飲んでいると、母の面影が浮かんで、心に突き刺さった。

そのようにして釜山での過去の苦い思い出を胸に納めたあと、またもや従兄（いとこ）の家に戻った。その日から、私は忙しくなった。仲一（チュンイル）の兄弟をはじめとして何人かの義歯を作ってあげてから、姉が住む村に行ってあいさつをして、歯科器具を購入したことや、この間のできごとを他人のことのように淡々と話した。義兄と姉と姪(めい)たちは、その話を聞きながら、とめどなく涙を流した。数日間はそこで何人かの人の義歯を作ってあげた。また、ほかの病気も診てあげて、その対価としてお金を受け取った。

このように、それまでお世話になった人たちを訪ねて治療もしてから、従兄の村に戻ってきた。そして、川を渡って姜先生の家に行き、一晩中盃(さかずき)を交わしながら楽しく話をした。

姜(カン)先生は近所の人に私を医員だと紹介した。そのおかげで何軒か往診することになって、お金を稼いだ。しかし村では、私にとってあまりよくないことが起こっていた。それまで空席だった医療部長の席に、私の後輩である七期生が着いていたのである。村の実力者である徐(ソ)執事の策略であった。彼は自分の敵対勢力である姜先生と私の従兄のように、私までもが彼の敵になることを恐れて、排除するために私の後輩を招き入れたのである。

しかし、それほどの未練はなかった。ここにきて、涙ぐましい物乞いによって手に入れたものであっても、ともかく望みの歯科器具を手に入れ、それを使ってすでにかなりのお金を儲(もう)けていたからである。

従兄は夫婦でソウルに行くことに決めたようであった。そのために奥さんの実家と十分に話し合っていた。仲一は約束どおり、彼の故郷に私を招いた。秋の収穫期が終わったころに彼の故郷に行って、十余日も滞在し、多くの人の義歯を作り、かなりの収益を上げた。

こうして社会での暮らしが順調に始まりかけたある日のことであった。夢にまで見た妻と再会できた。仲一の村から治療を終えて帰り、一休みしていると、遠く川向こうにバスが停(と)まっているのが見えた。そしてそのバスから妻が降りてきたのである。一気に駆けつけて、渡し船で川を渡った。妻は私を見るなり涙ぐんだ。私は人が見ていることなんかかまわずに、妻を抱きしめて踊り回り、そして尋ねた。

「お母さんは？」

「お元気ですよ」

この短い二言には、多くの対話が込められていた。妻を送り出した母の心情は十分に推測できた。

妻を伴ってまずは徐執事を訪ねた。妻は彼に母の安否を伝えた。次いでは、従兄の家に急いだ。そしてその晩、従兄夫婦は私たちに部屋を譲ってくれて、自分たちは隣家の鄭(チョン)さんの家に泊まった。そのおかげで、ほんとうに久しぶりに妻と向き合うことができた。実に半年ぶりに再会した私たちは熱く抱き合った。やがてその熱風が過ぎ去ってから、私たちは口を開いた。

「お母さんは？」

「あなたがいなくなったので、長安里(チャンアンニ)から中央里(チュンアンニ)に戻らねばならなくなり、お母さまはずっと泣いておられました」

「そうだろう。私もずっと心配をしていたんだ。君もほんとうに苦労しただろうね。ほんとうにありがたく、そして申し訳ない。耳鼻咽喉科への発令を受けたとき、五馬島(オマド)へ出ていくべきではなかったのだが」

「……」

「だけど、それがきっかけになっていまがある。もちろん私も、この間は、血と涙の苦労をしたけれど、でもその苦労のおかげで、このように歯科器具も手に入れたよ」

「あなたのほうが苦労されたでしょうね」

「ずいぶん泣いたよ。そして後悔もしたよ。だけどいまでは、どんなことにも自信ができた。さあ、きょうは疲れているからもう寝よう」

　言い終わると、妻をぎゅっと抱きしめて眠りに落ちた。翌日には、もっとたくさんの話をするために、手をつないで咸陽（ハミャン）ウポの森に向かった。美しい川の景色に見とれながら歩いていくと、乞食（こじき）入門をしたあの四阿（あずまや）が見えた。その四阿を見つけた妻が言った。

「とても景色のいいところに四阿があるのね」

「うん、それに決して忘れられない思い出のある場所なんだ」

「どうして？」

「ここで乞食入門をしたんだ」

　そして妻の手を握って四阿に上がった。

「この四阿が、私の人生の転換点になった忘れられない場所なんだ。まったく何もない一文なしの追い詰められた心情で、この場で乞食の入学式をしたんだ。初めて物乞いに行って惨めな失敗をして、ここに寝転んでいると、遠くから犬の吠え声が聞こえるんだ。その声がまるで母と君の泣き叫ぶ声のように聞こえた。どんなに泣いたことか。そして歯を食いしばったんだ。これを乗り越えて母と君にまた会わねばと」

妻が私の手をぎゅっと握った。そして低い声で私のことばをさえぎった。

「あなたが五馬島干拓工事場へ志願して発(た)ったことを、あとになって知ったのです。あなたが人事発令に動揺していることは知っていたけれど、それほどとは思っていなかったの。七月十日に、病院の運動場と五馬島干拓工事現場で、同時に盛大な起工式が開かれました。たくさんの人が参加し、全院生が動員されて、一緒にお祝いしました。ところが、翌日の夜明けには、五馬島干拓工事場に周辺の村の若者たちが群れをなして攻め寄せてきて、工事現場事務所をたたき壊して、そんな彼らと衝突した島の人々が大勢けがをしました。その負傷者たちが病院に運ばれてきました。その噂(うわさ)を聞いたお母さまは〝うちの善奉(ソンボン)は？　うちの善奉は？〟と言って泣きながら、あなたを探しておられました。私はそんなお母さまを落ち着かせてから治療本館に行き、軽傷の人を探して、あなたの安否を尋ねました。〝姜善奉さんは？　もしかして姜善奉さんを見なかったですか？〟そのようにしてあなたを探していると、だれかがこう言ったんです。〝姜善奉さんは数日前に外出しましたよ〟と。それを聞いて安心もしたけれど、不安でもあったの。そのことをお母さまに言うと、お母さまは〝父なる神よ、ありがとうございます〟と感謝の祈りをなさいました。そしてしばらくしてから、あなたの手紙を受け取ったのです」

妻の長い話を聞きながら、私がいなくなった数日間に彼女らが受けた心の苦しみを考えた。そして二人に心から申し訳ないと思った。

「小鹿島は大きく変わっています。院長は職員と院生を、まるで軍隊を指揮するみたいに扱うので、いまは多くの院生と職員たちが疑いはじめています」

「そのことは、やがてわかるだろう。もうそんな話はやめて、食事に行こう」

妻のことばをさえぎり、手を取って食堂に向かった。そしてたっぷりとおいしい食事を終え、久しぶりに二人だけの満ち足りた時間が持てたおかげで、これまでの疲れが一挙に吹き飛んだ。私たち夫婦は妻の実家がある河東（ハドン）に行くことにした。

翌日になると、私たちの計画を従兄夫婦に知らせた。ところが、従兄夫婦もすでにソウルに行くことを決定していた。私たちは先に荷物を妻の実家の村に送っておいて、別れのあいさつをした。そして夜が明けると徐執事と村の人たちにもあいさつし、私が社会に出て第一歩を踏んだ場所から去った。

仲一と鄭（チョン）さんは村のバス停まで送ってくれた。バスが出発してしばらくして、晋州（チンジュ）で降りた。そこで昼食にクッパを食べて、河東に向かった。しかし河東に近づくにつれて、私たち夫婦には心配ごとが出てきた。結婚して初めて妻の実家を訪ねる婿としてのあいさつの仕方も、知らなかったからである。私は八歳で母に従って島に入り、妻も島で小学校に通い、二人とも体は大人であっても、社会生活については子どもみたいなものであった。

河東で降りると日本酒を一瓶買った。そして果物を一籠買い、ひたすら歩いて妻の実家を訪ねた。

義母は不在だった。女ひとりの身で三人の子どもを育てるために、義母はいつも行商で回らねばならなかった。しかし妻の本家では私たちを大歓迎してくれた。その家の年長者たちに正式にあいさつをして、妻の本家の伯母から婿として認めてもらえた。

　客間のオンドルに火を入れて、私たち夫婦が泊まれるようにしてくれた。ところが、夜中になると、私たちは食べたものをすべて吐くなど、苦しんだ。長期間にわたって使っていなかった部屋に火を入れたので、部屋中にガスがたちこめたのも知らずに寝ていたので、そんな目に遭ったのである。キムチの汁を飲んで落ち着きを取り戻してから、蟾津江（ソムジンガン）*85の堤防に沿って散歩した。そして、出てきたついでに、河東の市場の見物をした。市場でクッパを注文し、マッコリも頼んだ。マッコリを一気に飲むと、妻が驚いて口を尖（とが）らせた。

「あらっ、いつの間に、そんなにお酒を飲むようになったの？」

「まあ、いつの間にか」

「お母さまがご覧になられたら、さぞかし褒めてくださるでしょうね」

「あれこれと、いろんな目に遭ったからね。だけど、住むところが決まって落ち着いたら、教会の仕事も熱心にして、酒も飲まないようにするから、今回だけ大目に見ておくれ」

　妻は小鹿島から出るときに、家畜を売ったりしてお金を少し持ってきていた。そして私もこの間に稼いだお金が少しあった。私はそれをぜんぶ、妻に渡しながら言った。

「欲しいものがあったら買いなさい」

「見物するだけでいいですよ。そのうちたくさんお金を儲けたら、そのときに買いましょうよ」

妻とのデートは映画を一本見るだけで終わりにした。

蟾津江川辺の桜並木に沿って歩いて、本家に戻った。義母は私たちのことを伝え聞くと、商売を投げ出して駆けつけてきた。そして雙磎寺（サンゲサ）*86門前の美しい村にある妻の実家で、義母と初めて対面した。義母は婿としての正式のあいさつをする私の手を握って、涙を浮かべながら言った。

「ずいぶん苦労したのだろうね」

そうして私たちはそこに腰を据えた。義母は行商の包みを開いて、私に新しい服を出してくれた。

「こうしてこざっぱりとした服装をしていたら、お客さんたちも喜ぶだろうよ」

妻の実家はその村の有力者であった。それだけに、妻の実家の人たちがすぐに私の宣伝員になった。多くの人が治療を受けにやってきて、義歯を作るのに夜昼なく忙しかった。そんな私を見て、妻の叔父さんが言った。

「手抜かりなく、しっかりやりなさいよ。もちろんみんなが上手だと言ってるから、私はうれしいんだが、でも、もっとがんばるんだよ」

このように、私の社会への定着は順調に進みそうだった。しかし、そんな幸福も長くは続かなかった。ある日のこと、妻の叔父が私を呼んだ。

「どうも、ここでは義歯を作れなくなりそうだ」

かなり以前から雙磎寺の近くで、無許可で義歯を作っていた人が私の噂を聞いて、自分がこれまで不法に積み上げてきた人脈を利用して、私を告発したらしかった。自分の義歯製作技術が私に及ばないために、多くの客を私に奪われたことを怨(うら)んでのことだった。告発を受けた当局は、ひそかに私を調査したが、妻の実家の実力を知って取引を持ちかけた。その条件は、これまでにしてきたことは見逃すので、今後はその仕事を切り上げて、静かに立ち去るように、というのであった。私としては、なすすべもなくその条件を受け入れねばならなかった。家に帰って荷物をまとめて、妻に言った。

「社会ではまだ私たちを受け入れてはくれなさそうだ。あらためてほかの定着村を探しに行くので、ここでしばらく待っていておくれ」

私はまだ賤国市民だった

村を出て、ふたたび私たちが暮らす場所を探さねばならなかった。翌日には安息の地を求めて晋州の班城(パンソン)*87に行った。私の生まれ故郷であり、五歳のときに亡くなった父の骨を埋めたところであった。村に入るとすぐに、多くの人が私を覚えていることがわかった。幼いころを知っていて、立派に成長したと喜んでくれた。

しかし、そこはすっかり安定した定着村であり、すでに医療部長がいた。その人は私がよく知っている人だった。私とともに長安里(チャンアンニ)で暮らした金(キム)執事が、島を出て麗水(ヨス)にある個人病院に就職したのだが、その人がそこにいたのである。私と金執事は再会をとても喜んだ。そして、彼もまた社会にでて、苦い味を経験したことを知った。しかしここに定着してからは、それなりの基盤を築いた。医者としての実力が評判になり、村人だけでなく周辺からも多くの人が訪れていた。

翌日は共同墓地に父の墓を訪ねていった。しかし、父の墓がどこにあるのか、わからなくなっていた。

居場所を求めて、さらに咸安郡郡北面(ハマングングンブクミョン)黎明(ヨミョン)マウル[*88]に行ってみた。そこには島を出た人や父の友だちもいた。彼らはまるで実の息子が生きて戻ってきたかのように、歓迎してくれた。そして、父の友人の一人である郭(クワク)執事という人の家に泊めてもらった。そしてその紹介で村の総務に会った。

「小鹿島の医学講習所六期の卒業生です。昨年の夏に五馬島干拓地を出て、定着するところを探しています」

正直に自分の立場を説明した。すると、次のようなことばが返ってきた。

「よくこられましたね。ここには、三期生がいるのですが、とても不親切でお金を取るだけなど問題が多いし、教会の仕事もしないので、郭執事と相談してみます」

その村では、とても懐かしい人たちにたくさん会った。その日の夕方には、郭執事の家で夕食をいただきながら、人々と話の花を咲かせた。小鹿島で苦労して成長したこと、それでも医学講習所まで卒業したこと、五馬島干拓場を出て安義(アンウィ)、咸陽(ハミャン)、水東(スドン)、河東雙磎寺(ハドンサンゲサ)前の村をへてきたことなど、これまでの人生行路を淡々と話した。

「いまは妻もいますので、どこかに定着しなければなりません。だけど、ここにもすでに医療部長がいらして、その人は先輩でもあり……」

話を続けることができない私を見て、郭執事の夫人がことばを継いでくれた。夫のほうを見ながら、次のように言った。

「ここの医療部長は人柄がよくないので、人気がありません。そのせいなのか、どこかに出ていくと言っているようです。あなたが尹総務と相談して、姜執事がここにいられるようにしてください」

「わかったよ。姜執事、君は早く寝なさい。ゆっくり休んであすにでも相談しよう」

しかし、私はここがとても気に入ったというわけでもなかった。知っている人がいるのはいいのだが、この間に見てきた村のなかではもっとも貧しそうで、土地も肥えていそうになかった。ところが翌日、私の入園が実に簡単に決まった。その日の早朝祈禱会に参加してみると、大部分が知っている人であった。その席で郭執事が私を紹介した。

「小鹿島で医学講習所六期を卒業し、中央里教会で奉仕活動をして、長安里教会で執事の職分を受け、青年会長と聖歌隊長まで務めているといったとても信仰の篤い青年です。この姜執事にこの村にきてもらおうと思っているのですが、みなさんのご意見はいかがですか？」

すると出席していた信徒たちは、口をそろえて言うのだった。

「郭執事さんがいいと言うなら、私たちは反対しません。尹総務と相談してください」

郭執事は教会を出ながら、さらに希望を与えてくれた。

「尹総務と相談するので、金長老と趙執事の家に先にあいさつしてきなさい」

言われたとおりに、その人たちの家にあいさつに行ってから、医療部長を訪ねた。その人は医学講習所三期生なので、互いに顔は知らなかったが、学校の先輩後輩なので親しくあいさつした。そしてそこから戻る途中で、尹総務から呼び出された。郭執事はその場で、早朝祈禱会でのことを話して、入園費を免除して受け入れようと言った。当時の定着村の入園費は相当の額だったので、実は私には、そのことも大きな問題だった。郭執事のことばを聞いた尹総務は、うなずきながら言った。

「それはいいんだが、現在は空き家がないので、住むところが問題ですね」

　すると郭執事がうれしそうに言った。

「それは心配しなくていいですよ。宋（ソン）さんの家の物置小屋に、台所のついた部屋があるから、臨時に借りて使えばいいよ」

「では入園を認めることにしましょう」

　尹総務は握手をしようと手を差し出した。

「では部屋を借りて引っ越して、仲良く暮らしましょう」

　私は彼らの計らいがとてもありがたかったが、その気持ちをどのように表したらよいかわからなかった。ただただ頭を下げるだけであった。

「ありがとうございます。ほんとうにありがとうございます。これから一生懸命に暮らします」

　郭執事はその足で私を連れて宋さんの家に行き、入園が決まったことを話し、部屋を貸してほしいと頼んだ。宋さんは快く承諾してくれた。帰り道で、郭執事は私の手を握って言った。

「君のお父さんが生きておられたら、どんなに喜ばれたことか。君はお父さんにそっくりだな。私と君のお父さんは、実の兄弟みたいに仲がよかったんだ。だから、気なんか遣わないで何でも相談して、ここでしっかり暮らしなさい」

「はい、ほんとうにありがとうございます。すぐに荷物を持ってきます」

あいさつを終えると、すぐさま河東に行った。到着すると、妻にこの間のできごとを説明してから、次のように付け加えた。

「引っ越しする前に、君は一度、島に行ってきなさい。お母さんに会ってほしいんだ。私が会いに行きたいのだが、逃亡者の身だから」

妻は私の頼みを、何も言わずに承諾した。餅を作り、肉を買って、母に会いに行って帰ってきた。そして、母がいまは一人でもちゃんと暮らせていて何の問題もないと言っていた、と私を安心させた。妻が島から戻ると、引っ越しを急いだ。大きな荷物は運送屋に頼み、小さいものは自分で持って、私たちは新しい人生を始める場所に到着した。ところが、妻は私たちが暮らす家を見るなり、ことばを失った。しかし、なすすべがないので妻の不満は知らないふりをした。

村の人たちはみな私たちを歓迎してくれた。着いたその日、私たち夫婦がここに入園できるように物心両面で助けてくれた郭執事とともに、趙執事の家で夕食をごちそうになった。趙執事はすでに成鶏(せいけい)を七十羽も飼っていて、基盤を固めているように見えた。夕食を終えて談笑しているときに、郭執事が私と妻を見ながら言った。

「入園保証金の免除を受けたことも大きな支えになるだろう。救済品や他の配給も小鹿島とそれほど違いはない。だから、まじめに暮らしさえすれば、すぐに力を得ることができるだろう」

すると趙執事がことばをつないだ。

「いつ一戸建てが出るか、部屋一つ台所一つついただけのものが出るかわからないから、ある程度のお金を準備しておかなくちゃならないね」

また郭執事が言った。

「遊んでなどいないで、人が物乞いに行くときには、一緒に行ってお金を貯(た)めなさい」

趙執事もことばを続けた。

「家を買うときに、足りなかったら私が貸してあげるよ」

家に戻りながら、私は考え込んだ。

〝咸陽に住んでいたときに物乞いに入学して、もう卒業したんだが〟

しかし、ほかに方法はなかった。ここにはすでに医療部長がいて、彼が自ら進んで出ていかないかぎり、私の居場所はなかった。何もすることがないのに、ただ家にいるわけにはいかなかった。

〝そうだ、家を手に入れて成鶏を飼って基盤を築くまでのことだ。そのうち歯科の巡回にも出て〟

またもや物乞い生活が始まった。明け方の四時に妻が準備してくれたクッパをさっさとかき込んで、趙執事と出発した私は、元北(ウォンブク)駅から列車に無賃乗車した。そして目的駅の門山(ムンサン)で降り、犬くぐりを通って駅舎を抜け出した。平地なので咸陽よりも歩くのが楽だった。しかし人情は薄く、物乞いでもらえる量も少なかった。

朝に別れた門山駅で趙執事に再会した。彼は私の物乞い袋を見て驚きながら言った。

「並の実力じゃないね」

彼の得た量と私のとは別に差はなかった。ここでは義歯の客もなかった。結局、私の日常は物乞いがすべてだった。しかし、そんなことは気にせずに熱心に物乞いに出かけた。するといつの間にか、またお金が貯まりはじめた。

そのころに、高齢の家族が安東(アンドン)に引っ越すことになり、養鶏場つきの家が売りに出たが、その家を買うにはお金がかなり足りなかった。不足のお金を工面するのに悩んでいたので、独身者三人と一緒に巨済(コジェ)島に麦の物乞いに行くことになった。三人は、その島を一回りしたら、家の購入に不足している額くらいは問題ないと言った。そこで、巨済島に行くことにした。馬山(マサン)から巨済の城浦(ソンポ)港まで行く船賃だけを持って、家を出た。

しかし、天候が悪かった。物乞いは雨との闘いであった。橋の下に寝床をこしらえたが、川水があふれて急に逃げ出したりもした。漁具倉庫のようなところで濡(ぬ)れた服を乾かして雨を避けようとしたとき、刈り取った麦束を乾かそうとひっくり返しているとまた雨が降りだし、濡れてしまった。麦の脱穀などは思いもよらなかった。天候は回復しそうになかった。出発の際は片道の船賃だけを持って出たが、天候が悪く麦の脱穀もできないし、物乞いもできないので、帰りの船の切符を買う金も手に入らなかった。

日がたつにつれて雨は強まり、住民たちは麦の収穫をあきらめるほどになった。なすすべもなく、歩いて戻ることにした。城浦からの乗船は切符がなくては不可能であった。そこで、徳湖（トクホ）村から統営（トンヨン）のほうに行く渡し船があると聞いて、そちらに向かった。私たちはその渡し船に無料で乗せてもらって海を渡り、固城（コソン）を経由するつもりだった。

私たち四人が歩いて城浦を過ぎたころ、田植えの合間に間食をとっている人たちを見つけた。私たちは厚かましくも、傍に腰を下ろして言った。

「少し食べさせていただけませんか」

私たちの身なりを見た彼らは、米のご飯一杯に肉の汁をくれた。私たちは座ってそれをおいしく食べていた。ところが、やがてそのうちのひとりが、酒に酔った声で私たちをなじった。

「体は丈夫そうなのに、どうして仕事をしないで物乞いなんかしているんだ？」

すると、私たち一行のなかで大学生という別名のある人が、それに答えた。

「だれかが仕事さえくれるなら、いくらでもしますよ。だけど私たちを見ると、笑うな、あっちに行け、病気がうつるなどと言って、人間扱いもしてくれないし、だからといって、飢え死にするわけにはいかないので、こうして物乞いをしているのですよ。ところで、さっきの方、いいことおっしゃいました。私たち四人はいまから働きますので、仕事をください」

彼らはこのことばを聞いてあっけにとられて、顔色が変わり、そのなかの年長者が私たちを制止した。

「こいつは酒に酔って失言したようなので、どうかこのまま赦（ゆる）してくれて、マッコリ一杯ずつ飲んでいきなさい」

世間の人々が私たちを見る目は、まさにこれだった。この年の麦の凶作を〈甲辰年麦凶作〉といった。私たちはその物乞いの旅で、ほんとうに死にそうな苦労をしながら何の収穫も得ず戻ってきた。しかも、泥畑でゴム靴を落としたせいで、一週間も裸足で歩いて帰ってくると足の裏には血が流れ、着ていた服は泥まみれになり、まさに精根尽き果てていた。

このように酷使した足を治療するために、その後しばらくは何の仕事もできなかった。ところがある日のこと、総務の呼び出しを受け、事務室に行くと総務が私に言った。

「もう物乞いはやめて、村の書記と財務の仕事をしなさい。書類の引き継ぎを受けて。仕事は毎日ではないから、君の仕事をしながらでもいい」

翌日には、歯科器具を用意して安義の姉の家に行った。ある程度の客がありさえすれば、物乞いよりはよさそうだからである。畑から戻ってきた義兄と姉に言った。

「今度、村で書記と財務の仕事をすることになりました」

そのことばを聞いて、義兄は驚きながら言った。

「お前はもうそんなに認められたのか。それなら、もう大丈夫だろう」

「それはどういうことですか？」

「そう、もう大丈夫だってことよ。だけども気をつけろよ。副収入が入ることに気づかれないように」

「なんの副収入があるのですか？」

「何かと入ってくるんだ。だから地位をめぐって争いが起こるんじゃないか？　そして負けたら追い出されてしまうのだから」

数日間、義兄の家にいながら、ちょっとした治療をして副収入も得て、村に帰ると変化が起こっていた。医療部長をしていた人が村を離れ、その人が住んでいた家には、もうほかの人が入っていた。総務は私を呼んで医療部長も引き受けよと、命令のように言った。そして、私が契約した家の持ち主も、すでに家を整理して安東に移っていた。

私はこの間に厚意を示してくれた家の主人の宋さんに、いくらかの謝礼を渡して感謝の意を示してから、引っ越しをした。そして、訪ねてくる患者の治療に忙しく時間を過ごした。こうして時が過ぎるうちに、暮らし向きにも少しは余裕がでてきた。少ない収入であったがそれを妻に渡して、養鶏をすることにして、それもまた力になり、徐々に自立の基盤が整っていった。

しかし、定着地のもっとも大きな病弊である両極化の傾向は、ますますひどくなっていった。一般的にキリスト教の信仰を持つ人たちは、イエスと神の教えである聖書の教えに従って暮らすので、生活は節制されているが、信者でない人はそのようにはできない。キリスト教徒たちは徹底して主日を守り、一週に一日は心身の平安を求めるのに対して、非信者はそうはしない。

それよりもっとはなはだしい差を見せるのが、飲酒と喫煙の問題である。キリスト教信者は徹底した禁酒と禁煙によって健康状態もよいうえに、節制した暮らしをするので、何かの収入であれ物乞いであれ、慎ましく貯蓄し生活を豊かにしていくが、信者でない人たちはそれができない。彼らはひとたび収入があると我慢できずに酒を飲み、時間を浪費する。そのあげくには、時がたつほどこのような格差は顕著になっていくのである。

あぁ！　お母さん

重大な決心をした。許可を受けて外出をしたのに期日内に帰らなかったので、ふたたび島に戻りでもしたら監禁室に入れられるかもしれないが、母との面会をもうこれ以上遅らせるわけにはいかなかった。私は監禁室行きも覚悟して、母に会いに行く決心を固めた。そしてそれを実行に移した。

バスは晋州、順天をへて、過駅を通り、ついに高興に到着した。まさに選挙の時期であった。バスの乗客たちは、干拓事業は高興郡が接収しなければならないので、それを実行できるような力を持った候補者に投票せねばならないと言っていた。いまだに高興では五馬島が話題になっていた。

鹿洞に着いたときは疲れ切っていた。すでに船便はなくなっていたが、なんとかその晩に島に入ろうと決心して、漁船を借りた。その金額なら鹿洞の旅館に泊まっても余るくらいだったが、それでも入島を強行した。

母は私の声を聞いて慟哭した。その慟哭が終わると〝神様、ありがとうございます〟を繰り返した。準備してきた食料を母の部屋の人々に分けた。母はいまや完全に目が見えないようだった。そんな母が私の夕食を心配した。母を安心させるため、ご飯はいつもお腹いっぱい食べていると言った。

母が好きな果物を剝いてあげた。そして、その一切れを母の口に入れた。母はまともに飲み込めなかった。喉が詰まってしまうのである。こうして母と心を通い合わせ、母が眠りについたのを見届けてから、院生自治会中央会長である長老の家を訪ねた。長老も死んだ息子が戻ってきたかのように歓迎してくれた。

「そうか、そのあいだ、どのように過ごしていたのかね?」

「はい、多くの苦労がありましたが、いまでは暮らしの基盤ができました」

これまでの事柄をありのままに告白した。

話を聞いた長老は私の手を握った。

「ずいぶん苦労したんだね。君は小鹿島で生まれたようなものだから、広い世間で生活を立ててゆくのはさぞかし大変だったろう。どうかここで得た信仰を忘れないように。どんなことがあっても神に頼るように。いつも君のお母さんの信仰を思い出して、お母さんの祈りを忘れてはならないよ」

「はい、長老様。決して忘れません。私は裸で世の中に出てゆき、してはならないこともやりました。でもこれからは悔い改め、熱心に信仰のもとで生きていきます」

こうして長老と多くの話をしてから眠りについたが、教会の夜明けの鐘で目が覚めた。そして長老について早朝祈禱に参加して、新しく建てられた礼拝堂を見ながら感慨に耽った。大佐の階級章を光らせた院長の暴挙によって、村の礼拝場所を奪われた日々のことを思い出した。だがいまでは、このように雄壮で美しい礼拝堂ができて、心ゆくまで神の名を呼ぶことのできるということに、驚くばかりであった。

長老は驚いている私に、礼拝堂建設にまつわる話を聞かせてくれて、女性信徒たちが頭にスカーフを被っているわけまで教えてくれた。それを聞いて、母の部屋で会った多くの人も、夜なのに頭にスカーフを被っていたことを思い出した。

新しい院長は赴任後に、各村で祈りをささげていた礼拝場所を奪った。これに屈しなかった小鹿島の四千五百人の信徒たちは、一致団結して金斗英(キムドヨン)牧師を招くことになった。一九六二年五月二十日、金斗英牧師は小鹿島七教会建築委員会を構成した。続いて礼拝堂建築基金を準備するための祈禱会を開いた。ところが、ちょうどそのころに軍事政府が行った貨幣改革のために、すべての献金は新券に交換せねばならなかった。信徒たちは自分が持っているほんのわずかな現金を礼拝堂建築の献金にするために、すべて一ウォン札に交換した。当時、四千五百余信徒たちのお金で礼拝堂を建てる計画はなかったが、たとえ一ウォンなりとも協力せねばならないという信徒たちの熱意が、炎となって燃え上がった。

一日の食料から十分の一をささげようとしたり、女性信徒たちは自分の髪の毛を切って売った。こうして一年間に集まった献金がぜんぶで七万ウォンであった。これには金斗英牧師が出した二万ウォンも含まれていたので、実際に四千五百余信徒たちがささげた献金は総額五万ウォンであった。信徒一人当たり十ウォンほどになる。工事はすべて信徒たちの力で成し遂げられた。力のある壮丁たちはみな五馬島に行ってしまったので、島には女と子ども、そして老弱者だけであった。彼らが互いに前から引っ張り後ろから押して、資材を運び、そうして工事が始まった。

このように多くの人の血と涙と汗が混じった礼拝堂が、まさに小鹿島七教会の礼拝堂であった。そしてついには一九六三年十二月二十四日の早朝から夜遅くまで、礼拝堂完成感謝礼拝が行われた。七万ウォンで始まった礼拝堂建築工事がすべて完成しても、四十万ウォン程度が残った。

長老の説明を聞きながら、鼻の奥がジンとするのを抑えられなかった。そしてこれからはひたすら神の御心（みこころ）のもとに生きようと決心した。いつの間にか、母と別れねばならない時間が近づいた。ひとまず長老に別れのあいさつをして母の部屋に立ち寄った。母はまた私をつかまえて言った。

「目で見て体で感じる誘惑と罪の誘惑に負けないことは、どれほど大変なことか？　どんなことがあっても小鹿島の信仰を忘れずに、ひたすら神の御心のもとですべてのことを行いなさい。もしも知ってか知らないうちに犯した罪があれば、悔い改めてふたたび犯さぬようになさい。肉身の世界はほんの少しの間にすぎず、魂の世界は永遠なのだから。わかるね？」

「はい、お母さん」

「姜執事よ、信仰生活をしっかり行い、私たちは天国でいつまでも一緒に暮らさねばならないからね」

「はい、お母さん、そういたします。何も持たずに世の中に出てみると、出てくるのは涙であり、ため息でした。そうしているうちに、涙と雨水とキムチの汁が混ざったご飯も食べました。いまは暮らしも立つようになったので、お母さんのおことばどおり熱心に信仰生活を送ります。いつか落ち着いたら、お母さんをお迎えにくるつもりです。ではもう行かねばなりません。何の心配もなさらないでください」

部屋を出ると、母はまたもや私を呼んで履物を探した。

「姜執事よ」

母に履物を履かせて手に杖を握らせた。廊下で私の後ろについてきながら、母は同じことばを何度も繰り返した。

「信仰生活をちゃんとするんだよ」

「はい、心配しないでください。お母さん」

廊下から出るときに、また母の手を握った。

「どうぞ元気でいてください。もう何も心配なさらずに」

「うん、体に気をつけなさい」

「はい、お母さん」

母の目には何も見えなかったが、私が出ていく足音までわかっていそうであった。そして唇を震わせながら、同じことばを繰り返した。

「姜執事よ、気をつけて行きなさい」

私は涙を流していたが、振り返ることはできなかった。またしても同じことばが聞こえた。

「姜執事よ、体に気をつけなさい」

「はい、お母さん」

「善奉よ、わが子よ、体に気をつけて」

「はい、お母さん」

流れる涙をぬぐいながら、廊下の端まで聞こえる大声で言った。

「お母さんも長生きしてください。またきますから」

廊下の床を打つ杖の音と母のつぶやく声が、いつまでも中央里重患者病棟に響いた。


（完）

エピローグ

わが国で最初にハンセン病患者の治療病院が設立されたのは、医療宣教師たちの手によってであった。そしてそのあとには、日帝が一九一六年、小鹿島（ソロクト）に慈恵医院を設立し、本格的なハンセン病問題が発生しはじめた。日帝と宣教師たちとの相違点は、宣教師たちは治療と救護を目的とし、日帝は強制隔離を目的としてハンセン病者に対応したことである。これを年代順にみると以下のようである。

設立年
一九〇九年　光州（クァンジュ）　宣教師　ウィルソン　―　麗水（ヨス）　愛養院
一九〇九年　釜山（プサン）　宣教師　アーヴィン　―　釜山　相愛院　現チャンデ教会
一九一三年　大邱（テグ）　宣教師　フレッチャー　―　大邱　愛楽院
一九一六年　小鹿島　朝鮮総督府　―　小鹿島　慈恵医院

現在のハンセン病問題の根幹になる小鹿島の歴史は、このようにして始まった。当時、日本の癩（らい）学会の権威であった光田健輔（みつだけんすけ）は、癩病患者に対する方策としては隔離以外にはなく、完全隔離のみが癩病根絶の核心対策であると力説した。日本政府は光田健輔のそのような勧めを受け入れて、癩患者の強力な隔離政策に突入し、朝鮮総督府も本国の指示に従ってハンセン病患者たちを強制的に小鹿島へ隔離しはじめた。

小鹿島を選択したのは、この島が陸地に近い島でありながらも、水が豊かで、また小鹿島と鹿洞(ノクトン)との距離はわずか五百メートル余りにすぎないが、そこを流れる海流は普通の人では想像できないほど激しく、泳いで渡ることなどはとてもできない天恵の要塞であったからである。

このように、日本の強力な法によって隔離されはじめた韓国ハンセン病患者たちは、ハンセン病患者である前に、大日本帝国の植民地の民であった。日帝は日中戦争初期には勝利してアジア全域にその威勢をとどろかせ、ついにはアメリカを相手に宣戦布告して太平洋戦争に飛び込んでいった。しかし、簡単に終わると思っていた戦争は、アメリカが潜在力を発揮しはじめると、急激に日本に不利なかたちで進行した。

日本はすべての物資が不足し、足りない物資は植民地の収奪によって補おうとした。このような収奪政策は、療養所に隔離された人間に対しても、例外ではなかった。しかも当時はハンセン病にかかると治療不可能と思われていて、父母兄弟が患者を捨てたり、患者自らも周囲のまなざしに耐えられず家を出た。彼らは生きていても、死んだ生命として扱われた。

このような人々に対して、戦争物資調達に血まなこの軍国主義者たちが、人道的に対するはずがなく、彼らの悲惨な労働力でさえ、自分たちの目的のために最大限に搾取したのである。それゆえ同じハンセン病にかかっても、韓国のハンセン病患者たちは日本人のそれ以上に、ひどい差別と惨憺（さんたん）たる待遇を受けざるをえなかった。

そのような待遇は祖国が解放されてからも、そのまま続いた。たとえ人権を尊重しないまでも、少なくともヒポクラテスの誓詞を思い出すような医者がいたならば、療養所の人々の惨めな生活がこれほど長く続くことはなかっただろう。

筆者は一九三九年にこの世に生まれ、一九四六年、八歳のときに、自分の意志ではないのに小鹿島に半ば監禁された。そして趙昌源（チョチャンウォン）院長の赴任によって小鹿島でまたしても変化が起こっているときに、小鹿島を去った。ある有名な小説家が[*89]、五馬島（オマド）干拓作業と小鹿島病院に新しい風を吹き込んだ趙院長を主人公にした小説を世に出したのであるが、その本の題は『あなたたちの天国』である。

筆者はその本をよいとは思えず、その小説家が言うところの〈あなたたち〉がいったいだれを指しているのか、理解できなかった。

作家が言う〈あなたたち〉とはだれなのか？

五馬島干拓に反対し、ついに患者たちの手から五馬島を奪っていった力を持つ権力と大衆なのか？　それとも五馬島を奪われた、力のないハンセン病患者たちなのか？　そのどちらでもなければ、趙院長をはじめとする病院の支配者層たちか？　私にはまったく理解できない。

それゆえにこそ、この本の題目を『賤国への旅』とした。小鹿島はことばどおりに賤国である。そしてそこから出てもなお賤国市民のままであった。国は一九五〇～六〇年代に、小鹿島退院者に対して、小鹿島病院退院証明書なるものを与えて所持させた。国家が賤国市民であることを証明したのである。そして彼らが集まって住んだのは、共同墓地の近くであったり、都市に近くても谷が深くて人々の往来が途絶えた場所などであり、そこを根拠地にして自分たちみずからが、新たに賤国を建設したのである。

しかし、国はこのような場所に「定着村」という名前をつけて、新たな差別まで行った。私は最近になって、このような実情を少しは知らせねばならないと考えるようになった。それで、筆者みずからが犠牲の羊になることにした。読者のみなさん、ほんのひと時でも、この国、賤国の市民の人生を、ともに旅してみませんか?

白頭大幹末端の陋屋にて　姜善奉

二〇〇六年四月

訳者註

日本の読者のみなさまに

＊1　恨　朝鮮文化における思考様式のひとつで、感情的なしこりや、痛恨、悲哀、無常観をさす朝鮮語の概念。『韓国民族文化大百科』（韓国語）では、「欲求や意志の挫折とそれによる人生の破局などと、それに直面した時の偏執的で脅迫的な心の持ち方と傷が、意識的・無意識的に絡まった複合体を表す民間用語。心のしこり、わだかまり」とある。

はじめに

＊2　金正福牧師（一八八二年～一九五〇年）忠清南道舒川出生。平壌長老会神学校を卒業して、済州島で牧会活動を行う。ハンセン病患者への宣教に努力し、植民地期の神社参拝に反対して投獄された。一九四六年には小鹿島教会に韓国人最初の牧師として派遣されたが、朝鮮戦争時に退却する北朝鮮軍によって銃殺された。

一　賤国への道

＊3　キリスト教　韓国ではカトリックのことを天主教といい、プロテスタントのことを改新教またはキリスト（基督）教という。大韓イエス教長老会はプロテスタントの最大の組織であり、小鹿島では解放後に大韓イエス教長老会が中心になって教会が再建された。著者は場面に応じてキリスト教、改新教、長老教という名称を使用しているので本書でもそれにならった。

＊4　スジェビ　小麦粉を練って薄くのばし、煮え立つすまし汁に細かくちぎって入れた汁物。すいとん。

＊5　愁嘆場　保育園に隔離された子どもたちは病舎地帯の親と月一回しか面会できなかった。そのときも親子は道路の両端に一定の距離を保って立ち、互いに目で会うことしかできなかった。このような悲しい光景を見た人たちは、嘆息の場所という意味で〈愁嘆場〉と呼んだ。
＊6　スンニュン　お焦げに湯を加えてお茶のようにしたもの。
＊7　讃美歌五一四番「弱きものよ」。在日大韓基督教会発行『韓日讃頌歌』（二〇〇九年）の日本語訳をそのまま引用した。以下、讃美歌はすべて同書から日本語訳を引用する。
＊8　使徒信経　使徒信条ともいう。使徒から伝えられたと信じられている典型的信仰告白で、基本信条の首位。
＊9　讃美歌「過ぎし夜、見守り」。
＊10　主の祈り　キリスト教のもっとも代表的な祈禱文。主禱文ともいう。

二　賤国の人たちが願う天国

＊11　天主教　カトリックのこと。
＊12　錦山　小鹿島の隣の巨金島。巨金島は高興郡錦山面にある島。
＊13　「はるかに仰ぎ見る」。前出『韓日讃頌歌』による。
＊14　DDSはWHO（世界保健機関）の推奨する抗ハンセン病薬のひとつ。一九八二年には多剤併用療法（MDT）が開始され、リファンピシン（RFP）、ジアフェニルスルホン（DDS）、クロファジミン（CLF、色素系抗菌薬）の三薬物を用いた多剤併用療法（MDT）が原則的に行われている。（国立ハンセン病資料館ホームページなどより）
＊15　浮黄病　飢えて肌が黄色くむくむ病気。
＊16　復興査経会　査経会とは、数日間にわたって集中的に聖書を学び、霊的な恵みを受けて新しい力を得るための宗教的な集会のこと。韓国の教会では初期からこのような会が開かれてきた。そのなかでもとくに、個人や教

会共同体の霊的成長と量的な復興を目的とする査経会を復興査経会という。
＊17 堂会とは長老教会で牧師と長老からなる最高機関のことであり、堂会員はその構成員。
＊18 諸職とは教会の各種の職責。牧師、長老、勧士、執事など。
＊19 勧察とは信徒の家庭を見回る職責。牧師や堂会が諸職でない男女のなかから信仰の篤い者を任命する。
＊20 讃美歌四〇五番「神とともにいまして」。前出『韓日讃頌歌』。
＊21 三日葬　死後三日をかけて行う葬式。三日三晩、喪主や故人の家族は葬儀場で弔問客を迎え食事をふるまう。
＊22 輓章旗　死者を悼む詩を布地に書いて幟にし、弔いのとき棺を載せた輿の後ろに従わせる。
＊23 定着村　解放後、島を出て放浪する患者が増えて社会問題になったので、ハンセン病研究者・柳駿らが回復者たちを定着させて自らの労働を通して生活を営む「集団部落運動（希望村運動）」を始めた。一九五〇年までに全国に十六の希望村が設立されたが、三年に及ぶ朝鮮戦争ですべて霧散した。朝鮮戦争休戦後、またしても逼迫して浮浪するハンセン病者が問題となったので、希望村運動を発展させて、回復者が自活するための定着村建設に力を注いだ。一九六一年に発足した朴正熙政権は朝鮮戦争からの復興と経済発展政策に位置づけてこれを推進したことにより、定着村は全国的に広がった。政府が回復者に土地、家屋、仕事（養鶏、養豚など）を提供し、病院から離れて自立生活をめざした。一九六三年に「伝染病予防法」が改定され、強制隔離は廃止された。現在八十余の定着村がある。
＊24 風物ノリ　農村で行われた韓国固有の音楽。チャンゴなどの民俗楽器を使い、歌ったり踊ったりする。
＊25 一斤は約六百グラム。
＊26 サルサリとは、辞書には「ずる賢くおべっかを使う人」「お調子者、おっちょこちょい」などとあるが、ここでは「ちゃっかり者」程度の意味であろうか。
＊27 日本では過去にハンセン病を「神経らい」「結節らい」「混合らい」と分けていたが、朝鮮半島でも同じような言い方がされていた。「神経らい」は乾性であるとして「カン（乾）病」、「結節らい」は湿性であるとして「ム

ル〈水〉病」と呼んだ。現在は医学的病型としてそうした用語は使われていない。

＊28　学習　韓国の教会における学習は、洗礼を受けるために必要な過程として聖書の内容や教会のことなどを牧師から直接教わる時間である。洗礼が本格的にキリストの存在を認め、キリスト教徒としての信仰を告白する時間であるとすれば、学習は洗礼の入門段階としての知識を深める時間といえる。学習も洗礼も、学習式・洗礼式という式が礼拝の時間に行われ（年間二〜三回、主に復活節・聖誕節のとき）、その時間に教会の他の信徒や牧師の前で簡単な教理問答と誓約をすることになる。

＊29　ビョンガンセとは、パンソリ「カルジギ打令(タリョン)」の男主人公の名前。怠け者で猥雑な人間の典型として描かれている。

＊30　〈坊主が肉の味をしめると寺に南京虫も残らなくなる〉　よいことがあると前後をわきまえず狂わんばかりに熱中することのたとえ。

三　賤国市民になるということ

＊31　人民軍　『小鹿島一〇〇年　ハンセン病そして人間、百年の省察　歴史篇』（二〇一七年、小鹿島病院、韓国語）に以下の記述がある。〈八月五日、人民軍の四十代の将校三人と若い兵士四十人くらいが小鹿島に入り、自分たちの指示に従うよう命じて、すぐに洛東江戦線に移動した。南下した保安要員と党員たちが運営権を握り、人民委員会が組織された。九月二十九日、人民軍の退却が始まり、人民委員会幹部たちも島から出ていった。十月三日、鹿洞を通って木浦に向かう警察隊が小鹿島を修復した。〉一六〇〜一六一頁

＊32　〈高興に連れ去られた十一名が銃殺された。金尚泰園長らは九月二十日に解放されて小鹿島に戻っていたが、人民軍が退却するとき、自治委員会が園長以下数人の職員を処刑するために探しているとの情報があり、病舎地帯や山中に隠れて助かった。〉前出『小鹿島一〇〇年　歴史篇』一六一頁

＊33　長老教　小鹿島では一九四五年、解放後、大韓イエス教長老会が中心になって教会再建を行った。一九四六

年、金正福牧師が初代の担任牧師となる。前出『小鹿島一〇〇年　歴史篇』二〇二頁

＊34　麗水愛養院　一九〇九年、米国南長老会の宣教師が光州に韓国最初のハンセン病の病院を設立し、一九二七～八年、麗水市栗村面に移設した。日帝時代、総督府の干渉が強まると外国人医師、宣教師たちは帰国せざるをえず、一九四二年には完全に総督府が接収した。現在は愛養病院であり、二〇〇〇年に開館した愛養病院歴史館は光州から移ったときの石造の西洋式建築である。

＊35　孫良源（一九〇二年～一九五〇年）　長老教牧師。一九三九年、愛養院教会韓国人牧師として赴任し、四〇年から神社参拝を拒否して投獄された。四八年十月二十一日、麗順抗争のなかで息子二人が殺され、五〇年九月二十八日に後退する人民軍に銃殺された。

＊36　当時、小鹿島では九五％が改新教（プロテスタント）で、五％が天主教（カトリック）であり、天主教の人たちは参加しなかった。

＊37　「戦友よ、安らかに眠れ」　朝鮮戦争時に作られ、国軍で愛唱された代表的な陣中歌謡。

＊38　金尚泰園長（一九四八年四月～一九五四年十月在任）　京城医学専門学校出身のハンセン病学者で、日帝時代、周防正季院長のときに医官として勤務し、剛直な性格で周防院長の寵愛を受けたといわれる。解放後に園長として赴任したとき、かつて経験した管理方式を再現しようとした。絶対隔離の象徴であった「有毒地帯」「無毒地帯」の区分を復活させ、厳格な境界線を再確立した。一九五三年、園生自治会は朝鮮戦争による生活状況悪化（とくに燃料問題）と治療方針不信により金尚泰園長解任運動をおこし、公開状が「東亜日報」に掲載された（一九五三年十月二十三日）。前出『小鹿島一〇〇年　歴史篇』一五六頁、一七七～一七八頁

＊39　孫壽卿園長（一九五四年十月～一九五八年十月在任）　前出『小鹿島一〇〇年　歴史篇』三三〇頁

＊40　この中央公園とそこでのできごとに関しては一三二頁を参照。

＊41　周防正季（一八八五年十月八日～一九四二年六月二十日）　滋賀県出身。一九〇九年、愛知県立医学専門学校卒業。一九二一年三月、京畿道技師警察部衛生課長に就任。一九三三年九月、小鹿島慈恵医院院長に就任。

＊42　佐藤三代治　『朝鮮警察職員録』（一九二五年十月）「京畿道・衛生課」に課長は周防正季、同課に「警察獣医務嘱託・月報六十円・佐藤三代治（大分）」との記載があるので、そのころから周防の部下であったと思われる。同職員録には一九三〇年まで佐藤の名前がある。一九四二年『朝鮮総督府職員録』「癩療養所小鹿島更生園」に五人の看護長のなかの筆頭看護長として佐藤の名がある。大韓癩管理協会『韓国癩病史』（朝鮮語、発行年不詳）に「佐藤三代治は……幼くして孤児になった彼を、周防は早くから養子にし、獣医学校を卒業させた後、京畿道警察部衛生課に勤務させて部下として連れていたのを小鹿島に呼び寄せたものである」との記述がある。以上すべて、滝尾英二『朝鮮ハンセン病史　日本植民地下の小鹿島』（未来社、二〇〇一年）二三二頁による。

＊43　ヤマモリ　山盛りのご飯のことをこのように日本語で言った。

＊44　皇国臣民の誓詞　皇民化政策の一環として一九三七年十月に朝鮮総督府が発布した。「我等は皇国臣民なり、忠誠以て君国に報ぜん。我等皇国臣民は互に信愛協力し、以て団結を固くせん。我等皇国臣民は忍苦鍛錬力を養い以て皇道を宣揚せん。」

＊45　モッコ担ぎ　縄、竹などでできた運搬用具を棒などを使って二人でかつぐこと。差担（さしにな）いともいう。

＊46　ムンドゥンイ　ハンセン病患者に対する賤称語。

＊47　〈殺されても下ろしてしまうぞ〉　巨大な石を二十人くらいがモッコで運んでいたが重くて耐えられなくなり、死の罰を受けても仕方がないと思って「殺されても下ろしてしまうぞ」と言ってモッコを下ろした。佐藤も一、二名ならひどい罰を与えるところだが、大勢なのでそのまま見逃したという話が伝説のように残っている。

＊48　貞明皇后節子（一八八四年～一九五一年）　大正天皇の皇后。周防が謁見した一九三八年当時は皇太后。一九三〇年、癩予防協会設立の基金に「御手許金」を「下賜」し、一九三二年十一月十日には、大宮御所の歌会で「癩患者を慰めて」と題して「つれづれの友となりても慰めよ　行くことかたきわれにかはりて」などの歌を詠むなど、皇室の「救癩」の象徴となる。

＊49　除幕式　一九三九年十一月二十五日、巨大な「皇太后歌碑」除幕式を行う。前出　滝尾英二『朝鮮ハンセン

病史』年表

＊50　一九四〇年。前出 滝尾英二『朝鮮ハンセン病史』年表

＊51　呉淳在の名前は小見出しにあるが、本文には出てこない。参考までに前出『小鹿島一〇〇年　歴史篇』一四七頁には以下のように記されている。〈呉淳在は小鹿島病院人事発令台帳では一九三五年看護手と記録されている。一九三九年看護長に昇進し、呉堂淳治と創氏改名した。彼は佐藤三代治が免職になってからは最古参の看護長であり、医師以外では韓国人職員中の最高位にいた。〉解放後の病院の運用権をめぐって医師側と対立して投票の結果、彼が委員長に選出された。

＊52　石四鶴　小鹿島病院の人事発令台帳に、石四鶴は創氏改名による石川四鶴として記録されている。彼は京城医専を卒業後の一九四四年五月三日に、小鹿島更生園の嘱託医として発令を受け、五月十五日、医官補に任用され、一般患者と職員ならびに職員家族の診療を担当する医務一課で勤務した。それまでの歴代園長は医者であったから、解放後も当然に医者が運営しなくてはならないと主張した。前出『小鹿島一〇〇年　歴史篇』一四七頁

四　それでも生きなければならない人たち

＊53　改新教　プロテスタントのこと。韓国では普通、基督教（キドッキョ）といっている。

＊54　万霊堂　小鹿島の納骨堂。

＊55　豊年草　専売庁で販売するたばこの銘柄のひとつ。

＊56　主礼　結婚式をつかさどること、またはその人。

＊57　ダイヤソン　プロミンに続いて出たスルフォン剤で、ＤＤＳと同類である。

五　聞こえないこだま

＊58　クェジナチンチンナネ　慶尚道地方の民謡。多くの人が集まって遊ぶとき、一人が先に歌うとほかの人たち

が〈クェジナチンチンナネ〉と受けて繰り返し歌う。とても軽快で雄々しい感じを与え、踊り回りながら歌うことが多い。〈クェジナチンチンナネ〉の意味としては、壬辰倭乱（文禄の役）のとき、加藤清正の侵略を警戒して「加藤清正がくるぞ」と言ったことに由来するという説もある。

＊59 ユスリカ（揺蚊）とは魚のエサなどで使う赤虫が成虫になったもの。姿は蚊に似ているが、刺したり血を吸ったりはしない。春と秋に大量に発生して蚊柱などをつくる。

＊60 イバジとは、婚礼後に新婦の家に新郎の家から心を込めて準備した食べ物を送ること。またその食べ物のこと。

＊61 署理執事とは、長老を助けて教会の仕事を補助したり、教徒を管理し世話する職位。

＊62 寿衣　亡くなった人に着せる服。死に装束。

六　あなたたちの天国、私たちの賤国

＊63 一九六一年五月十六日、朴正熙などが軍事革命委員会の名のもとで起こした軍事クーデター。

＊64 一九六〇年七月、小鹿島更生園から国立小鹿島病院へ改称。以後、院長、院生と翻訳する。

＊65 趙昌源（一九二六年～二〇一八年）平壌出身。一九六一年八月～一九六四年三月（十四代）、一九七〇年三月～一九七四年二月（二十代）の二度にわたって院長として在任。

＊66 誠米　神仏に真心から捧げる米。

＊67 老会とは長老派教会の各教区の牧師と長老による集会。

＊68 鄭熙燮（一九二〇年～一九八七年）第九代保健社会部長官。第九・十国会議員。

＊69 金斗英（一九一七年～一九九五年）一九六二年、小鹿島へ。第六代委任牧師として三十二年間、小鹿島で牧会を行う。

＊70 前出『小鹿島一〇〇年　歴史篇』にも礼拝堂建築委員会結成は五月二十日と記されている。金斗英牧師がソ

ウルに発つ以前の二十日に建築委員会はできており、それまで種々の制限を加えてきた院長は二十七日以後に協力することになったと考えられる。

＊71　安義面　慶尚南道咸陽郡の北部にある面。

＊72　一九六三年。

＊73　潮止祭　海水が入ってこないように干拓が成し遂げられたことを記念する儀式。簡単にいうと干拓事業が完成したということを示す。

七　世間のなかの賤国

＊74　過駅面　全羅南道高興郡北部に位置する行政区画としての面。

＊75　順天梅谷洞　順天市チョレ洞にあった定着村のハンドンマウルのことであるが、現在はない。（韓国ハンセン総連合会の調べによる。マウルは村、部落、里などを意味する）

＊76　春香　『春香伝』は朝鮮王朝時代の説話で、妓生の娘春香と両班の息子李夢龍の恋物語。パンソリ「春香歌」で世に広まった。広寒楼はその物語の舞台となった楼閣。

＊77　重生マウル　一九四五年ごろ安義に住んでいたハンセン病者が治療しつつここに定着して生活することになり、その噂を聞いた人たちが少しずつ集まって、一九五二年に村を形成しはじめた。最初はシンギマウルと称したが、その後、重生マウルと呼ぶようになった。一九八七年に名称をクムホマウルと改称。慶南咸安郡水東面クムホキル。『韓国ハンセン総連合会五〇年史』（二〇一九年、韓国語）四七四頁

＊78　マジキ　田畑の面積の単位、一斗分の種をまくほどの広さ。地方によって異なるが、田は百五十〜三百坪、畑は百坪程度。

＊79　クッパ　汁かけ飯のこと。

＊80　西上　慶南居昌郡にある地名。

＊81　十匙一飯　「十人が一匙ずつ出し合えば一人分の飯になる」という意味で、みんなで力を合わせれば一人ぐらい助けるのは容易だということ。

＊82　聖愛園　一九四一年四月、ソパン李氏から最初の村が始まったといわれる。一九八九年に橋ができる。慶南咸陽郡ユリム面。前出『韓国ハンセン総連合会五〇年史』四七五頁

＊83　補身湯　犬肉のスープ。強壮の効力があるといわれる。

＊84　火田民　朝鮮の焼畑農業を行う農民。朝鮮王朝時代に流亡民が役・税を逃れて火田民になる傾向が強まった。日本の植民地期には土地調査事業などの政策により数はさらに増大した。火田民が多かったのは江原道、咸鏡道、平安道であったが、忠清道、全羅道、慶尚道にも存在した。解放後、火田民はほとんど姿を消し、朝鮮民主主義人民共和国では五〇年代初めに火田は消滅したとされている。大韓民国では朝鮮戦争後の食糧難でまた増加しはじめたという記録がある。しかし、山林緑化と土壌保護のために、一九六八年「火田整理法」が公布され、主に江原道山間地方に残っていた火田民を他の地方に定着させて、火田は法令により禁止された。

八　人間らしく生きるために

＊85　蟾津江　全羅南道三大河川（栄山江、蟾津江、耽津江）のひとつ。慶尚南道と全羅南道の境界を南下して光陽湾に流入している。流路延長は約二一二キロメートル。

＊86　雙磎寺　慶尚南道河東郡花開面雲水里にある古刹。

＊87　班城　ここはソアマウルと言い、一九三七年四月に八人が集団生活を始めて形成された定着村である。晋州市イルパンソン面パンソン路に現存する。前出『韓国ハンセン総連合会五〇年史』四六五頁

＊88　黎明マウル（咸安郡郡北面黎明アン路）　一九五三年五月、朝鮮戦争で荒れた民心を避けて、八人のハンセン病回復者がそこに集住し、世界キリスト教奉仕会慶南支部の支援を受けて暮らした。一年後には大きな定着村になり、一九六一年、政府の定着事業によって基礎を固めた。畜産を主な生計の糧とする。前出『韓国ハンセン総

連合会五〇年史』四五七頁

エピローグ

＊89　作家の李清俊が一九七四年に『당신들의 천국（あなたたちの天国）』を発表した。日本では姜信子の翻訳で『あなたたちの天国』が二〇一〇年にみすず書房から発行されている。ハングルでは「天国」「賤国」はどちらも천국（チョングク）と書き、当然、発音も同じである。

◉ハンセン病患者・ハンセン病回復者という用語について

韓国では、〈ハンセン病にかかった人〉と〈ハンセン病にかかったが治療が終わった人〉を合わせて「ハンセン人」と言っている。それは「ハンセン人被害事件の真相究明並びに被害者生活支援等に関する法律」（二〇一〇年施行）において、用語の定義として定められているからである。

著者の姜善奉さんも、かつての作品では「ハンセン人」と記していたが、近年はこの語に対して異議を唱えている。病気の名称に「人」を付けるのは不適当ではないか、たとえば結核に罹った人を「結核人」とは呼ばないのに、ハンセン病だけをそのように呼ぶのはなぜか、との主張である。

また、二〇二一年四月の記者会見において、弁護団は姜善奉さんの主張を取り入れて、「ハンセン病患者・回復者」と述べている。

それゆえに本書では「ハンセン人」を、ハンセン病患者・ハンセン病回復者と翻訳している。

三度お目にかかった姜善奉さん

解説に代えて

福岡安則

韓国の南の端、全羅南道高興郡（チョルラナムドコフングン）の港街、鹿洞（ノクトン）の海岸端に立つと、目と鼻の先に見える小島、小鹿島（ソロクト）が、本書の主たる舞台である。ソロクトを私が初めて訪れたのは二〇一二年八月のことであった。以後六年続く、韓国のハンセン病問題調査旅行の第一回であった。調査チームは、私と、共同研究者の黒坂愛衣、在日三世で日本語と韓国語のバイリンガルの金香月（キムヒャンウォル）、ハンセン病回復者の川島光夫（かつての園名）の四名であった。

ソロクトの金明鎬（キムミョンホ）院生（ウォンセン）自治会長（当時）にご無理をお願いして、私たちは二泊三日の滞在を、新生里（シンセンニ）の金（キム）ヨネ・ハルモニのお宅に泊めていただいた。お会いしたとき、ヨネ・ハルモニは香月（ヒャンウォル）に後遺症で曲がった両の手を見せて、「こんな手のおばあさんのうちに、ほんとに泊まってくれるのかい?」と言った。本書でも詳述されているように、韓国のハンセン病の病歴者とその家族たちの精神的支柱は、キリスト教の篤（あつ）い信仰である。ソロクトには基督教（キドッキョ）の教会（キョフェ）が五つ、天主教（チョンジュギョ）の聖堂（ソンダン）が二つあった（私たちの訪問時では、院生の九割が基督教の信者であった）。私たちが滞在中も、ヨネ・ハルモニは午前三時には起き出して、早朝祈禱（きとう）に出かけられていた。

2016年5月18日、ソロクトにて姜善奉さん(左から2人目)と

ソロクトを再訪したのは、二〇一六年五月、「ソロクト百周年記念国際シンポジウム」にゲスト報告者として招待されて。もちろん、このとき、ヨネ・ハルモニとの再会も果たしたが、あらたに知己を得たのが、ソロクト在住の詩人、姜善奉（カンソンボン）さんであった。

姜善奉さんとは、同じ年の一一月に韓国ハンセン総連合会の主催でソウルで開催された「ハンセン病問題世界フォーラム」で再会。

さらに、二〇一九年九月、川口祥子訳『姜善奉詩集 小鹿島の松籟（しょうらい）』の出版記念会が京都で開かれた折に姜善奉さんが来日されて、そこで三度目の邂逅（かいこう）となった。

本書は、日帝強占下（日本の植民地支配下にあった時代のことを、韓国の人たちはこう呼ぶ）の一九三九年に、ハンセン病の病歴者である両親のもとに生まれた姜善奉さんの、克明な自分史である。

詩人の観察力、感受性、そして記憶力は、天性のものだろうか。

当初は、未感児（ミガマ）として、罹患者（りかんしゃ）のオモニと一緒にソロクトに収容されたが、やがて彼自身が発症。

ソロクトの中での悲惨きわまりない日常描写も怠りないが、私には、隔離された世界の中で繰り広げられる男女の機微に、まだ年端もいかなかった姜少年が、あれやこれや一役買うべく立ち回る姿も興味深かった。朝鮮戦争のときに一時的に北朝鮮軍の支配下に置かれたときの一騒動。先輩院生たちから伝え聞いた周防（チュバン）園長と佐藤看護長の、おぞましいまでの、園生（ウォンセン）たちへの強圧的な支配と酷使（私たちがお会いしたソロクトの人たちは、周防園長を「チュバン」と韓国語読みしていた）。そして、彼自身の体験した刺痛との、のたうち回るようなたたかい（病型にもよったようだが、強烈な神経痛はハンセン病に付きものだった）。

2016年5月18日、五馬島の干拓地を背にしてハンセン総連合会のスタッフのみなさんと

趙昌源（チョチャンウォン）院長の音頭取りで始まった五馬島（オマド）干拓事業の終局場面は、詩人はその場から逃走していなかったのだから、後から人に聞いたり資料を調べてのノンフィクションということになるのだろうが、趙院長の人物評価が揺れ動いているのも面白い。私が各地の定着村で会ったソロクト出身者たちの趙昌源評価も、人さまざまだった。サッカーチームの選手に選抜されて対外試合で大活躍した人は、趙院長のおかげで今日の自分はあると言うし、五馬島の、もっぱら人力による〝シジフォスの労働〟たる干拓作業に駆り出された人たちの趙院長評価はボロクソだった。

私たちは、二〇一六年五月のソロクト訪問の折に、韓国ハンセン総連合会の崔光鉉（チェグァンヒョン）専務理事（当時）ほかのスタッフのみなさんの案内で、五馬島（オマド）の〝干拓地〟の今を自分の目で見ることができた。小高い丘の上から見下ろす眼下には、広大な沃野（よくや）が広がっていた。あの田畑の下には、多くのソロクトの院生たちの血と汗と無念の思いが埋まっていると思うと、私たちもなんともやりきれない思いにとらわれた。

さて、本書で私自身がもっとも興味をひかれたのは、詩人がソロクトから逃走し、最初は〝物乞い生活〟から始めて、やがて彼を歯科治療者として受け入れてくれる定着村に出合うまでの体験談であった。

詩人の体験談から、たかが〝物乞い〟であっても、稼ぎのいい者もいれば、稼ぎの悪い者もいる。物乞いも技量がものを言うのだ。うまく施しをもらえなかった新米（しんまい）の詩人は、自分の置かれた境遇を嘆きに嘆いたが、それでも、習いたての物乞いで「歯科器具を買う資金」が貯（た）め込めたというのだから、乞食が一つの生業（なりわい）でありえたことが伝わってくる。

私たちが定着村でお会いした人のなかには、ソロクトを脱出した理由として、「ソロクトでひもじい思いをしているよりも、外に出て物乞いをしたほうが腹一杯食べられたからだ」と語ってくれた人もいた。「一日に何十里も歩いた。市街地にも、お寺にも、農家にも、もらいに行った。市街地ではお金をくれ、農家では麦。ときにはなにもくれない人もいたけど、くれる人のほうが多かったです」。

じつは、日本でも、ハンセン病の病歴者たちにとって乞食が生業であった時代があるのだが、強制隔離政策の展開によって病歴者たちは壮健の人たちには〝近づいてはならない存在〟とされ、生業としての物乞いは終わった。後に各地に残ったのは、乞食に語源を発する差別呼称だけであった。韓国では、各地の定着村の畜産業が軌道に乗り出すと、自然に物乞いは消えていった。

韓国のハンセン病政策のありようとして、一九六〇年代に「隔離政策」に代わるものとして始まった「定着村事業」は、日本には見られなかった独自の取り組みとして称揚されることが多いけれども、私たちが各地の定着村を訪ねてお話を聞いたかぎりでは、けっこうヤバイ側面も内在させていた政策であったようだ。たとえば、ソロクトを出るか出ないかは本人の希望、意思では必ずしもない。無菌で後遺症の軽い者は「出なさい」と言われた。しかも、「男女一組になって出なさい」。――お話を聞いていて、かなり無茶（むちゃ）なやり方だと思った。

あるいは、「私たちがこの定着村に移住してきたとき、ここは山でした。住まいは用意してあると聞いていたのに、小屋はできあがっていなかった。冬は寒くて大変でした」。さらには、「定着村事業が始まったとき、後遺症が重くて働けない人たちは、ここからソロクトに送られ、そのため、家族がバラバラに引き離されました」。

韓国の定着村事業は、アメリカへの留学経験のある医師、柳駿（ユジュン）博士の、ハンセン病の治療のすんだ病歴者は、隔離の必要はなく、社会に復帰すべきだ、その具体的な手立てが「定着村」だという〝理念〟と、時の為政者、朴正熙（パクチョンヒ）の、いつまでもハンセン病の病歴者を国の費用で〝養い続ける〟のは不合理だとの〝現実主義〟との合成物として展開されたと見ておいたほうがいいと、私は理解している。

その点、日本で当事者たちが自分たちの生活空間として構築途上にあった、群馬県草津(くさつ)の「湯之沢(ゆのさわ)部落」や熊本の「本妙寺(ほんみょうじ)部落」が、政府の強制隔離政策によって踏み潰されなければ、合理的現実主義で歪(ゆが)められることのない、理念としての定着村建設が達成できたかもしれない、などと私は夢想してしまう。

日本では、二〇一九年六月、「ハンセン病家族訴訟」が原告「勝訴」を勝ち取り、一一月には「ハンセン病家族補償法」が成立。二〇〇六年改正の「ハンセン病補償法」の規定を踏襲し、補償対象に旧植民地下のハンセン病家族も含まれることとなった。

私は、その瞬間、二ヵ月前にお会いしたばかりの姜善奉さんのお顔を思い浮かべていた。せっかく、韓国のハンセン病家族も日本の「家族補償法」の対象となったのに、だれも補償請求手続きをする人がいなかったら、どうしよう(日本の敗戦前に生まれていることが条件の一つだから、法制定時でもっとも若い人でも七四歳。対象者の人数がそもそも少ない)。補償申請をしても該当者として認定されなかったらどうしよう、と考えてしまったからである。病歴者を対象とした「ハンセン病補償法」のときも、ソロクトに隔離されていた人たちの認定には困難を極めた。証拠書類が整っていないというのがその理由であった。証拠がそろわないのは、本人の責任ではない。そもそも、日本の敗戦時、ソロクトを管理していた日本人職員たちは、後難を恐れて、関係書類を焼却などにより処分して、逸早(いちはや)く逃げ出してしまったからである。国が証拠を隠滅しておきながら、ふたたび、補償申請者に対して〝証拠書類が足りません〟という、えげつない対応をするのではないかと私は危惧したのだ。

その点、姜善奉さんなら、日本の「ハンセン病家族補償法」が制定されるよりもはるか以前、二〇〇六年に本書の元となる『賤国への旅』を上梓している。家族補償法ができてからの公表であれば〝補償金目当て〟の捏造と難癖も付けられようが、そのような利害関係のまったくない時点で、だれが好き好んで〝自分の両親はハンセン病の患者だった〟〝のちに自分もハンセン病に罹った〟などという自分史を書くだろうか。これは、明白な証拠になる――と私は考えて、川口祥子さんと相談のうえ、姜善奉さんに補償申請をしませんかと呼びかけた。ところが返事は、〝いや、もう過ぎ去ったことですから〟であった。

私は再度、川口さんと相談のうえ、〝日本の植民地支配下にあった韓国から、日本政府の補償金を受けられるハンセン病家族の人が一人も出なかったら、私が悔しい。ぜひ、補償申請をしていただきたい〟と応答した。ハンセン病家族訴訟の闘いに全面的にコミットしてきた私として〝私が悔しい〟という思いはホンモノであるが、同時に、なんとなく、こういう言い方のほうが姜善奉さんも翻意してくださるのではないかとの予感がしたのだ。

けっきょく、本書『小鹿島 賤国への旅』は、認定審査会が証拠として認めるところとはならず、韓国の弁護団が「日帝強占下強制動員被害真相調査報告書」という韓国政府公認の文書のなかに、姜善奉さんの父親の「小鹿島更生園」への収容事実の記載を見つけ出し、晴れて補償請求が認定されることになったとの報告を、日本の弁護団から頂戴した。一八〇万円という補償金はあまりに少額だが、ほんとに、よかったと思う。

本書は、日本の植民地支配からの解放（ヘバン）直後から一九六〇年代の「定着村事業」の展開までの時期の、韓国のハンセン病問題の実情を、当事者の視点と体験から描ききった稀有（けう）の本だ。川口祥子さんの訳文も、こなれていて、読みやすい。いま、わが国では、「ハンセン病に係る偏見差別の解消のための施策検討会」が、今後の人権教育・人権啓発のありようをめぐって、政府に提言をしようとしているところである。今後のハンセン病問題を考えていくうえでも、現場の実情（リアリティ）を活写した本書から、学ぶところが多いはずだ。一人でも多くの読者に読まれることを期待している。

（埼玉大学名誉教授）

訳者あとがき

小鹿島（ソロクト）の詩人・姜善奉（カンソンボン）さんを日本に紹介するという私の役目は、二〇一八年に『姜善奉詩集　小鹿島の松籟（しょうらい）』を翻訳・刊行することで終わったと思っていた。ところが、またしても本書を上梓（じょうし）することになったので、その経緯をまずは紹介して、本書の翻訳の趣旨と意義をお伝えしたいと思う。

本書翻訳の直接の契機は、二〇一九年十一月の「ハンセン病元患者家族に対する補償金の支給等に関する法律（ハンセン病家族補償法）」の成立である。

その法律は二〇一六年二月に熊本地方裁判所に提訴されたハンセン病家族国家賠償請求訴訟が、一九年六月に勝訴した結果を受けて制定された。そこには〈昭和二十年（一九四五年）八月十五日までの間にあっては、台湾、朝鮮等も「本邦」と同様の取扱いとすること〉と記されているが、それは二〇〇一年六月に成立した「ハンセン病療養所入所者等に対する補償金の支給等に関する法律（ハンセン病補償法）」が、台湾・韓国などの人々による裁判闘争の結果として二〇〇六年に改正され、〈一九四五年八月十五日までの台湾、朝鮮等〉が含まれることになったことをふまえての措置であった。

さて、本書の原著者である姜善奉さんのご両親は、本書でも記されているように、日本の植民地時代にハンセン病を発症し、父上は小鹿島に強制収容されてのちに脱走し、晋州（チンジュ）で母上と出会い、一九三九年に著者が生まれた。したがって姜善奉さんはハンセン病家族補償法の該当者にほかならない。

私はこの法律が成立するとただちに、その内容をご本人にお知らせするとともに、補償金を請求されるようにと連絡を差し上げた。すると次のような返事が届いた。

「補償請求はしないでおこうと思います。痛みは通り過ぎたので、忘れたいと思います。当時の自分は幼くて何もわからず、両親も病気になって家族から捨てられ、戸籍も抹消されてしまいました。小鹿島で成人して社会に出てからようやく私は自力で戸籍をつくりましたが、その困難さはことばにできません。両親の痕跡を探す方法もわからず、その作業がもたらす精神的な苦痛にも耐えられそうにありません」

そのご返事をいただいて、私はあらためて自らの不明を痛感した。「もう忘れたい」ということばに込められた姜善奉さんの苦難に満ちた人生のことを、私はどれだけ理解してその人の詩集を翻訳刊行したのだろうかと、忸怩（じくじ）たる思いがした。しかし、それでも、あるいはそれだからこそ、補償の申請していただきたいという思いが募り、福岡安則先生にもことばを添えていただいて、次のようなメールをお送りしたのである。

この法律は、日本のハンセン病家族原告五百六十余名が裁判で闘い取った成果であり、その内容は朝鮮半島・台湾などに対する日本の戦後補償にほかならないこと。そして、請求手続きのための日本のハンセン病弁護団との連絡などの雑事は当方が行うつもりなので、姜さんご自身は、戸籍関係の書類とご著書の『小鹿島　賤国への旅』だけを準備してほしいというものであった。いまから思えばかなり強引の趣を否めないものであったが、幸いなことに、姜善奉さんからは、「では申請することにします」との返事をいただくにいたった。

そこで、その申請にまつわる問題点を整理しながら準備作業に入った。二〇〇六年の韓国からのハンセン病補償法の請求に際しては、日本の敗戦後に小鹿島の病院関係者がまともな引き継ぎもせずに日本に引き揚げたことなどのせいで、資料収集がはなはだ困難だったと聞いていた。今回のハンセン病家族補償法では、申請者が元患者家族であることを書類で確認できなかった場合には、ハンセン病元患者家族補償金認定審査会の審査を受けると定められており、審査会は請求者本人、関係者、文書、物件などで審査するとのことである。そこで私は、『小鹿島 賤国への旅』は本人の著書ではあるが、この法律ができる以前に記されたものなので、審査会の資料になりうるかもしれないと考えた。そこで、せめて両親に関する部分だけでもと、翻訳にとりかかったのである。ところが翻訳を始めると、読んでいてとてもつらい内容にもかかわらず、著者の優れた記憶力と筆力によって、解放直後の小鹿島の世界にぐいぐいと引き込まれていった。その結果、すべてを訳して紹介したくなった。そして、訳せた部分を少しずつ福岡先生のメーリングリスト「福岡ゼミ」に送り、関心のある方々に読んでいただけた。さらには、数か月かけて訳し終わったとき、この本もまたぜひとも日本で広く読んでもらいたいと思うようになった。しかも、解放出版社からの出版の道も開けた。

一方、申請手続きに関しては、その間に「ハンセン病補償法」以来の強い信頼関係にあった日韓の弁護団が動き出していた。コロナ禍のために往来はできないのでオンライン会議を重ね、韓国弁護団が対象者を探し出して申請の準備を着々と進めていた。小鹿島の姜善奉さんからも、韓国弁護団の手でご自身の申請準備が進んでいるとの連絡が届いた。

そしてついに、二〇二一年四月二十六日には、ソウル瑞草(ソチョ)区のソウル地方弁護士会教育文化館において韓国弁護団が記者会見を行い、四月十九日に韓国からは六十二人の家族が日本の厚生労働省に補償申請を行ったことを報告した。日本の弁護団と被害者家族は、オンラインのプラットフォームを通じて非対面でその会見に参加した。姜善奉さんも小鹿島病院から参加して、家族としての思いを語り、韓国の新聞やテレビ報道では、著書『小鹿島 賤国への旅』のことも紹介された。

さらに一年後の二〇二二年四月二十六日には、やはりオンラインの日韓記者会見が開かれて、韓国・台湾からの申請のうち数人の申請が承認されたことと、両国からの申請はまだ継続していることを伝えた。姜善奉さんは承認されたひとりであり、今回も家族の代表としてその思いを表明された。

(三四一頁参照)

拙訳『小鹿島 賤国への旅』の一部分も、資料として提出されたとのことである。

本書は著者の二十代までの自伝でもあり、逆境のなかで生き抜いてきた著者の強靭(きょうじん)な魂と母への深い愛と尊敬が込められている。また、先輩たちから聞いた日帝時代の小鹿島の状況と解放後の様子、そしてそこで過ごさねばならなかった人たちの歴史を伝え残すという使命感から、振り返りたくもない自身の苦痛に満ちた過去をさらけ出している。第四章の小見出しとして「神は私をどう生かそうとなさるのか」という痛切な一句があるが、姜善奉さんは小鹿島の歴史を記録する者として神に遣わされたのではないかと、信仰心などない私でもついつい思えてくる。

恥ずかしいことであるが、私は二〇一七年に姜善奉さんの詩に出会うまで、ハンセン病に関して無知かつ無関心であった。一九九六年、「らい予防法」が廃止されるまで九十年近くも、この国は、病気にかかったというだけで、人間としての権利まで奪ってきたことにまったく気づかずにいた。優れた治療薬ができてハンセン病は完治可能な病気となり、世界の趨勢（すうせい）は開放治療となっていた一九五三年にいたっても、日本では「らい予防法」（新法）を制定して強制隔離政策を継続していたというひどい事実も知らなかった。

二〇一九年の熊本地裁の判決をみると、原告側が「無らい県運動等のハンセン病隔離政策が全国の山間へき地を含め津々浦々まで浸透したことにより、ハンセン病患者及びその家族に対する偏見差別は、全国的に拡大し、共通化し、固定化され、集合的意識としての偏見による社会構造を構築した」（判決、一三〇頁）と主張し、それを受けて裁判所が「被告は、内務省及び厚生省等が実施してきたハンセン病隔離政策等により、ハンセン病患者（元患者を含む）の家族が大多数の国民らによる偏見差別を受ける一種の社会構造を形成し、差別被害を発生させ、また、ハンセン病家族を療養所に隔離したこと等により、家族間の交流を阻み、家族関係の形成の阻害を生じさせた」（判決要旨、一頁）と明記している。

この〈集合的意識としての偏見〉としてつくりだされた〈一種の社会構造〉のなかに、私を含む多くの日本人がおり、私たちが無知・無関心であったために病気になった人やその家族を孤立させ、人としての権利を奪ってきたのである。「知らなかった」では済まされない。無知・無関心は加害なのである。

この本ができるまでに多くの方のご支援を受けた。福岡先生にはこの本の出版を勧めていただいたうえに、一文を寄せてくださった。韓国語の翻訳に関しては韓国語教室の先生にたびたびお尋ねし、日本語の文章は上野都・中島智枝子・玄善允の三人の方に目を通していただいて多くのご助言を受けることができた。また、ここにお名前をあげることのできない多くの方のご支援があったことも付け加えておきたい。今回も解放出版社の小橋一司さんのお世話になれたことは幸いであった。

姜善奉さんが望んでおられるように、日本でも多くの方が小鹿島の歴史に関心をいだき、そこで暮らした人々に心を寄せていただけたならば、至らぬ訳者にとってこのうえない喜びである。

二〇二二年十月一日

川口祥子

〈ハンセン病家族補償に関する記者会見での原著者のメッセージ〉

こんにちは。私はハンセン家族補償請求人の姜善奉です。

今年（二〇二二年）二月にハンセン家族補償対象者として認定を受けたという知らせを、日本弁護団と韓国弁護団から受けました。私が補償認定を受けることができるように努力してくださった日本と韓国の弁護士のみなさまに感謝申し上げます。

私の父はとある田舎で発病し、小部屋にこもって暮らしていたとのことです。そうしているうちに、日本の巡査がやってきて強制的に小鹿島に連れていかれ、一九二九年から一九三六年まで強制労働をさせられました。小鹿島での強制労働があまりにもつらいので、父は命がけで脱出しました。そして同じ仲間が集まっているところで暮らしていると、同じく発病して棄てられた母と出会うことになり、一九三九年に私が生まれました。

父は強制労働と脱出の後遺症を病んだまま放浪生活をしていましたが、途中で日本人巡査に出会うと必死で逃げねばならず、病気が悪化しても医者に診てもらうこともできず、母の心を込めた看病もむなしく世を去りました。

悔しい思いをいだいて世を去った父の痕跡を探さねばならないという信念で、私は小鹿島を脱出し、戸籍をつくり、故郷を訪ね、族譜を探すのに実に四十年以上もかかりました。父の最初の痕跡は、日帝強占下強制動員被害真相究明委員会に依頼して二〇〇六年九月二十九日議決、小鹿島での被害が認定されました。

踏まれた者の痕跡とは、いったい何があるというのですか?

すべての父母は子どもたちの人生のために、強制隔離、強制収容のような差別と羞恥(しゅうち)の人生を隠し、消し去りながら生きてきたのに、いまになって踏んだ者の規定に合わせて、あれこれ探してこいと言うのですから。これはまさに、いまだ癒えていない傷痕に塩を擦り込む行為と同じです。

『小鹿島 賤国への旅』の著者である姜善奉は、涙を拭いながら最後のことばをお伝えします。〝配慮〟ということばをご存じでしょう。私は、このたびの家族補償も配慮から始まったと信じています。

私たちはもはや血気盛んな若者ではなく老人たちです。補償金は大金といえば大金といえるでしょうが、老人にとってはさほど大きな意味はありません。ただ、父母の代から苦痛を味わわされ、差別されてきた事実が認められて、いまからでも心の慰めを得たいという気持ちだけです。どうぞ全員を認定してください。配慮してください。ありがとうございます。

著者　姜善奉（カン ソンボン）　連絡先seonbong4584@kakao.comt
1939年　慶尚南道咸安 出生
1960年　小鹿島更生園附設鹿山医学講習所６期卒業
2004-05年　済州ナヌリライオンズクラブ会長
2017-18年　『小鹿島100年　ハンセン病そして人間、100年の省察』編集委員
2018年～　韓国文人協会高興支部長 歴任
2021年　第１回詩聖韓何雲ポリピリ文学賞受賞
作品
2006年　小説『小鹿島 賤国への旅』（日本語版2023年 川口祥子訳 解放出版社）
2009年　手記『私の直腸癌闘病記』
2016年　詩集『谷山の松風の音』（日本語版『小鹿島の松籟』2018年 川口祥子訳 解放出版社）
2016年　小説『谷山の忍冬草の愛』
絵画個展
2022年2月　全羅南道道庁ギャラリー「孤独の果てに咲いた花」
2022年7月　高興ギャラリーホテル「夢は希望だ」

翻訳　川口祥子（かわぐち さちこ）
1945年　大阪府池田市に生まれる
1967年　立命館大学文学部史学科日本史専攻卒業
池田市内公立中学校にて社会科教員として30余年間勤務
2011年　大阪大学外国語学部朝鮮語専攻卒業

小鹿島（ソロクト） 賤国（せんごく）への旅（たび）

2023年２月20日　初版第１刷発行

著者　姜善奉

訳者　川口祥子

発行　株式会社 解放出版社
大阪市港区波除4-1-37 ＨＲＣビル３階 〒552-0001
電話 06-6581-8542　FAX 06-6581-8552
東京事務所
東京都文京区本郷1-28-36　鳳明ビル102Ａ 〒113-0033
電話 03-5213-4771　FAX 03-5213-4777
郵便振替 00900-4-75417　HP https://www.kaihou-s.com/

装幀　上野かおる

印刷　モリモト印刷株式会社

ISBN978-4-7592-6808-9　NDC360　342P　19cm
定価はカバーに表示しています。落丁・乱丁はお取り換えいたします。

障害などの理由で印刷媒体による本書のご利用が困難な方へ

本書の内容を、点訳データ、音読データ、拡大写本データなどに複製することを認めます。ただし、営利を目的とする場合はこのかぎりではありません。

また、本書をご購入いただいた方のうち、障害などのために本書を読めない方に、テキストデータを提供いたします。

ご希望の方は、下記のテキストデータ引換券（コピー不可）を同封し、住所、氏名、メールアドレス、電話番号をご記入のうえ、下記までお申し込みください。メールの添付ファイルでテキストデータを送ります。

なお、データはテキストのみで、写真などは含まれません。

第三者への貸与、配信、ネット上での公開などは著作権法で禁止されていますのでご留意をお願いいたします。

あて先

〒552-0001 大阪市港区波除4-1-37 HRCビル3F 解放出版社
『小鹿島 賤国への旅』テキストデータ係

テキストデータ引換券
『賤国への旅』
6808